Jana Beek

Stadtverwandlung

Roman

Bibliographische Information der Deutschen Nationalbibliothek: Die Deutsche Nationalbibliothek verzeichnet diese Publikation in der Deutschen Nationalbibliographie, detaillierte bibliographische Daten sind im Internet über dnb.de abrufbar.

Cover: Jana Beek

Verlag: BoD · Books on Demand GmbH, In de Tarpen 42, 22848 Norderstedt

Druck: Libri Plureos GmbH, Friedensallee 273, 22763 Hamburg

ISBN: 978-3-7693-1081-8

Als Mai auf dem harten Asphalt landete, schlug sie sich das Knie auf, ihr Schild fiel ihr mit einem Scheppern aus der Hand und ihr Umhang gab ein zerreißendes Geräusch von sich. Leise fluchte sie vor sich hin. Das mit der Landung musste sie noch üben. Sie rappelte sich auf, sammelte ihren Schild wieder ein und schaute sich in der stillen und idyllischen Wohngegend um, die jetzt kurz nach Mitternacht in Dunkelheit gehüllt war. Nur hier und da kam Licht aus einem Fenster oder Hauseingang. Mai klopfte sich den Straßenstaub von ihrem Umhang und lief ein paar Schritte zu dem Wohngebäude, in dem Nina gerade in ihrem wohlverdienten Schlaf weilte. So war das, wenn man keinen festen Termin vereinbart hatte, jetzt musste sie in der Kälte herumstehen und warten, bis die einzige Person, die sie in dieser für sie neuen Stadt Mela kannte, die Eingebung hatte, aufzustehen und draußen nach dem Rechten zu sehen.

Mai fuhr mit der Hand über die raue Oberfläche ihres Schildes, lief ein paar Schritte auf und ab und spürte jedes Mal, wie die Schürfwunde an ihrem Knie unangenehm gegen die Hose rieb. Dann beschloss sie schließlich etwas nachzuhelfen, suchte ein paar kleine Steinchen und warf sie gegen Ninas Fenster. Es gab ein kleines Ping an der Scheibe und Mai war froh, nicht das Fenster zerschmettert zu haben, das würde vielleicht das falsche Signal senden.

Danach setzte sie sich auf den Bordstein hinter ein Gebüsch und fragte sich, ob es die richtige Entscheidung war, hierher zu kommen. Brauchte die Stadt sie und brauchte Mai diese Stadt? Konnte sie hier Anschluss finden? Würde ihre Familie sie suchen und ihr Probleme bereiten? Da hörte sie das Knarzen einer Tür, zog sich die Kapuze tief ins Gesicht und trat aus ihrem Versteck hervor. Hielt ihren Kopf tief gesenkt und kniete sich abermals auf ihre Verletzung, das tat weh. Sie hätte das andere Knie nehmen können, aber für einen Wechsel war es jetzt zu spät. Als letztes fehlte noch der Schild, den sie demonstrativ vor sich positionierte.

Nach einer angemessenen Wartezeit hob sie ihren Kopf, schaute Nina, die barfuß und in eine Strickjacke gehüllt vor ihr stand, möglichst intensiv in die Augen und sagte mit grabesschwerer Stimme: "Du hast mich gerufen, hier bin ich."

Nina riss die Augen auf und sog die kalte Luft sichtbar ein. Mai musste sich ein Schmunzeln verkneifen. Ihre Wirkung auf andere Leute war für sie immer noch gewöhnungsbedürftig, insbesondere seit ihrer Transformation. Und dann noch diese ganzen Paraphernalia wie Umhang, Schild und Kapuze, ihr ganzer schwarzer Aufzug, dann die Kräfte, in deren Besitz sie seit kurzem war. Natürlich nahm Mai ihren Auftrag sehr ernst, aber manchmal hatten die Brüche mit der Realität doch eine unfreiwillige Komik.

„Mai?", sagte Nina jetzt und trat näher, ihre Stimme zitterte.

Mai stand auf, um ihr Knie zu entlasten. „Ich bin die neu berufene Schutzpatronin dieser Stadt und bin gekommen, um meine Position einzunehmen. Mein Schild ist das Symbol meines Wirkens, ich werde die Stadt und ihre BewohnerInnen vor Unheil beschützen, wo ich nur kann und mich bis zu meinem Tod für Gerechtigkeit und Frieden einsetzen."

War das zu dick aufgetragen? Mai wusste es nicht, es war ihr erster und wahrscheinlich letzter Job in diesem

Bereich, viel Erfahrung hatte sie bisher noch nicht gesammelt. Immer wieder hatte sie in den letzten Tagen, seit ihre Abreise feststand, diese Rede geübt und versucht die richtigen Worte zu finden. War sie ein Schutzengel? Das klang zu kitschig. Eine Kämpferin für die Rechte der Armen und Schwachen? Zu heroisch. Eine geheimnisvolle Hexe, die die Kräfte des Universums beschwor? Auf keinen Fall. Ein sonderbarer Dämon, der zwischen den Welten wanderte? Hoffentlich nicht. Aber irgendwie musste sie sich einordnen und da war das das Beste, was ihr einfiel.

„Wie hast du…", Nina zeigte auf Mais Schild.

„Als wir uns das letzte Mal begegnet sind", Mai wurde mit einem Mal sehr ernst und die Fassade fiel von ihr ab, „da war ich desillusioniert, verletzt und…", sie zog die Kapuze ab und ihr Blick verschwand in der Ferne, „… ohne eine Vision für mich oder die Welt um mich herum. Du hast…", sie trat direkt vor Nina, die einen halben Kopf kleiner war als Mai, „…in mir einen Funken entzündet, von dem ich lange nicht gedacht hätte, dass er überhaupt noch da ist und der seitdem am Brennen ist. Ich habe mein Heimatland und meine Familie verlassen, habe in der Hauptstadt des Kontinents eine Ausbildung als übernatürliches Wesen absolviert und habe mich dann entschieden, hier mein Wirken aufzunehmen. Und das hier", sie hob den Schild und hielt ihn zwischen ihnen beiden, „das du mit deinen eigenen Händen aus Metallresten in Melas Industriegebiet geschmiedet hast, ist mein Instrument, die Erweiterung meiner selbst, mein Symbol. Danke dafür", sie verbeugte sich leicht.

„Wow", Nina schaute sie fassungslos an. „Wie ist das möglich…", sie zeigte auf Mais Gestalt.

„Solche Fragen stellen wir hier nicht", Mai zwinkerte ihr zu, „es ist gleichzeitig einfacher und komplizierter als du denkst. Ich habe Fähigkeiten, die für andere schwer zu verstehen sind, aber eigentlich schon immer da waren. Lass uns damit keine Zeit verschwenden", sie nahm Nina an die Hand. „Du und die anderen, ihr seid mein direktes Support-System, also lass und loslegen."

„Welche anderen und mit was loslegen?", Nina, der die braunen Strähnen ihrer schlafzerzausten Haare ins Gesicht hingen, sah immer noch sehr ratlos aus.

„Was denkst du denn, wen ich meinen könnte?", Mai hob erwartungsvoll die Augenbrauen. Das war ihr Lieblings-Move, einfach die Leute selbst ihre Fragen beantworten lassen. Was wusste sie schon, wer ihre Crew hier war? Sie kannte bisher nur Nina, die früher in der Metallverarbeitung tätig war. Als ihr Betrieb verkauft und von Mai verschrottet wurde, waren sie aufeinander getroffen.

„Meinst du Neev?", Nina rieb sich angestrengt die Schläfen. „Sie ist für Neuankömmlinge zuständig, also…"

„Das ist es", Mai nahm Ninas Hand, gab ihr einen kleinen Ruck und zack, waren sie in der Luft, auf dem Weg zu dieser Neev.

Das Fliegen war Mai die ersten Male merkwürdig vorgekommen, aber jetzt war es ihre bevorzugte Art der Fortbewegung. Die Lichter der Stadt unter ihr wurden immer kleiner, der kalte Wind durchflutete ihre Haut und Haare, trieb ihr fast die Tränen in die Augen, raubte ihr für ein paar Sekunden die Luft zum Atmen.

„Argh", gab Nina am anderen Ende ihrer Hand von sich und Mai musste lachen. Arme Nina, sie hatte noch ihren Schlafanzug an und musste schon durch den Nachthimmel flattern.

Mai blendete Ninas Zappeln und Fluchen aus, ließ von oben ihren Blick über die Stadt schweifen, verengte die Augen und versuchte zu spüren, wo das Haus dieser Neev war. Das war ein angenehmer Nebeneffekt ihrer neuen Kräfte, wo sie vorher immer so orientierungslos war, jetzt konnte sie ihre Sinne öffnen und nach Menschen, Orten und Gegenständen suchen lassen. Manchmal fand sie so, was sie begehrte, andere Male ging sie leer aus. Aber jetzt gab ein Wohnhaus unter ihr einen Ausschlag in ihren Fingerspitzen und Mai fixierte ihren Blick darauf.

Jetzt bloß keine Bruchlandung, sonst würde Nina allen Respekt vor ihr verlieren. Der Bordstein kam immer näher und Mai besann sich darauf, die Geschwindigkeit ihres Körpers zu zügeln. Doch mit Nina an der Hand war es schwieriger als sonst. Sie sah noch dieses große Gebüsch vor sich, versuchte zu navigieren, doch es kam immer näher und sie landeten zusammen in einer Haselnuss.

„Was zum Henker?", rief Nina lautstark und kämpfte mit ein paar Zweigen.

Immerhin lebten sie noch, dachte Mai und versuchte möglichst respektvoll aus dem Gestrüpp zu steigen.

„Wie hast du das gemacht?", rief Nina wieder, doch Mai deutete ihr, leise zu sein.

„Willst du die halbe Nachbarschaft aus den Betten werfen? Die Leute brauchen ihren Nachtschlaf, dafür muss ich als Schutzperson sorgen", Mai drückte ihren Rücken durch und hob ihren Kopf über Nina.

„Du erklärst mir sofort, was das war", zischte Nina nun leiser.

„Ich habe doch vorhin alles gesagt, hast du nicht zugehört?", Mai zupfte ihr ein paar alte Blätter aus den Haaren. „Es ist kompliziert. Können wir es nicht dabei belassen, dass ich zu Dingen fähig bin, die außerhalb deines Vorstellungvermögens liegen? Und Leute wie mich hat es schon immer gegeben. Nur war der Posten in Mela nun länger unbesetzt, aber jetzt bin ich ja da", sie zeigte auf sich und lachte.

„Was?", Nina machte mit ihren Armen eine große Geste, als würde sie rein gar nichts verstehen. Dabei hatte Mai sich so viel Mühe beim Erklären gegeben.

„Nina, ist alles okay bei dir?", hörte sie plötzlich eine Stimme hinter ihnen und Nina und Mai drehten sich abrupt um. „Was geht hier vor?", eine zierliche Frau mit wallender grauer Kleidung und silbernem Haar stand vor ihnen.

„Das… das…", stotterte Nina und zeigte auf Mai.

„Guten Abend", Mai setzte ihre höflichste Stimme auf und verbeugte sich vor der Fremden, die eine enigmatische Ausstrahlung hatte, das merkte sie gleich. „Ich bin Mai, die neue Schutzpatronin von Mela."

„Oh", die Fremde hielt kurz inne. „Dann hatte Misha doch recht. Sie meinte letztens, dass jemand kommen würde. Aber Misha erzählt ja viel, wenn der Tag lang ist. Ich bin übrigens Neev."

„Sehr angenehm", Mai hielt sich die Hand vor die Brust. „Und wer ist diese Misha, sie klingt ganz nach meinem Geschmack", Mai fuhr sich mit der Zungenspitze über die Lippen.

„Sie ist wahnsinnig", rief Nina plötzlich dazwischen, zeigte auf Mai und durchbrach die besinnliche Atmosphäre. Mai deutete ihr erneut, dass sie leiser sein sollte. Mai konnte ihren ersten Tag in Mela nicht damit beginnen, das ganze Dorf aufzuwecken.

Neev setzte ein erstes Gesicht auf und betrachtete Mai von oben bis unten. Dann lief sie ein paar Schritte um sie herum und kam wieder vor ihr zum Stehen. „Hast du Nina wehgetan?", fragte sie und verschränkte die Arme vor sich.

„Um Himmels Willen", Mai schüttelte den Kopf. „Was für Anschuldigungen. Nina steht ganz im Gegenteil unter meinem besonderen Schutz. Sie hat mir schließlich diesen Schild geschmiedet", sie hielt ihn vor sich. „Sie hat wohl nur etwas Höhenangst", Mai konnte sich diesmal ein Schmunzeln nicht verkneifen.

„Höhenangst?", Neev hob skeptisch eine Augenbraue.

„Warte, ich zeige es dir", Mai befestigte den Schild an einem Gurt hinter ihrem Rücken, nahm beide an die Hand und hob wieder ab in die Luft.

„Neeeiin", hörte sie von Nina, aber sie konnte sich nicht darum kümmern, musste sich darauf konzentrieren, Mishas Aufenthaltsort zu finden. Von oben scannte sie die Stadt und suchte nach dem einen Punkt, der ihr Herz höher schlagen ließ. Da war etwas. Ein kleiner, bunter, pulsierender Fleck unter ihnen und sie nahm Anflug…

„Ung…Ahh…Hä…", kam es von ihnen als sie zu dritt durch einen Vorgarten purzelten und aufeinanderliegend aufkamen.

„Sorry, Leute", murmelte Mai. Grazil konnte man das alles nicht nennen. „Hat sich jemand was gebrochen?"

Sie entwirrten ihre Glieder voneinander und blieben auf dem klammen Rasen sitzen. Nina schaute immer noch verängstigt, aber Neev hatte wohl Blut geleckt.

„Das war genial", sagte sie mit leuchtenden Augen. „Du bist aber kein Vampir oder sowas?", sie verengte die Augen.

Mai lachte. „Nein. Bin immer noch Mensch. Es ist eine lange Geschichte", sie hob eine Hand und betrachtete ihre schmutzigen Fingernägel. „Eigentlich... alle Menschen können fliegen. Schon einmal nachts davon geträumt? Es ist auch hier möglich, unter besonderen Voraussetzungen..."

Sie wurden von einem Knarzen unterbrochen und hoben die Köpfe. Zwei Stockwerke über ihnen öffnete sich ein Fenster und ein junger Mann streckte den Kopf heraus.

„Ist das Misha?", fragte Mai.

Neev lachte. „Nein, es ist ihr Mann Petr."

„Was geht da unten vor sich?", murmelte er und rieb sich die Augen.

„Schick mal die Träumerin runter", rief Neev fröhlich und das Fenster schloss sich wieder.

„Ich muss halluzinieren", sprach Nina mit sich und schaute auf ihre Hände, als wäre da drin die Antworten auf alle Fragen.

„Du hast mit ebendiesen Händen geschmiedet, mehr als einmal", Mai wandte sich ihr zu. „War das nicht Magie? Mehr sogar noch als meine Fähigkeiten, fürwahr", sie legte Nina eine Hand auf ihre Schulter und Nina blickte auf.

„Aber...", entkam es ihren Lippen, doch der Widerstand wurde schwächer.

„Und du hast gemalt, mit ebendiesen Händen", Mai nahm Neevs Hand, um sie besser zu spüren. Sie war zart und kühl, ganz anders als Ninas raue Haut. „War das nicht auch übernatürlich, emergierend, schöpferisch? Mehr als alles, was ich zustande bringen werde. Und ihr fragt euch, warum ich dies und jenes kann", sie lachte.

„Endlich, du bist da", mit einem breiten Grinsen kam Misha in einem grünen Arbeitsoverall in ihren Kreis und setzte sich in die Lücke zwischen Neev und Nina. Nahm ihre beiden Hände.

„Wunderbar, jemand, der versteht", Mai fixierte sie mit ihrem Blick. Von Misha gingen Sonnenstrahlen aus, wie sie sie sonst bei wenigen Menschen gesehen hatte. Sie war wie ein kleines Kraftwerk, bereit, alle für sich einzunehmen.

„Schwestern, ich bin so dankbar und froh, dass wir jetzt zusammen sind", setzte Mai an und schaute von einer zur anderen. Sie hatte nie eine Schwester oder einen Bruder gehabt, nur eine abwesende Mutter und einen kontrollierenden Vater, und das war ein besonderer Moment. Für diese Rede hatte sie sich nicht vorbereitet. Sie wusste ja nicht, was sie erwarten würde. Gleich drei enge Wegbegleiterinnen? Das war besser, als sie es sich jemals vorgestellt hatte.

Ihre Augen wurden etwas feucht und die Worte versagten ihr. Sie sah in Ninas skeptische Augen, in Neevs neugieriges Gesicht, in Mishas freudiges Antlitz und spürte ihre gemeinsame Verbindung, die so frisch und noch fragil war. Dann schweifte ihr Blick in den Himmel, wo die ersten Spuren der Morgendämmerung heranschlichen. Das war ein guter Anfang.

2

„Wir haben schon eine Bleibe für dich", verkündete Misha, als sie alle zusammen die Straße entlangliefen.

„Danke", atmete Mai erleichtert aus. „Ich hatte gehofft diesen Satz heute zu hören, denn ich bin völlig unvorbereitet hierhergekommen."

„Können wir diesmal nicht hinfliegen?", murmelte Nina hinter ihr.

Mai drehte sich zu ihr um. „Das mache ich eh nur nachts", beruhigte sie sie. „Dann stellen die Leute weniger Fragen. Und mit drei Leute im Schlepptau wird es sowieso schwierig."

„Was für ein Glück", grummelte Nina.

„Welches Objekt hast du da ins Auge gefasst?", fragte Neev, die neben Nina war, nach vorne zu Misha.

„Das weiß doch jeder", Misha schüttelte den Kopf. Sie lief vor und zeigte ihnen den Weg.

„Warte, es ist aber kein Haus auf drei Hühnerbeinen oder so?", überlegte Mai. „In sowas könnte ich nie…"

„Nein", Misha drehte sich zu ihr um und lachte. „Aber es wird allgemein das Hexenhaus genannt."

„Na toll", erwiderte Mai.

„Es liegt mitten in der Stadt und der Legende nach hat da seit hundert Jahren niemand mehr gehaust. Zuletzt deine Vorgängerin oder dein Vorgänger. So lange war der Posten unbesetzt."

„Hundert Jahre?", rief Neev. „Da ist bestimmt eine Menge an Instandsetzung nötig. Ich denke nur an die Wasser- und Elektroleitungen…"

„Hoffentlich hatten die letzten Besitzer einen guten Geschmack bezüglich der Inneneinrichtung", Mai kratzte sich am Kinn. „Ich bin eher der Typ für Minimalistisches und nicht für Hirschgeweihe, Wappen oder Ikonen an den Wänden", sie schüttelte sich.

„Da wären wir", Misha blieb an einem schiefen und moosüberwachsenen Holzzaun stehen und ihre Augen leuchteten. „Ich habe es mir so sehr gewünscht, dass wieder Leben in dieses Haus kommt und jetzt ist es so weit."

Mai stellte sich neben sie und schaute auf ein einstöckiges Holzhaus mit Spitzdach, das komplett mit Efeu überwachsen war. Eingerahmt wurde es von einem größeren verwilderten Garten, der nur mit einer Machete betreten werden konnte. Die Tür war windschief, die Fensterläden verwittert, geschlossen und hingen teilweise aus den Angeln; das Haus wurde wohl größtenteils von dem Efeu zusammengehalten. Von der Größe her würde Mai schätzen, dass in dem Haus Platz für eine Küche, ein Wohnzimmer und ein Schlafzimmer war. Aber das würden sie gleich herausfinden.

Sie öffnete das schwergängige Holztörchen, zeigte mit der rechten Hand auf die Verbindungslinie, die Straße und Eingangstür verband und mit einer Handbewegung wurden die Sträucher und vertrockneten Gräser heruntergedrückt, sodass ein kleiner Weg entstand, auf dem sie laufen konnten.

Oh und Ah hörte sie hinter sich, als die anderen ihr folgten. Langsam schritt sie den Pfad entlang, denn diese Dinge sollte man nicht hetzen und kam am Eingang an. Dort identifizierte sie nach längerem Suchen die Türklinke aus Messing und drückte sie runter. Die Tür war abgeschlossen. Sie versuchte es noch einmal, diesmal aber mit der Intention „Öffnen", wie sie es in ihrer Ausbildung gelernt hatte und das Türschloss löste sich.

Es fühlte sich an, als würde sie ins Schloss von Dornröschen eindringen. Mai musste kräftig schieben und die Tür gab reißende, knarzende, brechende Geräusche von sich, je mehr sich ihr Radius vergrößerte. Auf einmal war alles sehr still. Dunkelheit schlug Mai entgegen, aber von der Sorte, die sehr dicht, sehr fest, sehr dumpf war. Vielleicht war das doch die Grabkammer eines Pharaos oder so? Mai, die sich kaum mehr vor etwas fürchtete, überkam ein kalter Schauer und sie trat die ersten Schritte in diese seltsame Behausung. Die anderen warteten draußen.

Eine Maus flitzte an ihr vorbei und verschwand in einer Ritze, das konnte Mai aber nicht sehen, nur spüren. Auch wenn Licht von draußen hereinfallen müsste, so passierte das hier nicht, Mai lief in absoluter Dunkelheit durch den Eingangsbereich und streckte ihre Hände nach vorne, um die Atmosphäre zu spüren. Und nicht gegen einen Schrank zu knallen.

Sie musste sichergehen, dass das hier ein guter Ort für sie war. Dass keine Geister oder anderen übernatürlichen Überreste ihr Unwesen trieben. Dass das Haus sie empfang und aufnahm und sie kein unerwünschter Eindringling war.

Die Schritte von ihren Stiefeln wurden von dem Holzboden verschluckt und Mai bahnte sich ihren Weg in sowas wie das Wohnzimmer, wo sie immer noch nichts sah, nur ihre eigene Atmung hörte. Dort, in der Mitte des Hauses, blieb sie stehen, schloss die Augen und atmete die abgestandene Luft ein, hielt kurz inne und atmete wieder aus. Bewegte ihren Mund und die Zunge, um das Haus zu schmecken.

„Gut", befand sie schließlich und das Haus schien auch zufrieden. Ein Fensterladen brach plötzlich auf und das hellste Sonnenlicht strahlte herein und durchflutete den Raum völlig und vollständig, sodass Mai sich die Hand vor die Augen halten musste, um nicht geblendet zu werden.

„Wow", Misha kam herein und die anderen folgten ihr. „Es ist wunderschön!"

Mai schaute sich nun auch um. Ein weiß gefliester Kachelofen mit blauen Verzierungen, in der Mitte ein großer Tisch mit sechs Stühlen aus Kirschholz, altes Porzellan in den Regalen, ein Parkettboden, der einen Abschliff gebrauchen konnte, Schnitzereien an den Wänden, die Mai sich später in aller Ruhe anschauen würde und etliche Kerzenständer, die überall im Wohn-Essbereich verteilt waren. Sie lief weiter und warf einen kurzen Blick auf die Küchenzeile, die aus einem Steinspülbecken, Ablageflächen und kleinen Schränken bestand. Das Wasser kam aus einem großen verbeulten Behälter, der über der Spüle angebracht war und wohl mit Regenwasser aufgefüllt wurde. Kochen war auf dem Kachelofen angesagt, der gleichzeitig als Herd diente. Das musste sie noch üben.

Daneben eine Tür, die zum Schlafzimmer führte und offenstand. Mai warf einen Blick herein und fand ein sehr gemütliches kleines Räumchen vor, in dem ein großzügiges Holzbett, ein massiver Schrank, ein Nachtisch und ein gefülltes Bücherregal stand. Alles sehr einfach eingerichtet, ganz nach ihrem Geschmack. Mai nickte zufrieden und ging wieder zurück ins Wohn- und Esszimmer zu den anderen, die die übrigen Fensterläden geöffnet und sich um den Ofen versammelt hatten, um seine Funktionsweise zu diskutieren.

„Ich kann nur auf Knöpfe drücken", verkündete Neev und hielt die Hände hilflos vor sich. „Das hier überfordert mich total."

„Ein Feuer anzufachen, das bekomme ich hin", Nina krempelte die Ärmel hoch. „Holz von vor hundert Jahren ist ja da und wird schön brennen."

„Ich hab einen Kessel und er scheint dicht zu sein", Misha schwang etwas vor sich und füllte Wasser rein.

Ihre neuen Helfer machten sich gleich nützlich, das gefiel Mai. Sie zog einen Stuhl heraus und setzte sich an den Tisch. Spürte die Müdigkeit über sich kommen. Sie war schließlich fast die ganze Nacht unterwegs gewesen.

„Hier fehlt ein Sofa", murmelte sie und legte den Kopf auf die verschränkten Arme vor sich.

„Kann ich organisieren", Neev setzte sich zu ihr. „Können wir demnächst zusammen aussuchen."

„Kein Stress, das ist mein geringstes Problem."

„Wie funktioniert das jetzt eigentlich?", fuhr Neev fort. „Brauchst du einen Taschencomputer? Bist du an das städtische System angebunden? Wie generierst du dein Einkommen und so weiter?"

„Oh nein", wehrte Mai gleich ab. „Damit will ich nichts zu tun haben", sie richtete sich wieder auf, um eine respektvolle Haltung einzunehmen. Im Hintergrund sah sie, dass Nina das Feuer in Gang gebracht und Misha den Kessel aufgesetzt hatte. Sie kamen nun auch an den Tisch. „In den Sphären, in denen ich jetzt unterwegs bin, atme ich die Luft um mich herum, trinke und esse ich das, was meines Weges kommt, schlafe ich dort, wo sich etwas anbietet, heile und beschütze ich, wo ich gebraucht werde, nehme und gebe ich in einem Rhythmus, der sich eurer

Wahrnehmung entzieht, der mir aber dienlich ist und dem ich mich vollumfänglich anschließe und darin aufgehe."

Niemand sagte mehr etwas. Nur das Feuer knisterte im Hintergrund. Der Kessel klapperte vor sich hin, der Wind schlug die Läden sachte an die Hauswände.

„Ja, aber wer bezahlt deine Stromrechnung?", durchbrach Neev die Stille.

Mai schaute sie abgeklärt an. „Ich lass mir eine Solaranlage aufs Dach machen."

„Wie können wir dich anrufen, wenn es etwas wichtiges gibt?", fragte Nina.

„Benutzt euer Köpfchen", Mai tippte sich auf die Schläfe. „Ich hab einen Sinn für sowas."

„Was ist, wenn du gegen einen Strommast fliegst und Hilfe brauchst?", schloss sich Misha an.

„Gute Frage, bei den Flugkünsten…", murmelte Nina.

„Pfft", sagte Mai bloß. „Wir finden für alles eine Lösung. Nicht umsonst habe ich diese Ausbildung durchlaufen, da bekommt man alles Mögliche beigebracht."

„Fliegen ja wohl nicht", grummelte Nina wieder und Mai warf ihr einen gespielt verärgerten Blick zu.

„Ja, erzähl mal", Misha stand auf, holte vier Tassen und den Kessel. „Was heißt das, Ausbildung?"

„Nachdem Nina mir den Auftrag gegeben hatte, mein Leben komplett über den Haufen zu werfen und mich beruflich umzuorientieren, habe ich meine Position als Nachwuchsführungskraft in dem Konzern namens ‚Neu!' meines Vaters aufgegeben und bin in die Hauptstadt eures Kontinents gereist, um dort übernatürliche Kräfte zu lernen", Mai wickelte eine Strähne ihres langen Haares um den Finger, als sie erzählte.

„Hier gibt es leider keinen Tee", rief Misha aus dem Küchenbereich und klapperte mit den Schranktüren.

„Hinten im Garten sind noch Reste von Minze, das müsste gehen", Mai zeigte in eine Richtung und Misha schlüpfte durch die Terassentür nach draußen, um kurze Zeit später mit dem Kraut wiederzukommen. Schließlich goss sie ihnen allen dampfenden Tee ein.

„Was heißt das, dort zu lernen?", Misha setzte sich dazu und fixierte Mai mit ihren großen Augen.

„Es gibt dort eine große Gruppe von Gleichgesinnten, die in Villen und Palästen hausen und alle Arten von Ausbildungen anbieten. Heilen, Kämpfen, Verwandeln, Transzendieren, Verbinden, Schützen", sie gestikulierte vor sich. „Alles selbstorganisiert, der eigene Instinkt führt einen dorthin, wo man hin will. Ich habe mich eher am Rande der Gruppe aufgehalten", sie zuckte mit den Schultern, „und habe mir die Fähigkeiten beibringen lassen, die mir wohl am ehesten liegen. Von den großen Feierlichkeiten und ausschweifenden Gelagen, von denen ich nur gehört habe, hielt ich mich fern. Es gibt auch eine Elitetruppe, die gegen globale Bedrohungen kämpft. Strahlen und Einschläge abwehren, die unseren Planeten bedrohen, große Katastrophen im Schach halten, auch wenn wir nicht alles verhindern können. Das ist irgendwie das Problem", sie klopfte mit den Fingern auf die Tischplatte. „Ich und die anderen, wir können die negativen Ereignisse, seien es Krankheiten, Unfälle, Unglücke, Umweltkatastrophen oder Kriege, nicht alle verhindern und in einer perfekten Welt leben. Aber wir können lindern, abmildern, reparieren, abwenden, trösten, wiederaufbauen."

„Wow", Mishas Augen wurden noch größer. „Wahnsinn. Ich will das auch…"

„Nur, wenn du den Ruf bekommen hast", bremste Mai sie.

„Und wie hast du…", hakte Misha nach.

„Das, meine Liebe, ist eine sehr lange Geschichte", Mai lächelte vage, es war keine schöne Geschichte, fügte sie in Gedanken hinzu.

„Wir sollten Mai erstmal ankommen lassen", Nina nahm einen letzten Schluck von ihrem Tee.

„Hmm", Mai warf ihr einen dankbaren Blick zu und trank nun auch ihren Tee. Das tat gut.

„Wenn du etwas brauchst, dann lass es uns wissen", Neev tippte sich an die Schläfe und stand auf.

„Du hast es raus", Mai lachte.

„Ich habe noch so viele Fragen", beschwerte sich Misha, aber Neev zog sie an dem Ärmel hinter sich her zur Tür.

„Danke, ihr seid die besten", zwinkerte Mai den drei zu, als sie an der Türschwelle standen.

„Auf zu neuen Abenteuern", winkte Nina und sie gingen.

„*Ihr* seid mit ihr geflogen, und wieso ich nicht…", hörte Mai Misha erneut.

„Auf zu neuen Abenteuern", sagte Mai, als sie schon gegangen waren und schloss die Tür.

3

Nachdem sie eine ordentliche Ladung Schlaf zu sich genommen hatte, stand Mai am frühen Abend auf und verspürte das Bedürfnis, die Stadt etwas zu erkunden. Sie war zwar kein Vampir, aber ihr neuer Schlaf- und Wachrhythmus passte auf jeden Fall zu den nachaktiven Sagengestalten. Es war nun einmal so, dass tagsüber das normale Leben seinen Lauf nahm, aber am Abend und in der Nacht kamen sowohl die Gesetzeslosen und Fieslinge heraus, als auch die Ängste und Sorgen der Menschen, die sie zu fragwürdigen Verhalten verleiteten. In der Nacht wurden Leute krank und starben, flohen von ihrem Zuhause, verirrten sich im Wald oder schmiedeten seltsame Pläne. In der Nacht wurden Angriffe vorbereitet und Kriege geführt. Kamen Nachtmare und Dämonen an die Oberfläche. Taten sich Abgründe und steile Klippen auf.

Mai trat auf die Straße und schaute sich aufmerksam um. Ihr Haus war mitten auf einer relativ großen Straße, auf der eine Gruppe von Jugendlichen über etwas auf ihren Taschencomputern lachten, ein alter Hund an der Leine hinter seinem Besitzer hergezogen wurde, zwei Kinder Fahrrad fuhren und eine ältere Frau ihre Einkäufe nach Hause trug.

Mai lief ziellos ein paar Schritte und blieb in einem Hauseingang stehen, in dem eine junge Frau einen Kinderwagen hin und her schob.

„Alles okay bei euch?", Mai trat näher und warf einen Blick in den Wagen auf das kleine Baby, das da drin lag und vor sich hin glühte.

Die Frau starrte sie etwas perplex an. Ein Blick, an den Mai sich sicherlich gewöhnen musste, aber so war nun mal ihr neuer Job.

„Ist dein kleines Mädchen krank?", fragte Mai und betrachtete den weichen Flaum auf dem Kopf des Kindes. So ein Baby hatte sie auch mal gehabt, aber das war schon ein paar Jahre her.

„Sie hat seit drei Tagen Fieber", erwiderte die Mutter und Mai konnte die dunklen Augenringe in ihrem Gesicht nicht übersehen.

„Ich wünsche ihr heute einen ruhigen Nachtschlaf", Mai strich über die Decke des Kindes. „Es gibt keine Wunderheilung, aber ich kann ihre Beschwerden lindern. Und wenn du Hilfe brauchst, dann rufst du mich einfach", Mai lächelte die Mutter an und lief weiter.

Hoffentlich war das nicht zu skurril gewesen. Aber irgendwo musste Mai ja anfangen.

Als nächstes wäre sie fast über die Leine des alten Hundes gestolpert. Sie kniete sich zu dem wuscheligen weißen Tier runter und kraulte sein Kinn.

„Er frisst nichts mehr?", fragte sie und hob den Kopf zu seinem Besitzer.

„Joa, schon seit ein paar Tagen. Ist auch schon ein alter Kerl. Aber was will man machen…", sprach dieser in die Ferne.

„Ich wünsche ihm eine baldige Erlösung", Mai strich dem Hund über den mageren Körper.

„Das wünschen wir uns alle…", murmelte der Mann und lief weiter.

Und dann musste sie sich auch schon beeilen, denn eine ältere Frau mit Einkäufen verlor die Balance im Treppenhaus und Mai konnte sie gerade noch so auffangen.

„Meine Dame, suchen Sie sich immer einen festen Halt", rief Mai und stabilisierte sie mit den Händen, während aus der Einkaufstasche Äpfel die Treppe herunterkullerten.

„Ich bin wohl ausgerutscht", schnaufte die Frau, drehte ihren Kopf und schaute Mai dankbar an.

„Vielleicht ist eine Wohnung im Erdgeschoss besser?", Mai hob eine Augenbraue und nahm ihr die Tasche ab.

„Aber ich wohnte ja schon seit über zwanzig Jahren…", begann die Frau, doch Mai unterbrach sie.

„Sie können sich an die zentralen Dienste wenden, die helfen Ihnen auch beim Umzug, es ist bestimmt etwas in der Nähe frei", sie schaute die Frau eindringlich an, sammelte die Äpfel ein und trug die Tasche hoch in den dritten Stock. Die Melanerin kam ihr hinterher.

„Danke", sagte sie und Mai winkte zum Abschied.

Draußen war es nun fast dunkel geworden und Mai bahnte sich ihren Weg zum Zentrum. Sie folgte einfach den Rissen im Straßenbelag, die mit blauer Farbe gefüllt waren. Sie mündeten in die Mitte von Mela, wo sich ein großer Marktplatz befand, welcher zu dieser Stunde menschenleer war. Ein paar Treppenstufen führten zum Rathaus hoch, welches eines der eindrucksvollen Gebäude war, da es sich von den üblichen Wohnblöcken abhob und großzügig aus Sandstein gebaut war, mit weiten Türen und herrschaftlichem Balkon, vielen Fenstern und mit Schnörkeln verzierten Dachgiebeln.

Mai lief auf das Gebäude zu und senkte den Blick. Auf den Stufen, im Schatten einer Kolonnade, saß jemand, der sie mit finsterem Blick fixierte. Mai blieb ein paar Meter von ihm entfernt stehen. Sie schätzte ihn auf Ende zwanzig, aber seine Haare waren sehr ungepflegt und hingen schlaff an den Seiten runter, seine Kleidung war abgenutzt und fleckig. Die Hände hielt er angestrengt zusammengeballt vor sich, als würde er sich gleich in einen Boxkampf stürzen. Dann trafen sich ihre Augen und Mai spürte eine Welle von Schmerz, Trauer und Wut über sich kommen. Eine gefährliche Mischung, das wusste sie aus eigener Erfahrung. Konnte sie ihm ihre Hilfe anbieten? Wenn jemand alles von sich stieß, was ihm oder ihr in den Weg kam, dann konnte man der Person nicht helfen, das hatte man ihr in der Ausbildung immer und immer wieder eingebläut. Aber Mai sah auch eine Stärke in ihrem Gegenüber, ein weites blaues Meer, einen warmen Sommerwind, dicke Regentropfen und tiefe Pfützen. Die Realität war also doch viel verworrener, als sie gedacht hätte.

„Ich bin Mai", sagte sie schließlich. „Die neue Schutzpatronin von Mela."

Etwas Komplexes spielte sich auf seinem Gesicht ab. Es wurde kurz weicher, fast freundlich, dann verhärteten sich die Züge wieder und er presste die Lippen aufeinander. Mai konnte Gedankenlesen, aber die meiste Zeit benutzte sie die Fähigkeit nicht, weil Kommunikation den Menschen so viel mehr entlockte und die meisten unausgesprochenen Gedanken zu banal waren, als dass sie Kenntnis von ihnen haben wollte.

„Wir brauchen dich hier nicht", rief er plötzlich vehement und Mai wich vor Schreck einen Schritt zurück. „Die Stadt und ihre BewohnerInnen sind sowieso dem Untergang geweiht. Du kannst hier verschwinden", er stand auf und spuckte vor ihre Füße.

Mai spürte eine Wut in sich aufbrodeln. „Und das glaubst du, weil...?"

„Mein Bruder Mick ist letztes Jahr mit vielen anderen gestorben, und wo warst du da?", er zeigte auf die blauen, fest gewordenen Ströme im Boden und es fehlte nur noch, dass er Schaum vor dem Mund bekam.

„Noch nicht hier", schnaubte sie. „Aber jetzt…"

„Aber jetzt bringt es nichts", rief er jetzt lautstark, sodass andere Passanten sich nach ihnen umdrehten. „Er ist weg und du kannst ihn auch nicht zurückbringen", er ging auf sie zu und Mai lief wieder ein paar Schritte rückwärts. „Also verschwinde von hier", er krempelte seine Ärmel hoch.

Mai war vor den Kopf gestoßen und wusste nicht, was sie tun sollte. Ihn besänftigen? Aus der Stadt werfen? Ein guter Nachtschlaf oder ähnliches würden sein Problem auf jeden Fall nicht lösen.

Als er ihr immer näher kam, streckte sie ihre Hand aus und ließ ihn mit einer Handbewegung auf seinem Hosenboden landen. Dann trat sie näher und beugte sich über ihn.

„Du musst mich nicht mögen. Aber wenn du den Stadtfrieden störst oder mich noch einmal bedrohst, werde ich die notwendigen Konsequenzen ergreifen, verstanden?", verkündete sie mit ihrer autoritärsten Stimme und ihrem eisigsten Blick. Dann stieß sie sich vom Boden ab und verschwand im Nachthimmel. Sie brauchte jetzt erstmal eine Abkühlung.

4

Als sie auf dem obersten Ast einer Eiche weit hinter der Stadt saß und ihre Wut langsam verrauchte, fragte sie sich, ob sie überreagiert hatte. Sie hatte jemanden, den sie erst für fünf Minuten kennen gelernt hatte und der ihr gegenüber machtlos war, bedroht. Wieso war sie nicht einfach weggegangen, als sie gemerkt hatte, dass sie beide nicht zueinander fanden? Sie hatte sich provozieren lassen. War sie überhaupt für diese Aufgabe die richtige Person, konnte sie das Wohlergehen einer ganzen Stadt auf ihren Schultern tragen?

Mai versank in Kontemplation und erst als es anfing heller zu werden, verließ sie ihren Aussichtspunkt und machte sich auf den Weg zu Neevs Haus, um sie dort auf ihrem Weg zur Arbeit abzufangen.

Als Neev herauskam, waren zwei junge Mädchen im Grundschulalter neben ihr und redeten vergnügt vor sich hin.

„Guten Morgen", sagte Neev und lächelte Mai an.

„Guten Morgen", erwiderte Mai und sie verfielen in einen angenehmen Gleichschritt auf dem Weg zur Bahnhaltestelle, während die Mädels hinter ihnen liefen.

„Hast du dich schon eingelebt?", Neev blinzelte in die Morgensonne.

„Ich bin dabei. Sag mal, was ist mit diesem Typen, der in der Innenstadt herumpöbelt? Was ist sein Problem?"

„Frederick? Er hat seinen Bruder verloren", Neevs Blick glitt auf den Boden. „Ziemlich tragische Geschichte. Damals wurden acht junge Leute bei einem Flugzeugabsturz in Jaku getötet. Ihre Urnen sind in diesen blauen Rissen in der Straße eingelassen, bestimmt hast du sie gesehen. Ich glaube, er kann die Geschehnisse nicht akzeptieren, was ja auch schwer ist. Seitdem hat er… die Kontrolle über sein Leben verloren. Geh am besten auf Abstand, denn er sucht ja bloß einen Schuldigen, den er verantwortlich machen kann."

„Gibt es viele solcher Leute hier?"

Neev lachte. „Nein. Ab und zu treiben ein paar Jugendgruppen ihr Unwesen. Randalieren oder vermüllen hier und da Ecken der Stadt, Spielplätze, Parks. Es gibt Einbrüche, Diebstähle und Körperverletzung. Zum Glück keine Kapitalverbrechen. Die Aufklärungsrate ist nicht sonderlich gut", Neev lachte trocken. „Wenn wir jemanden erwischen, dann gibt es eine Verwarnung und je nachdem gleich einen Verweis aus der Stadt, dann sind wir das Problem los."

„Interessante Vorgehensweise", Mai kratzte sich am Kinn.

„Machts gut ihr beiden", Neev blieb stehen und drehte sich um, drückte ihren Kindern je einen Kuss auf die Wange, sie umarmten sich und die beiden gingen ihren Weg zur Schule, nahm Mai an.

Kurze Zeit später saßen Neev und Mai in der Bahn, gegenüber voneinander.

„Du siehst müde aus", Neev hob eine Augenbraue und Mai konnte das erste Mal das aufmerksame Gesicht ihres Gegenübers betrachten.

Obwohl sie sich noch nicht lange kannten, mochte Mai an Neev, dass sie einen nüchternen und überlegten Eindruck machte, dass sie die Dinge trocken und bürokratisch anging, ohne sich in den tausend Verwicklungen des Lebens zu verfangen. Und manchmal brauchte Mai diese Vogelperspektive, um sich selbst zu entwirren.

„Ich habe in den letzten Monaten so oft mein Leben auf den Kopf gestellt", Mai kniff die Augen zusammen und fuhr mit Daumen und Zeigefinger drüber. „Zuerst mein altes Leben in Neu! zurücklassen, dann die Ausbildung in der Hauptstadt, jetzt Mela. Immer neue Leute, neue Umgebungen, neue Aufgaben. Immer der Anspruch, es richtig und ordentlich zu machen, immer die Suche nach einem neuen Zuhause."

„Das kenne ich", nickte Neev und schaute aus dem Fenster. „Als ich hierhergekommen bin, war ich jahrelang unter einer Anspannung und hatte auch ein schlechtes Gewissen meiner Familie gegenüber, konnte mich kaum auf das Leben hier richtig einlassen. Wie ist es mit deinen Eltern, dein Vater ist ja ein hohes Tier…"

„Puh", Mai atmete aus und betrachtete die vielen SchülerInnen, die zustiegen und sich lebhaft unterhielten. „Er weiß nicht, dass ich hier bin und ich würde es gerne dabei belassen."

„Okay."

„Seine Firma werde ich eh nicht mehr übernehmen, aber es gibt noch andere, ungeklärte Angelegenheiten", Mai klopfte mit den Fingern gegen die Scheibe.

„Verstehe. Wie wäre es, wenn wir mal bei dir vorbeikommen und dir helfen, dich einzurichten. Den Garten auf Vordermann bringen und sowas? Vielleicht erdet dich das etwas."

„Ich wollte sowieso neue Kräuter anpflanzen", sinnierte Mai. „Heute Nachmittag?"

„Abgemacht."

Ein paar Stationen später stieg Neev aus und Mai machte sich auf den Weg nach Hause, um in ihren wohlverdienten Schlaf zu fallen.

Später, als die Erde sich vom Tageslicht aufgewärmt hatte, als die Wolkendecke etwas aufriss und ein paar einsame Sonnenstrahlen auf Mai fielen, als die drei anderen Frauen umherwuselten und Unkraut zupften und wild wuchernde Sträucher zurechtschnitten, als der Staub von Jahrzehnten aus den Fenstern geschüttelt wurde und die quietschenden Scharniere geölt wurden, da spürte Mai tatsächlich ein erstes und vorsichtiges Ankommen, ein sich Einleben und vertraut machen und einfühlen.

„Ich werde ein paar kleinere Reparaturen vornehmen", verkündete Nina und schraubte das Ölfläschchen wieder zu, verschwand im Inneren des Hauses.

„Du brauchst eine breite Auswahl an Kräutern und Heilpflanzen", Misha stand vor ihr und konnte ihre Finger kaum stillhalten. „Es ist noch etwas früh zum Pflanzen und aussähen, aber ich kann schon mal etwas vorziehen, wenn es dir recht ist."

Mai schenkte ihr ein dankbares Lächeln.

„Oh shit, Mai, dein Kühlschrank ist ein Loch im Boden", Neev hatte eine Klappe im Boden geöffnet und beugte sich runter. „Es gibt eine Leiter, die runter führt, ob da noch Einmachgläser zu finden sind?"

Schließlich wurde es wieder dunkler und kälter, also saßen sie zusammen am Esstisch und aßen eine Hühnersuppe, die Misha auf dem Ofen warm gemacht hatte.

„Petr hat sie dankenswerterweise für uns gekocht, ganz nach einem Rezept aus Jaku", erklärte Misha.

„Du hast es gut mit ihm", erklärte Mai zwischen zwei Löffeln der köstlichen Brühe.

Misha grinste und Mai fand, dass sie die fröhlichste und ausgelassenste von allen war. Sie hatte eine Ausstrahlung von Freiheit, die Mai bei sich oder den anderen kaum fand. Vielleicht war es auch ihr Alter, Misha war erst Anfang zwanzig.

„Gibt es jemanden in deinem Leben…", setzte Misha an und warf Mai einen bedeutungsvollen Blick zu.

„Ganz schlechtes Thema", wehrte Mai gleich ab.

In diesem Moment hörte sie von draußen ein Geschrei, stand auf und schaute aus dem Fenster. Vom weitem konnte sie erkennen, dass Frederick auf der anderen Straßenseite stand und schwankend Beschimpfungen Richtung Mais Haus ausstieß.

„Was ist denn in den gefahren?", fragte Misha, die sich neben Mai stellte.

„Er ist mal wieder betrunken, ignorieren wir ihn", Neev verschränkte die Arme und rümpfte die Nase.

„In letzter Zeit wird es nur schlimmer mit ihm", stellte Nina fest.

„Solange er keine Gefahr für andere ist, müssen wir das aushalten", Neev klang jetzt wieder sehr gefasst, als würde sie eine Ordnungswidrigkeit abwägen. „Es wird immer Teile von unserer Gemeinschaft geben, die sich nicht nahtlos einfügen und Stress verursachen."

Mai hatte kein gutes Gefühl bei der Sache. War es wirklich nur das?

Irgendwann zog Frederick weiter und sie räumten die Küche auf. Verließen zusammen das Haus. Mai schaute nach rechts und links, aber keine Spur des Unruhestifters.

„Ich muss los, gleich wird eine Katze auf die Bahngleise laufen und da liegt noch etwas von einem umstürzenden Baum und einer Atemnot in der Luft", Mai schnupperte, als würde sie eine Witterung aufnehmen und hob, ohne nach den anderen zu schauen, ab.

5

Nachdem sie schon fast eine Woche in Mela verbracht hatte, war Mai erleichtert, sich eingelebt zu haben. Manche Leute schauten sie komisch an, andere wollten nichts mit ihr zu tun haben, aber im Großen und Ganzen waren die BewohnerInnen aufgeschlossen und höchstens scheu.

In der Zeit zwischen dem Ende der Nacht und dem Beginn des Morgens mochte Mai es besonders gerne, unterwegs zu sein und die Stimmung der Stadt, wenn fast alle schliefen, aufzunehmen. Dann stieg ein Gemurmel und Geflüster zu ihr hoch, das viel von dem Misstrauen gegenüber dem Rest der Welt erzählte, von einem Rückzugsort, der aktuell sicher war, es aber vielleicht nicht immer bleiben würde, von leisen Hoffnungen und Wünschen und vielen Ängsten und Sorgen, die die BewohnerInnen plagten.

Natürlich konnte Mai nicht auf alle eingehen, aber sie ging dorthin, wo der Wind sie hintrug und versuchte heute dem einen und morgen dem anderen zu helfen oder zumindest Linderung zu verschaffen.

Sie verharrte für einen Moment in der Vogelperspektive über der Stadt, hatte die ganze Siedlung unter sich. Sie lag in einem flachen Tal, von allen Seiten von Wald umgeben, in der Nähe ein See, den die Städter wohl gerne im Sommer besuchten. Dann war da noch eine Bahnstrecke, die die Stadt mit der Außenwelt und den anderen Kontinenten verband. Zur einen Seite war Ferra in ein paar Stunden Fahrzeit zu erreichen und in weiter Ferne Jaku und der östliche Kontinent, zur anderen Seite der südwestliche Kontinent, von dem sie stammte.

Letztendlich war die Stadt völlig ungeschützt als selbstorganisierte Kommune ohne einen großen Konzern im Rücken. Wenn von hier oben ein paar Bomben abgeworfen werden würden, wäre alles platt. Ebenso, wenn auf den wenigen Zufahrten militärische Fahrzeuge aufziehen würden. Es gab keine Bunker, keine Verteidigungsmaßnahmen, keine Geheimwaffen. Selbst Mai könnte nichts dagegen unternehmen, die Stadt wäre in einem Tag eingenommen oder dem Erdboden gleich gemacht.

Bevor die ersten Sonnenstrahlen richtig durchbrechen konnten, drehte Mai schließlich um und steuerte ihr Haus an.

„Wir haben die formelle Anfrage von Neu! bekommen, ob du dich hier aufhältst", erklärte Neev ihr am nächsten Abend, als sie mit ihren beiden Mädchen vorbeikam.

Mai spürte, wie sich ihr Brustkorb zuzog. Die Geister der Vergangenheit holten sie nun doch ein und sie musste sich mit ihnen auseinandersetzen.

Neev schaute sie an und wartete auf eine Antwort, während ihre Kinder in den Garten gestürmt waren, um sich dort irgendwo zu verschanzen.

„Willst du reinkommen?", fragte Mai, da sie noch im Eingang herumstand.

„Nein, ich bin nur auf einen Sprung da."

„Alles klar. Hmm… Welche Möglichkeiten haben wir?", seufzte Mai.

„Da du nicht offiziell registriert bist, kann ich wahrheitsgemäß angeben, dass du keine Bewohnerin der Stadt bist."

Mai wog ihren Kopf hin und her. Früher oder später würde ihr Vater sie hier finden. Aber glaubte er ernsthaft, dass sie nach Hause zurückkehren würde und alles so wäre wie vorher? Sie konnte sein Verhalten nicht verstehen. Er hatte genug andere Anwärter für den Posten der Konzernleitung, er brauchte sie nicht.

„Lass uns das so machen", beschloss Mai und fuhr sich durch das lange Haar, um es zu entknoten. „Je länger wir ihn von hier fernhalten können, desto besser. Ich kann nicht sagen, welche Idee ihn reitet, denn wir standen uns noch nie nahe, aber es ist immer ein schlechtes Zeichen, sobald er Interesse an etwas zeigt."

„Wir haben Schneeglöckchen gefunden", eines der Mädchen kam angerannt.

„Es wird *doch* langsam Frühling", lächelte Neev, ging in die Knie und nahm ihre Tochter in den Arm, die andere war auch schon da.

Dieser Anblick gab Mai einen kleinen Stich von einer Wunde, die nie ganz verheilt sein würde, aber sie schob den Gedanken ganz schnell weg und schenkte den drei ein warmes Lächeln. Auch Neev hatte keinen einfachen Weg zur Elternschaft gehabt und Mai gönnte ihr das ganze Glück, was sie bekommen konnte.

„Ist alles okay?", Neev stand wieder auf.

Mai wischte sich über das Gesicht und drehte sich weg.

„Danke für die Info, halte mich über weitere Entwicklungen auf dem Laufenden", sagte sie und ging wieder ins Haus rein.

Um sich etwas abzulenken, flog Mai später ein paar Runden über die Außenbezirke von Mela und hielt Ausschau nach Unregelmäßigkeiten. Vor ein paar Tagen waren zwei neue Leute in Mela angekommen. Einer war aus Jaku und der andere aus der Ostebene und Mai wusste noch nicht, was sie von ihnen halten sollte. Kolja aus Jaku war gleich bei den Zuliefererhöfen im Umland verschwunden, während Nick ein begnadeter Schneider war, der aber seine Zeit bloß in einer verstaubten Altkleidersammlung fristete. Aber so waren die BewohnerInnen in Mela: gescheiterte Existenzen, Leute auf der Suche nach etwas Neuem, Menschen mitten in einer Krise oder auf der Flucht vor etwas.

Mai ließ sich auf einem Laternenmast in der Nähe von dem alten Bauernhof nieder, in dem Kolja sich zurückgezogen hatte und beobachtete, wie Nick seinen Weg von der Bahnhaltestelle zum Haus seines Freundes suchte. Es sah etwas lustig aus, weil Nick so deutlich ein Städter war, der noch nie in seinem Leben einen ungepflasterten Weg betreten hatte und nun durch Felder und Koppeln stolperte. Dabei hatte er einen Ausdruck auf seinem Gesicht, als würde ihn gleich ein Traktor überfahren oder ein Stier überrennen.

Als er in Koljas Haus angekommen war und die Tür hinter ihm zufiel, spitzte Mai noch einmal die Ohren und vernahm, dass es Spannungen zwischen den beiden gab. Kolja war in keinem guten seelischen Zustand. Mai wusste noch nicht viel darüber, aber sie ahnte, dass er sich wohl das Leben nehmen wollte. Ein Gedanke, den Mai nachvollziehen konnte. Dennoch wollte sie ihn davon abhalten. Noch griff sie nicht ein, denn Kolja hatte zwei gute Freunde, Juri und Nick, die nach ihm sahen, was Mai sehr rührte.

Plötzlich kam Nick wieder rausgestürmt, wütend und verletzt. Mai flog ihm hinterher, um sicherzugehen, dass er es sicher zur Bahnhaltestelle schaffte und nicht von einem umherschleichenden Bären gefressen wurde. Mit einem Mal drehte Nick sich um, er musste sie wohl für den Bruchteil einer Sekunde gesehen haben, blieb stehen und schaute ihr hinterher. Mai lachte auf und flog davon.

Eine Schutzpatronin zu sein, das hatte Mai sich nicht ausgesucht, der Auftrag war zu ihr gekommen und sie hatte ihn angenommen. In der Firma ihres Vaters, in der sie bisher gearbeitet hatte, hatten ganz andere Aufgaben und Kompetenzen auf der Tagesordnung gestanden. Organisieren, Kalkulieren, Ausführen. Wenn Mai jemand vor einem Jahr erzählt hätte, dass sie nun Schmerzen lindern und Tränen trocknen würde, hätte sie die Person für verrückt erklärt. Sie hatte sich noch nie um ein anderes Lebewesen gekümmert. Außer um ihre Tochter, die sie unter unglücklichen Umständen mit sechzehn bekommen hatte und die mit drei Monaten plötzlich verstorben war. Aber das lag schon lange, über zehn Jahre hinter ihr und die Erinnerung daran verblasste immer mehr. Jedenfalls hoffte Mai das.

Vielleicht sollte sie heute nach dem Baby mit dem Husten schauen. Es war zwar eine harmlose Erkrankung, aber die Mutter hatte sich vor ein paar Tagen noch furchtbare Sorgen um ihr Kleines gemacht und Mai wollte ihr gerne die Ängste nehmen. Mit ihr hatte sie einen liebevollen Kontakt geknüpft, sodass die Mutter immer wieder die Balkontür offen ließ und Mai ab und zu reinschneite, um dem Kind ein paar hustenfreie Nachtstunden zu verordnen.

Auf dem Weg dorthin registrierte sie allerdings, dass an ihrem Haus etwas nicht in Ordnung war und sah auch gerade noch rechtzeitig, dass Frederick sich aus der Straße entfernte. Als sie in ihrem Vorgarten landete, schaute sie sich misstrauisch um und ging um das ganze Haus, bis sie eine zerbrochene Fensterscheibe entdeckte. In der Mitte ihres Wohnzimmers lag ein großer Backstein.

Mai stand wie angewurzelt da und spürte, wie eine unbändige Wut in ihr hochkochte. Das Blut in ihren Adern näherte sich dem Siedegrad, die Kiefer schmerzten vor Druck, die Augen fielen ihr fast aus den Höhlen. Sie schloss sie und drückte ihre Handballen dagegen. Atmen. Sie würde jetzt nicht Frederick hinterherfliegen und ihn fertig machen. Nicht in diesem Zustand. Sie würde sich zwingen einen Tag drüber zu schlafen und dann eine Entscheidung treffen.

Mai ließ das Fenster Fenster sein und ging ins Haus. Dort ballte sie die Fäuste und lief von einer Ecke in die andere. Zuerst ihr Vater und dann das. Würde langsam alles, was sie sich wieder aufgebaut hatte, zu Scherben zerfallen? War es nur eine Illusion, dass sie eine andere Berufung haben könnte als alten Schrott auseinanderzunehmen und weiterzuverkaufen? Würde sie am Ende, egal wie sehr sie sich abstrampelte, wieder bei ihrem Vater landen und Baustellen überwachen? So wie sie es bei Ninas Metallverarbeitungsanlage gemacht hatte? Dort hatten sie sich kennen gelernt, als Nina vor den Überresten ihres Lebenswerkes stand und Mai gekommen war, um diese Überreste zu demontieren und abzutransportieren. Doch Nina hatte in Mai etwas anderes gesehen. Wer weiß, vielleicht war Nina durch ihren psychisch desolaten Zustand verwirrt gewesen und hätte ihr sonst was erzählt. Sie hatte gesagt, dass Mai nach Mela kommen sollte. War das Grundlage genug, um hier Wurzeln zu schlagen?

Mai zog sich um und sollte sich schlafen legen, doch kein Funken Müdigkeit war in ihren Zellen. Sie spürte, wie sie lieber alles in Frage stellte und ganz tief wühlen wollte, um archaische Beweise ihres Versagens hervorzuholen. Je älter desto besser. Ihre Mutter war gegangen, als Mai sich noch nicht an sie erinnern konnte. War Mai nicht gut genug gewesen, um zu bleiben? Ihr Vater hatte seitdem die Kontrolle über ihr Leben übernommen. Aber auch er konnte nicht verhindern, als sie mit fünfzehn gegen ihren Willen schlimme Dinge erleben musste. Das Kind, das später kam, wollte er am liebsten nicht in dieser Welt wissen. Die einzige Entscheidung, bei der sie sich bisher gegen ihn durchgesetzt hatte. Und dann starb es. Ohne Zutun, als Zufall, als Laune der Natur. Mai hatte den Glauben an die Welt verloren. Und ihr Vater gewonnen. Würde dasselbe jetzt auch passieren? Würden die Winde des Lebens sich immer so drehen, dass ihr das, was sie gerade in der Hand hielt, wieder entrissen würde?

Mai rollte sich auf dem Bett zusammen und verfiel in ein Schluchzen, bis der Schlaf dann doch kam.

6

Am nächsten Abend wachte Mai wie verkatert auf und fand keine Motivation, sich aus dem Bett zu quälen. Heute sah sie sich nicht im Stande, irgendjemandem zu helfen. Wenn das die Leute aus der Hauptstadt mitbekamen, dann würden sie ihr bestimmt ihre besonderen Fähigkeiten wieder entziehen. Mai wusste, dass das nicht so funktionierte. Sie alle schwirrten in den Treffpunkten der Hauptstadt nur wie die Motten um ein unbekanntes Licht und keiner konnte sagen, wie diese Prozesse funktionierten, die Mai dorthin gebracht hatten, wo sie jetzt war.

Sie seufzte und hievte ihre bleischweren Beine aus dem Bett. Sie sollte heute Frederick aufsuchen und ihm klarmachen, dass das nicht ging, was er sich da ausgedacht hatte. Aber sie hatte absolut keine Lust darauf.

Sie stand auf und kochte sich einen schwarzen Tee. Die Scherben lagen immer noch da, wo sie vorher gewesen waren und fragten sie stumm, wann sie sich um sie kümmern würde. Mai stellte sich mit der dampfenden Teetasse davor und kaute auf ihrer Innenwange herum.

Dann fiel ihr Blick auf das Regal daneben. Sie hatte bisher nur einen flüchtigen Blick in die Einrichtung geworfen. Dort standen dutzende von Gläsern, die mit einem Korkdeckel verschlossen waren. Mai drehte sie herum, machte einige auf und steckte ihre Nase hinein. Es roch schwach nach Überresten von Kräutern und Pflanzenresten.

Sie brauchte wohl eine gute Sammlung davon, um ihren Auftrag richtig ausführen zu können. Misha musste sie beraten, wie man eine solche am besten anlegte. Und es musste etwas in ihrem Garten wachsen, was der herannahende Frühling hoffentlich bald erledigen würde.

Bis es soweit war würde Mai die Gläser säubern und versuchen die Beschriftung zu entziffern und erneuern. Ihre Vorgängerin hatte sich bestimmt etwas dabei gedacht, dieses Herbarium anzulegen.

Es war schade, dass es von ihr fast keine Spur mehr gab und für so viele Jahre der Posten hier nicht besetzt war. Aber so war das nun mal, Menschen starben und Traditionen wurden nicht fortgeführt. Ganze Sprachen und einmal wichtiges Wissen verschwanden gleich mit. Wie Spuren im Sand. Dafür kam immer wieder Neues zusammen.

Misha kam vorbei und brachte ein paar Bündel von Grünzeug, die über dem Regal an der Decke aufgehängt wurden und erklärte ihr die verschiedenen Anwendungsarten, die sie aus ihrer Heimat in Jaku kannte. Sie sagte wohl auch Nina Bescheid, die eine halbe Stunde später vor der Tür stand, obwohl es schon weit nach Mitternacht war.

„War es Frederick?", fragte sie mürrisch.

Mai sagte nichts dazu und holte einen Besen, um die Scherben aufzukehren.

„Es wird immer schlimmer mit ihm", Nina maß das Fenster aus und notierte sich die Zahlen. „Ich habe von anderen gehört, dass er immer mehr randaliert. Es ist fast so, als wollte er einen Rauswurf provozieren."

„Ich werde mit ihm reden", verkündete Mai, „nicht heute, aber bald."

„Du kannst es auch dem Stadtrat überlassen, aber es steht bestimmt nicht oben auf der Prioritätenliste …"

„Nein, ich muss mich ihm stellen", Mai schüttelte den Kopf. „Ich bin nur noch nicht so weit, es war so viel in den letzten Tagen. Wie waren *deine* ersten Tage in Mela?"

„Puh", Nina atmete aus und sank etwas in sich zusammen. Sie bewegten sich weg vom Fenster und zum Tisch, auf dem Schokoladenkekse standen, die jemand Mai vor die Tür gelegt hatte. Sie setzten sich gegenüber und Mai sah ihrer Freundin in die Augen, entdeckte dort eine komplexe Mischung aus Trauer und Aufbruch.

„Ich bin nie freiwillig in Mela gelandet", Nina zog die Augenbrauen zusammen. „Auch wenn das dämlich klingt. Aber der Zusammenbruch von Ferra…"

Misha kam ebenfalls zu ihnen und nahm sich einen Keks, krümelte beim Essen auf den Tisch.

„Letztens habe ich meine Eltern das erste Mal wieder besucht", fuhr Nina fort. „Das hat einiges wieder aufgerissen. Und dass die Fabrik nicht mehr da ist. So viel von dem, was ich jeden Tag über Jahrzehnte gefertigt habe", sie hob ihre Hände und schaute sie an, als würde etwas fehlen, „ist nicht mehr da. Alles Feinmechanische. Da hilft es nichts, Fenster zu ersetzen, es gehört noch nicht einmal zu meiner Expertise, aber ich mache es trotzdem, weil mir nichts anderes übrig bleibt", sie zuckte mit den Schultern.

„Das tut mir leid", Mai streckte ihre Hand aus und legte sie auf Ninas. „Du bist hier mindestens genauso gebraucht und gewünscht, auch wenn du das nicht sehen kannst. Ich bin froh, dich als Verbündete zu haben. Möge Mela immer mehr zu deinem Ort werden."

Mai hielt kurz inne und ließ den Moment einsinken. Dann blickte sie wieder auf und schaute zu Misha rüber, die noch ein paar Krümel an ihrem Mundwinkel hängen hatte.

„Das…", Misha zeigte auf die beiden Hände und Mai wusste, was sie sagen wollte.

„… ist Verbundenheit", beendete Mai den Satz und lächelte. Es war komisch etwas weiterzugeben, von dem sie selbst viel zu wenig hatte, dachte Mai, aber so merkwürdig war nun mal die Welt.

„Wenn du etwas brauchst, dann kommst du zu mir, okay?", Mai zog ihre Hand weg und adressierte Nina, die aber in Gedanken versunken schien. So war das oft nach einem intensiven Moment, das hatte Mai schon festgestellt.

Mai stand auf und legte Misha den Arm um die Schultern. „Woher hast du bloß dieses ganze Wissen über die Heilkräuter, mein kleiner Waldgeist?"

Misha kicherte und Mai mochte, wie losgelöst Misha oft war, auch wenn sie eine der schwersten Zeiten hinter sich hatte. Sie hatte einen freien Geist, trotz allem.

„Jetzt musst du mir nur erklären, was wofür angewendet wird", fuhr Mai fort. „Nicht, dass ich ein Mittel gegen Hühneraugen jemandem verschreibe, der einen Tinnitus hat, das führt bestimmt zu total chaotischen Zuständen."

Misha schüttelte den Kopf und begann loszulegen. „So funktioniert das ja auch nicht. Also zunächst musst du die einzelnen Kräuter unterscheiden können…"

7

Als Mai ein paar Abende später vor Koljas Tür stand und anklopfen wollte, überlegte sie hin und her, was sie zuerst sagen sollte. Wie schon vorherzusehen war, hatte Koljas Zustand sich verschlechtert und Mai wollte alles tun, was in ihrer Gewalt stand, um ihn nicht von einem Strick hängend in der Scheune vorzufinden.

Dabei wollte sie auf der einen Seite streng und überzeugend klingen, aber auf der anderen Seite mitfühlend und tröstend. Mai klopfte schließlich an die Tür und es dauerte einen Moment, aber dann öffnete ein blass aussehender Kolja ihr und Mai trat ein paar Schritte in das urige Bauernhaus, das vor allem durch viel Holz von sich reden machte.

„Guten Abend die Herren. Ich bin Mai, darf ich kurz hereinkommen?"

Kolja und Nick starrten sie an, als hätten sie einen Geist gesehen, traten aber zur Seite, damit sie durchgehen konnte.

Für einen Moment herrschte eine merkwürdige Stimmung, in der niemand etwas sagte, bis Nick es wohl nicht mehr aushielt und fragte: „Möchtest du etwas von der Gemüsepfanne essen?"

Mai warf einen kurzen Blick auf den gedeckten Esstisch und musste sich ein Schmunzeln verkneifen. Die beiden waren einfach zu liebenswürdig zusammen, wie sie so häuslich waren.

Um ihre Autorität zu wahren, setzte Mai einen etwas abgehobenen Gesichtsausdruck auf, rümpfte kurz die Nase und erwiderte: „Sicher, warum nicht." Hoffentlich hörte niemand, wie ihr Magen rumpelte, weil ihm schon viel zu lange zu wenig Essen zugeführt wurde.

Nick lief gleich los und stolperte dabei fast über seine zu lange Hose, die bestimmt Kolja gehörte, kam aus dem Schlafzimmer mit einem weiteren Stuhl zurück, den er Mai so hinschob, dass sie sich gleich setzten konnte. Meine Güte, sie fühlte sich wie bei einem königlichen Empfang. Dann machte Nick sich gleich daran, das Essen zu verteilen.

Mai fing ein paar von Nicks Bedenken auf und beschloss, diese gleich auszuräumen.

„Ich werde niemanden den Kopf abreißen", durchschnitt Mais Stimme die Luft zwischen ihnen und Nick verschluckte sich an dem ersten Bissen. „Ich bin die Beschützerin der Menschen in Mela und bin in rein unterstützender Mission unterwegs. Meistens jedenfalls. Das gilt nicht für Leute, die mich ärgern", den letzten Satz schob sie schnell hinterher.

„Wie meinen?", würgte Nick hervor und schaute verwirrt.

„Bist du so eine Art Naturdämon? In meiner Heimat glauben die Leute an sowas", fragte Kolja.

„Seh ich so aus?", Mia schaute ihn abgeklärt an. „Mit Natur kann ich nichts anfangen, dieses Ländliche hier", sie zeigte auf die Umgebung, „ist mir schon zu viel. Wie haltet ihr das aus? Nein, ich komme ursprünglich aus Neu!, war im Recycling tätig. Habe mir dann durch eine Verkettung seltsamer Zufälle einen neuen Aufgabenbereich gesucht. Seitdem bin ich eher so eine Art Schutzpatronin in Mela."

„Kannst du Gedanken lesen?", fragte Nick ehrfürchtig.

„Hab ich mir so angeeignet", winkte sie beiläufig ab, „kam halt mit der Jobbeschreibung."

Nick starrte geschockt auf seinen Teller, während Mai es sich schmecken ließ. Das Gemüse, welches hier angebaut wurde, war vorzüglich.

„Du bist aber nicht in der Nacht da draußen herumgeflattert?", fragte Nick schließlich.

„Ich bitte dich", sie hob eine Augenbraue, „ich *flattere* nicht, es ist ein anmutiges Fliegen. Es kann doch niemand von mir verlangen, dass ich diese Bahn nehme, oder? Vor allem, weil ich meistens nachts unterwegs bin. Aber genug von mir, ich bin wegen Kolja hier."

Nick wirkte immer noch etwas durcheinander und holte sich ein Glas Leitungswasser.

„Ich habe ein paar Kräfte, Kolja, aber ich kann nicht alles beliebig ändern wie es gerade passt", erklärte Mai ihm zugewandt. „Ich habe gespürt, dass du in Not bist und habe schon ein paar Mal nach dir geschaut, um zu eruieren, ob du es aus eigener Kraft schaffst. Aber nach letzter Nacht… Naja, wie gesagt, kann ich dein Schicksal nicht um hundertachtzig Grad drehen, aber…", sie fixierte ihn mit dem durchdringendsten Blick, den sie materialisieren konnte.

Kolja schluckte sichtlich und atmete tief ein, seine Augen weiteten sich. „Meine Großmutter hat mir von Wesen wie dir erzählt, sie kommen aus dem Dunkel der Nacht, können Fluch oder Segen sein, sind meistens selbst gebeutelte Gestalten, die auserwählt wurden, Dinge zu sehen, die den Normalsterblichen verborgen bleiben…", dann fuhr er auf Jaku fort.

Mai musste ihr Sprachzentrum erstmal umstellen, denn sie hatte vorher noch nie Jaku gesprochen. Auch war ihr neu, dass sie diese Sprache überhaupt beherrschte. In Jaku klang Kolja weicher, fließender, benutzte viele Deminutive und umgangssprachliche Ausdrücke. Mai spürte, dass sie einen Fuß in seiner Tür hatte, dass er instinktiv begriffen hatte, warum sie hier war, auch wenn es Mai selbst nicht ganz klar war.

Sie unterhielten sich eine Weile über Jakus Mythologien, bis Kolja wieder in Weltsprache wechselte. In dem Moment nämlich, in dem es um seinen festen Entschluss ging, sich das Leben zu nehmen, da er von der Angst getrieben war, dass der Konzern Maana ihn wegen seiner Whistleblower-Aktivitäten sonst aus dem Weg räumen würde.

„Es gibt nichts, was ich ändern möchte. Meine Entscheidung ist schon lange gefallen", schloss er.

„Wie würdest du leben, wenn du wüsstest, dass Maana dich nie verdächtigen wird, dass du dich nie rechtfertigen musst?", fragte Mai

„Das kann mir keiner garantieren. Jederzeit kann meine Beteiligung herauskommen, jetzt oder in zehn Jahren. Darauf werde ich nicht warten."

„Hör doch zu", rief Mai ungeduldig. „Was wäre, *falls* ich es dir garantieren könnte?"

Kolja atmete tief ein und aus, sein Blick sprang herum und er rieb die Hände nervös aneinander. Er fuhr sich durch die Haare, kratzte sich an der Nase, kniff die Augen zusammen und riss sie wieder auf.

„Ich… es ist schwer, sich das vorzustellen. Ich habe das Gefühl, ich müsste mich bei dieser Vorstellung erbrechen, als würde das gegen alles gehen, was ich die letzten zehn Jahre geplant, antizipiert habe", er schlang die Arme um sich und beugte sich nach vorne.

Jetzt war der Moment, in dem Mai nicht locker lassen durfte.

„Aber schaffst du es, es dir vorzustellen, daran zu glauben?", bohrte sie nach.

Kolja nickte gequält, während sich Schweiß auf seiner Stirn sammelte.

„Dann soll es so geschehen", Mai sprang auf, schwang ihren Arm, wirbelte herum und war in Nullkommanichts an der Tür. „Und danke für das Essen", rief sie hinterher und schlug die Tür hinter sich zu.

Als sie in der nächtlichen Kühle durch die Luft glitt und auf einem Sendemast landete, atmete sie ein paar Mal tief durch. Hoffentlich war sie überzeugend gewesen. Niemand konnte die Unversehrtheit von Kolja garantieren. Aber sie musste es trotzdem schaffen, dass er daran glaubte. Auf diesem Grundprinzip beruhte das Leben. Aber es hieß auch, dass sie die Augen und Ohren noch aufmerksamer offenhalten musste, denn die Schergen von Maana würden früher oder später kommen, es war nur die Frage, wer schneller war bei Kolja war, Mai oder sie.

8

Eine Sache war es für die Sicherheit von anderen zu kämpfen, eine *andere* für sich selbst zu sorgen. Mai ahnte, dass ihr Vater keine Ruhe gegeben hatte und die Stadtverwaltung von Mela mit Anfragen überschüttete, um Auskunft über ihren Aufenthaltsort zu erhalten. Deshalb machte Mai sich am Ende ihrer nächtlichen Tour auf zum Verwaltungsgebäude, in dem Neev arbeitete, landete auf dem Flachdach des fünfstöckigen Gebäudes und beobachtete von der Kante mit baumelnden Beinen aus, wann die ersten Angestellten zur Arbeit kommen würden.

Morgens die Stadt zu erleben, wie sie sich in einen neuen Tag entfaltete und abends, wie sie sich wieder verschloss und nur noch die subtilen Mächte am Werk waren, das gehörte zu Mais Lieblingsbeschäftigungen. Die Übergangsphasen waren die, in denen die Dinge sich veränderten, in Bewegung waren, sich von schwarz zu weiß und umgekehrt wandeln konnten. Gerade in den letzten Wochen konnte sie erleben, wie Menschen über Nacht gesund wurden, aber auch über Nacht starben. Alles war möglich.

Vom Weitem sah sie, wie Neev und Marc in ein intensives Gespräch vertieft zur Arbeit schlenderten. Mai beobachtete, wie eng sie ihre Köpfe zusammensteckten und wie aufmerksam sie sich zuhörten. Marc war Juris Ehemann und spielte in einer sehr bekannten Band, das wusste Mai. So langsam konnte sie die Netzwerke in Mela immer mehr zusammensetzen. Mishas Ehemann Petr war Juris Sohn und Ninas Freund Kaal spielte Keyboard in Marcs Band. Mai hatte nicht immer die Gesichter zu den Namen, die sie bei ihren Rundflügen und Kontakten zu der Bevölkerung aufschnappte, aber sie strengte sich an, von jeder Person die Verbindungen zu kennen, um die Übersicht zu haben und das direkte Umfeld zu kennen.

Als Neev und Marc näher kamen, schaute Mai rechts und links, ob nicht zu viele Leute unterwegs waren und sprang nach unten, landete ein paar Meter von den beiden entfernt, die vor Schreck aufschrien.

„Sorry", Mai klopfte sich den Staub vom Kleid, konnte aber nicht übersehen, dass immer mehr Risse in dem unteren Teil des Gewands entstanden waren. „Ich versuche es eigentlich zu vermeiden andere zu sehr zu erschrecken, aber das war nun mal der kürzeste Weg. Außerdem liebe ich doch auch einen guten Auftritt."

„Mach das bitte nicht nochmal", Neev schaute streng. „Das ist Mai, das ist Marc", stellte sie die beiden einander vor, Marc nickte und taxierte Mai von oben bis unten.

„Ich hab schon von dir gehört", sagte er schließlich.

„Mein Vater belästigt euch mit Anfragen?", fragte Mai, während sie in Gleichschritt verfielen, um ins Gebäude zu gehen.

„Er ist schon sehr hartnäckig", seufzte Neev und sie liefen nacheinander die Treppen in den dritten Stock hoch.

„Habt ihr noch eine Rechnung offen?", fragte Marc, der hinter ihr lief.

„Eigentlich nicht", Mais Stimme hallte durch das leere Treppenhaus. „Aber ich bin abgereist ohne mich zu verabschieden, vielleicht muss er mir noch ganz dringend ein paar nette Worte sagen und da er mich nicht mehr direkt kontaktieren kann, muss das über euch laufen."

„Er liebt einen guten Auftritt, hm?", erwiderte Marc.

„Kann man so sagen", musste Mai zugeben.

Als sie oben angekommen waren, lief Neev in ihr Büro und deutete Mai, sich auf den Besucherstuhl zu setzen. Mai fühlte sich, als würde sie einen neuen Reisepass beantragen.

Neev sah heute eher jungenhaft aus mit streng zurückgebundenen Haaren, einem T-Shirt mit Knopfleiste und schmaler Hose. Mai bewunderte Neevs Wandlungsfähigkeit und wie sie ebenso als Mann und als Frau durchgehen konnte.

„Willst du die Nachrichten sehen, die er geschickt hat?", fragte Neev und schaltete ihren Computer ein.

„Oh nein", Mai schüttelte den Kopf. „Ich würde ihn anrufen, wenn das geht, ein paar Worte mit ihm sprechen."

Sie sagte es so, aber in Wirklichkeit bildete sich ein Knoten in ihrem Bauch, der sich immer fester zuzog, gleichzeitig bekam sie weniger Luft beim Einatmen.

„Natürlich", Neev nickte. „Videoanruf?"

„Nee, bitte nur Audio."

„Welche Nummer soll ich nehmen?"

„Einfach die offizielle von der Geschäftsführung. Seine Privatnummer kenne ich sowieso nicht mehr."

Neev klickte auf ihrem Computer herum und reichte Mai das Headset. Mai zog es auf und lehnte sich in ihrem Stuhl zurück. Jetzt ganz cool bleiben. Es klingelte ein paar Mal und machte dann klack, eine Männerstimme war zu hören.

„Hallo Bernhard", sagte Mai und schob das Headset kurz zur Seite. „Der Sekretär meines Vaters", flüsterte sie Neev zu, diese nickte. „Hier ist Mai. Ich habe gehört, mein Vater versucht mich zu erreichen, um was geht es?"

„Er wollte es dir selbst mitteilen", erwiderte Bernhard mit freundlich distanzierter Stimme, die Mai nur zu gut von ihm kannte.

50

„Dann hol ihn mal ans Telefon."

„Er ist gerade in einer wichtigen Besprechung", näselte Bernhard vor sich hin, als wäre ihr Vater der Mittelpunkt der Welt.

„Ugh", machte Mai und sank in sich zusammen. Sie hatte so gehofft, dieses Gespräch ein für alle Mal hinter sich bringen zu können. Aber das war ihr wohl nicht vergönnt.

„Du kannst dich später melden, zwischen drei und vier hat er wahrscheinlich Zeit, auch wenn hier ein weiterer wichtiger Termin kurzfristig dazwischen kommen könnte."

„Dann richte ihm aus", Mai holte tief Luft, „dass er mich an folgender Adresse in Mela erreichen kann", sie gab ihm die Straße und Hausnummer durch, „wenn er mir etwas zu sagen hat, ansonsten soll er weitere Versuche, die Stadt mit Anfragen zu nerven, unterlassen."

„Selbstverständlich. Ich werde es weitergeben."

„Danke."

Mai legte auf. Diese Angelegenheit war damit leider nicht wie gehofft erledigt, sondern bloß aufgeschoben.

„Ist es okay, dass er deinen Aufenthaltsort kennt?", fragte Neev und setzte ein besorgtes Gesicht auf.

„Es wird schon gehen", Mai drückte ihren Rücken durch. „Er wird schon nicht an meiner Türschwelle aufkreuzen und mich kidnappen." Sie lachte trocken und Neev legte den Kopf schief.

„Guten Morgen", jemand steckte den Kopf in Neevs Büro.

„Das ist Kora", Neev stellte sie vor.

Sie standen dann auf und liefen durch die Abteilung. Mai lernte noch Ben und Serg kennen. Immer wieder kamen BürgerInnen mit den verschiedensten Anliegen herein. Kaputte Taschencomputer, Neuankömmlinge, Umzüge und Jobwechsel standen an.

„Du hast hier gut zu tun", bemerkte Mai und unterdrückte ein Gähnen. Sie war schon längst über ihre Zeit.

„Es ist immer viel los. Die Stadt hat mehr Baustellen, Personalmangel und Lieferprobleme, als sie sich leisten kann", Neev kratzte sich mit dem Bleistift hinter dem Ohr. „Und wir sind nun mal die erste Anlaufstelle. Manchmal weiß ich nicht, wo mir der Kopf steht." Neev sah müde aus.

„Danke, dass ich das Gespräch führen durfte", Mai drückte sie sanft am Oberarm. „Ich wünsche uns einen flüssigeren Ablauf und ein paar neue MitarbeiterInnen, die euch hier unterstützen können." Sie nickte Neev noch ein letztes Mal zu und rauschte nach draußen.

Dort erlebte sie die Stadt, wie sie im vollen Gange war. Schulkinder überall, volle Bahnen rasten eine nach der anderen an ihr vorbei, lachende Jugendgruppen, Ladengeschäfte öffneten ihre Pforten, ein Entsorgungsfahrzeug drehte seine Runden und sammelte den Abfall ein.

Mai fühlte sich viel zu sichtbar in dem Sonnenlicht des Frühlings. Doch sie bemerkte auch das erste Mal, dass Menschen sie anlächelten, Kinder ihr zuwinkten und ältere Leute sie anschauten, als würden sie sie von irgendwoher kennen, sie aber nicht genau einordnen konnten. Insgeheim freute sie sich darüber und manche der Blicke erwiderte sie, aber ansonsten eilte sie mit schnellem Schritt über die Straße, als hätte sie die nächste wichtige Aufgabe zu erledigen, die nicht warten konnte.

Zu Hause angekommen schloss sie die Tür hinter sich und lehnte sich außer Atem daran. Wie konnte es sein, dass die Probleme nur mehr wurden, je mehr sie sich um Dinge kümmerte? Jetzt musste sie sich auch noch fragen, ob und wann ihr Vater Mela heimsuchen würde und was zum Henker er von ihr wollte. Würde er es erneut schaffen, sie seinem Willen unterzuordnen? Mai war frei zu tun und zu lassen, was sie wollte, aber reichten die neu geknüpften sozialen Verbindungen aus, um sie zu halten? Sie fürchtete, dass sie das schon bald herausfinden würde.

9

Am Abend erwachte sie aus ihrem Schönheitsschlaf, weil sie Geschrei hörte. Schlaftrunken richtete sie sich auf und orientierte sich. Sie war in Mela, in ihrem Haus. So weit so gut, aber wo kam der Lärm her?

Nachdem sie sich angezogen, die Zähne geputzt und die Haare gekämmt hatte, trat sie auf die Straße und sah, dass Frederick ein paar Häuser weiter weg irgendwelche Leute anschrie, die sich von ihm wegbewegten. Er lallte dabei so stark, dass sie nicht wirklich verstehen konnte, um was es dabei ging. Auf jeden Fall kamen viele Obszönitäten in seinem wütenden Vortrag an die Welt vor.

Mai kniff sich an die Nasenwurzel, schüttelte einmal kurz den Kopf, zog die Kapuze tief ins Gesicht und ging mit langsamen und bedachten Schritten auf ihn zu. Gerade wandte er ihr den Rücken zu und lehnte sich an eine Laterne. Seine Hose war beschmutzt und er trug nur einen Schuh.

„Frederick", Mai blieb zwei Meter vor ihm stehen. Langsam drehte er sich zu ihr um, die Laterne immer noch fest im Arm.

„Du…", setzte er an, doch Mai unterbrach ihn gleich. Er hatte schon genug geredet.

„Ich schaue mir das nicht mehr länger an", sagte sie scharf und mit einer Handbewegung verstummte er, aber nicht aus eigenem Willen.

Mit einer weiteren Handbewegung wurde um sie herum alles still und ein kühler Nebel zog vom Boden aus auf. Frederick starrte voller Schrecken nach unten, plötzlich ernüchtert.

„Du hast schon genug Schaden an der Stadt, ihren Menschen und dir selbst angerichtet", fuhr Mai fort und zog dramatisch ihre Kapuze herunter. „Ich werde dir von jetzt an einen Fluch auferlegen, der dich schneller an dein gewünschtes Ziel bringt: Du wirst dich noch mehr betrinken, noch mehr deinen Körper zugrunde richten, noch mehr deine Seele quälen und innerhalb von Tagen so sehr in der Gosse versinken, dass nichts mehr von dir übrig ist. Das war von Anfang an deine Absicht?"

Frederick nickte irritiert. So eine Ansage hatte er wohl nicht erwartet. Mai trat noch einen Schritt näher und vollführte eine weitere Handbewegung, die von seinem Kopf bis zu den Füßen reichte.

„Dann soll es so geschehen", sprach sie dazu und der Nebel stieg höher und höher, bis er Frederick ganz umhüllte. Ihre Arbeit war getan, der Nebel würde den Rest erledigen. Mai stieß sich vom Boden ab und verschwand im Abendhimmel.

Sie hatte überhaupt keine Ahnung, was jetzt mit Frederick passieren würde. Wenn ihr erster Fluch so werden würde wie ihr erster Flug, dann verhieß das nichts Gutes. Frederick würde das Ganze schon überstehen. Hoffentlich.

Mit einem Mal spürte Mai einen Schwindel, wie sie ihn bisher noch nicht kannte. Und dann erinnerte sie sich daran, dass mit Flüchen, anders als mit Segnungen und Heilungen, ein Kräfteverlust einherging, der mit einem Mal ihren ganzen Körper erfasste. Sie taumelte, ruderte hilflos mit den Armen und schaute nach unten auf den immer näher kommenden Boden, um einen guten Landeplatz auszumachen. Das hatte sie von ihrem Anspruch, immer einen guten Abgang machen zu müssen. Wenn sie einfach nur gelaufen wäre… Mai steuerte den Stadtrand an und konnte einen verlassenen und verwilderten Park ausmachen, dort krachte sie runter, überschlug sich schmerzhaft und blieb schließlich an einem umgefallenen Baum liegen. Verdammt, die Frisur war jetzt dahin.

Mai versuchte sich zu bewegen. Die Knochen waren alle noch ganz, immerhin. Sie brachte sich in eine sitzende Haltung und versuchte mit purer Willenskraft das Drehen um sie herum zu stoppen. Was hatte man ihr gesagt? Je stärker der Fluch, desto größer die Auswirkungen auf denjenigen, der ihn aussprach. Vielleicht hatte sie zu viel Verve reingesteckt.

Sie zog ein Knie an sich heran, um die Abschürfungen zu inspizieren und mit einem Mal überkam sie ein Würgereiz, der nicht mehr zu stoppen war und Mai begab sich reflexhaft auf alle Viere, um sich zu erbrechen. Jetzt war es amtlich, sie war absolut am Ende. Mai krümmte sich weit weg von den Überresten ihres Magens, um sich am Boden zusammenzurollen. Immerhin hatte sie heute noch nichts gegessen. Moment, wann hatte sie zuletzt überhaupt etwas zu sich genommen?

Nach ein paar Momenten versuchte sie sich erneut aufzurichten. Ihre Knie und Ellenbogen zitterten. Die Kraft, die sie normalerweise benutzte, um sich vom Boden in den Flug abzustoßen oder Gedanken zu lesen, in die Welt hineinzuhören, simmerte nur noch schwach in der Mitte ihres Körpers und war nicht mehr anzuzapfen.

Leise fluchte Mai vor sich hin als auch noch ein Regen einsetzte, der sie innerhalb von Minuten bis auf die Haut durchnässte. Ihr Cape war natürlich auch nicht wasser- und winddicht, weshalb sie sich dringend um ein neues kümmern musste. Wenn sie wieder hergestellt war. Sie kroch zu dem umgestürzten Baum und zog sich auf die Füße. Das kostete sie schon so viel Anstrengung, dass sie schwer atmete. In diesem Zustand konnte sie unmöglich ihren Weg nach Hause finden. Und wenn sie jemand hier so fand? Als Schutzpatronin konnte sie sich den Imageschaden nicht leisten.

Mai schloss die Augen und ließ den Regen über ihr Gesicht laufen. Durchdachte ihre Optionen. Sie musste Hilfe holen. Nina war im Moment die einzige Person auf der Welt, der sie sich so zeigen konnte. In Gedanken rief sie ihre Freundin. Ließ ihren Kopf nach vorne fallen und den Regen in ihren Nacken laufen. Mehr als existieren konnte sie jetzt sowieso nicht.

„Mai?", hörte sie nach einer Weile.

Nina stand vor ihr mit schwarzer Regenjacke und zusammengezogenen Augenbrauen.

„Ich war mir nicht sicher, als ich deine Stimme gehört habe. Dachte, es wäre Einbildung, ein schlechter Traum, Anzeichen einer psychischen Erkrankung. Aber du bist wirklich in Not, oder? Was ist passiert?"

„Hab mich bei einem Fluch verausgabt. War mein erster. Wusste nicht, dass es einen so starken Backlash dabei geben würde", krächzte Mai und versuchte aufzustehen, aber ihre Glieder waren immer noch unkooperativ. Wie demütigend.

„Was?", sagte Nina bloß, während die Regentropfen ihre Nasenspitze herunterflossen.

„Kannst du mich nach Hause bringen?", Mai schaute zu ihr auf.

„Komm her", Nina legte den Arm um sie und zog sie hoch. Zusammen schlurften sie durch den Park, dessen

Oberfläche sich mit dem Regen in Matsch verwandelt hatte.

„Meine Wohnung ist näher, ich bringe dich zu mir", sagte Nina, während Mai sich auf jeden einzelnen Schritt konzentrieren musste, um nicht zur Seite zu kippen.

„Das kommt nicht in Frage, ich muss in mein Haus", Mai presste die Zähne aufeinander.

„Wie soll das gehen? Ich kann dich nicht durch die ganze Stadt zerren, das wird nicht klappen. Noch ein paar Straßen, dann sind wir bei mir. Kaal schläft noch, aber du kannst dich auf das Sofa legen."

„Ich will nicht, dass er mich so sieht."

„Ich kann Neev anrufen und sie schickt einen Krankenwagen, vielleicht brauchst du einen Arzt."

„Nein…"

„Ich meine es ernst, Mai, mach keine Scherze mit mir. Bist du schwer verletzt?", rief Nina lauter.

„Ich sagte doch, es ist bloß eine Nebenwirkung von dem Hokuspokus, den ich betreibe, müsste in ein paar Stunden vorbei sein."

„Misha sollte dir eine Hühnersuppe kochen", murmelte Nina mehr zu sich selbst. „Du isst viel zu wenig, ich kann doch jede Rippe unter dem Umhang spüren", adressierte sie jetzt wieder Mai direkt.

„Okay, bring mich zu dir, leg mich auf dein Sofa. Aber kein weiteres Aufhebens, okay?"

Mit letzter Kraft kamen sie bei Nina an und Mai war insgeheim sehr froh, dass sie nicht durch die ganze Stadt pilgern mussten.

„Psst", machte Nina, als sie über die Türschwelle traten. „Ich hole dir frische Kleidung, das hier…", sie zeigte auf Mai, „das ist…", sie verzog das Gesicht, „…nicht mehr für irgendwas zu benutzen, schon gar nicht als Körperbe-deckung."

„Das ist mein einziges Gewand, hab etwas Respekt", rief Mai, doch Nina legte ihr zwei Finger auf den Mund.

„Ich hab gesagt Kaal schläft", sagte sie streng, setzte Mai auf dem Sofa ab und verschwand im Schlafzimmer.

Als sie wiederkam, hielt sie ein Stoffbündel in der Hand und deutete Mai an, sich umzuziehen. „Ich hole dir währenddessen ein Glas Wasser", sie lief in die Küche.

Mai versuchte sich zu entkleiden, scheiterte aber da-ran, dass ihre Fingerspitzen sich taub anfühlten und sie die Knöpfe nicht öffnen konnte. Nina musste wieder in den halbdunklen Raum gekommen sein, denn sie schob Mais Hand weg und machte sich an den Knöpfen zu schaf-fen.

„Nein", Mai wusste nicht genau, was in sie gefahren war, doch sie entzog sich Nina mit einer ruckartigen Be-wegung, stieß dabei das Glas auf dem Tisch um, das Was-ser ergoss sich darauf. Für einen kurzen Moment schauten Nina und Mai sich an und beide hielten die Luft an.

„Sorry", flüsterte Mai. Es war ein insgesamt schwieri-ger Abend.

„Ich hätte nicht so übergriffig sein sollen", Nina schüttelte den Kopf, nahm Mais Hand vorsichtig und mas-sierte ihre Handinnenfläche. „Alles ist gut. Du kannst wie-der atmen."

Dann löste sie einen Knopf nach dem anderen. Noch nie hatte jemand Mai so behutsam ausgezogen.

„Alles wird gut", murmelte Nina dabei, „ich tue dir nichts. Komm, ein Arm hier raus, dann den anderen. Wir schaffen das. Diesen nassen Pelz hänge ich in der Dusche auf, wenn du ihn unbedingt wiederhaben willst. Hier, zieh in der Zwischenzeit Kaals T-Shirt an. Du bist so groß, ich habe nichts anderes. Und noch eine Schlafanzugshose von ihm. Damit du nicht zu sehr auskühlst, verstanden?"

Sobald Nina weg war entledigte Mai sich ihrer Unterwäsche und tat wie ihr geheißen.

„Gut gemacht. Komm her", Nina setzte sich zu ihr und nahm sie in den Arm. „Hat dich früher jemand verletzt? Es tut mir leid, dass dir das passiert ist."

Mai kniff die Augen zu, aber ein paar Tränen tropften doch auf Ninas T-Shirt. „Ich habe das Gefühl, diese Wunde wird niemals heilen."

Nina strich ihr abwesend über den Oberarm. „Ich glaube, du kannst schon noch einen für dich angemessenen Umgang damit finden. Es ist vielleicht nicht so gradlinig wie bei anderen, aber möglich. Viele Leute haben Schwierigkeiten mit körperlicher Nähe, aber mit der richtigen Person…"

„Die richtige Person ist eine Illusion", schnaubte Mai. „Und wer tut sich sowas überhaupt freiwillig an?", sie zeigte auf sich.

„Dich?", Nina drehte den Kopf und versuchte Mais Blick einzufangen, aber Mai wich ihr aus.

„Vielleicht könntest du mir noch ein neues Glas Wasser bringen. Dann sollte ich in ein paar Stunden wieder wie neu sein", versuchte Mai zu scherzen.

„Natürlich", Nina stand auf und holte das Wasser und ein Tuch, um die kleine Pfütze aufzuwischen.

„Schlaf gut, Mai", sie stand an der Tür zum Schlafzimmer. „Es sind nur noch ein paar Stunden bis zum Sonnenaufgang, aber lass dir alle Zeit der Welt. Wenn Kaal und ich später nicht mehr hier sind, dann fühle dich wie zu Hause, nimm dir was du brauchst. Bis dann."

10

Vage bekam Mai mit, wie später Leute um sie herumschlichen und dann die Tür ins Schloss fiel. Weil das Sofa nicht ihren Ansprüchen an Bequemlichkeit genügte, nahm Mai Nina beim Wort und zog irgendwann ins Schlafzimmer um, wo sich ein herrlich großes und weiches Bett mit vielen Decken und Kissen befand, in dem Mai eintauchte und komplett verschwand.

Sie schlief ungewöhnlich tief und lange und traumlos, als hätte ihr jemand mit einer Keule eins verpasst. Mehrmals wachte sie auf und wollte aufstehen, aber dann fiel sie in die Kissen zurück und versank wieder, als würde ein Sog sie runterziehen.

Doch irgendwann schaffte sie es, dem Sog zu entkommen und richtete sich auf. Es war halbdunkel, aber sie hätte nicht sagen können, ob es morgens oder abends war und wie viele Tage überhaupt vergangen waren. Mai fuhr sich durch die verstrubbelten Haare. Sie brauchte eine Dusche und Essen, ein paar Pflaster und einen Tee. Aber immerhin war der Schwindel, das Zittern und das Taubheitsgefühl weg, das war alles, was zählte.

Sie stand auf und hörte Geräusche im Rest der Wohnung. Lief ins Wohnzimmer und sah von dort aus, dass Kaal in der Küche war.

„Guten Morgen oder guten Abend", gähnte sie und zupfte an ihrer Hose herum, die am Abrutschen war.

„Hi", sagte Kaal, den sie bisher noch nicht kennen gelernt hatte.

Er war etwas größer als Nina, aber immer noch nicht so groß wie Mai, hatte kurze braune Haare, einen scheuen Blick und jede Menge Narben von einer Erkrankung unter seinem T-Shirt, die er vom Rest der Welt geheim hielt, das konnte sie mit ihrem siebten Sinn erfassen.

„Nina ist bei einem technischen Notfall im Einsatz, es wird wohl den ganzen Abend dauern", sagte er entschuldigend, „aber sie hat mir genaue Anweisungen gegeben. Ich soll dich mit Essen und Trinken versorgen und wenn nötig Verbände anlegen. Schauen, ob du flugfähig bist und dich erst dann aus dem Haus lassen. Wie viele Finger sind das?", er hielt drei Finger vor sich.

„Sehr witzig", grummelte Mai, musste aber auch lachen. „Ich gehe erstmal ins Bad."

Dort begutachtete sie erstmal ihr Kleid, welches nass, aber sauber war. Nina musste es wohl ausgewaschen haben, es hing aber immer noch in der Dusche und tropfte vor sich hin. In diesem Zustand konnte sie es nicht anziehen. Mai parkte es kurz im Waschbecken, um eine ausgiebige Dusche zu nehmen. Dabei erst registrierte sie ein paar schmerzhafte Abschürfungen an Schulter, Knie und Knöchel. Im Wasser rissen die Wunden wieder auf. Sie wusch sich im Schnelldurchgang die Haare und sprang schnell wieder ins Trockene. Sie musste wohl komische Geräusche von sich gegeben haben, denn Kaal rief „Alles okay bei dir?"

Mai zog sich die ausgeliehenen Klamotten wieder über, kämmte sich die Haare und suchte in den Schränken nach Verbänden. Kaal klopfte und öffnete schließlich vorsichtig die Tür, als sie nicht reagierte.

„Mach es uns beiden leichter und setz dich auf das Sofa, ich schau mir deine Verletzungen gleich mal an."

Mai hatte wohl keine andere Wahl und tat, wie ihr geheißen. Neben ihr hatte er bereits ein Täschchen ausgebreitet, welches alle benötigten Utensilien enthielt.

„Zeig mir, wo es blutet", Kaal kam ihr hinterher und kniete sich vor sie.

Nina zeigte als erstes auf die Seite des linken Knöchels und zog die Hose hoch. Das war am sichersten.

„Ich werde dich nicht unnötig berühren, okay? Nur die Wunde ausspülen, auch wenn das jetzt auch nichts mehr bringt und einen Verband anlegen. Wenn es zu viel sein sollte, dann sag mir rechtzeitig Bescheid, ich will nicht, dass du mir die Nase brichst oder sowas", sagte er lapidar und Mai spürte wie ihr Herz wie wild klopfte vor Aufregung.

Sie konnte darauf nichts erwidern, sondern beobachtete ihn bloß dabei, wie er fachmännisch und schnell arbeitete mit Wundspray, Tupfer, Schere und Klebestreifen. Als er fertig war, zog sie das Hosenbein noch weiter hoch und Kaal machte weiter am Knie. Ihre linke Seite hatte es ganz schön erwischt. Mai merkte, dass er die Handgriffe wie im Schlaf ausführte und nicht vor dem Blut zurückschreckte. Sein Herz schlug gleichmäßig und beruhigend, als wäre er völlig im Flow. Auf seine Art war Kaal auch ein Heiler und Mai fasste unmittelbar Vertrauen zu ihm.

„Schulter", sagte Mai als nächstes und zog den Ausschnitt hinter sich nach unten, aber es reichte nicht ganz.

Kaal nahm kurz Augenkontakt zu ihr auf, stand auf und setzte sich neben sie, während sie ihm den Rücken zuwandte. Dann zog sie das T-Shirt so weit hoch, dass ihre Schulter und ihr halber Rücken entblößt waren. Auch hier arbeitete Kaal schnell und effizient.

„Fertig", sagte er schließlich und begann, die Überreste aufzuräumen.

Mai atmete ein paar Mal tief durch. Jetzt fühlte sie sich schon viel besser.

„Du bist es gewöhnt, dich mit merkwürdigen Gestalten in Mela herumzuschlagen", sagte Mai, als sie später zusammen am Küchentisch saßen und er ihnen beiden Tee einschenkte.

Kaal lachte, es war das erste Mal, dass Mai es hörte. Er war eher der nachdenkliche und ernste Typ.

„Nina sagt immer ich bin der einzige normale, den sie kennt", sein Gesicht leuchtete auf.

„Die normalen Leute werden oft unterschätzt. Eigentlich sind sie es, die den Laden am Laufen halten."

„Das…", er machte eine bestätigende Geste mit dem Zeigefinger, „das wird viel zu selten gesehen. Wie oft habe ich in den letzten Monaten meine Arbeit vernachlässigt, weil irgendwelche anderen verrückten Aktionen dazwischen kamen? Kein einziges Mal. Das einzige Ungewöhnliche ist nur, wenn wir mit der Band auf Tour gehen, was nur alle paar Jahre vorkommt und lange im Voraus geplant wird. Die ganze Tour ist besser geplant als der Bahnfahrplan in dieser Stadt."

„Hab ich mir schon gedacht", Mai nahm einen großzügigen Schluck vom grünen Tee und spürte augenblicklich, wie er sie von innen erwärmte und belebte. „Ich wünschte, ich könnte dich an deiner Front verstärken, aber irgendwie produziere ich auch neue Katastrophen am laufenden Band", sie stützte ihren Kopf auf die Hand.

„Irgendjemand muss ja den schmutzigen Job übernehmen."

„Du sagst es. Und ich muss jetzt los, für weitere Unordnung sorgen", sie nahm noch einen Schluck und sprang auf.

„Warte, was ist mit Essen?", Kaal sprang auf und ging zum Kühlschrank.

„Keine Zeit."

Mai war schon im Bad und wrang ihr Kleid aus, zog es sich mühevoll über, weil es noch klatschnass war, suchte ihre Schuhe und entschloss sich im letzten Moment, die Treppen zu nehmen.

„Danke für alles!", rief sie in die Küche und war weg.

Auf der Straße schüttelte sie sich einmal kräftig wie ein Hund, die Tropfen flogen rechts und links und ihr Gewand fühlte sich schon viel besser an. Trotzdem ging das nicht so weiter. Sie musste möglichst sofort Nick dazu überreden, ihr neue Kleidung zu schneidern. Mai testete mit ein paar Sprüngen, ob ihre Kräfte einigermaßen wieder hergestellt waren, stieß sich ab und suchte den Stoffkünstler. Aha, in der Altkleidersammlung. Er wollte gerade abschließen. Also dann nichts wie hin.

11

Sie kam gerade noch rechtzeitig an, um zwischen den Kleiderreihen herumzuschlendern und unwillkürlich aus dem Schatten herauszutreten. Nick zuckte zusammen, als er sie sah.

„Verdammt, das ist nicht cool mich so zu erschrecken", rief er und hielt sich den Brustkorb, wie um seine Seele daran zu hindern, den Körper zu verlassen.

„Das tut mir leid, das war nicht meine Absicht", sagte sie und es tat ihr zu ungefähr sechzig Prozent leid.

„Ich war gerade dabei zu gehen", Nick schaltete das Licht aus und lief demonstrativ an ihr vorbei zum Ausgang.

„Warte", ihre Hand landete auf seiner Schulter, sie versuchte die Berührung leicht zu halten.

Nick blieb stehen und drehte sich zu ihr. Vom Eingang her kam noch schwaches Licht.

„Ich möchte dich bitten, für mich ein Kleid zu schneidern", sagte sie schließlich.

„Oh nein, nicht die Nummer", Nick fuhr sich durch die Haare.

„Ich weiß, du willst nicht mehr entwerfen und nähen."

„Exakt", er lief quer durch die Halle zur Tür und griff nach der Türklinke. Sobald er draußen war und abgeschlossen hatte, stand sie wieder vor ihm und versperrte ihm den Weg.

„Es geht mir nicht um angesagte oder ausgefallene Klamotten", Mai trat vor ihn und schaute zu ihm runter, sodass ihre Nasenspitzen sich fast berührten, wenn sie nicht fast einen Kopf größer wäre als er. „Ich brauche kein cooles Design, keine ausgefallene Mode, um mich ins Szene zu setzen. Aber als Patronin von Mela ist es mir wichtig, etwas zu tragen, dass aus Mela kommt, das aus den Quellen dieser Stadt entstanden ist und damit durch mich hindurchgeht, mich verbindet."

Nick bewegte seinen Mund hin und her, als würde er auf etwas kauen. „Und das kann nicht von jemanden anderen übernommen werden? Was ist mit den Erzeugern im Umland, die können dir bestimmt einen Pulli aus der Schafwolle stricken oder so. Was ist mit Ruby oder einer anderen Hobbyschneiderin?"

„Ruby ist noch nicht so weit, auch wenn es nicht mehr lange dauert. Außerdem, ich kann ja nicht nur *ein* Kleid tragen. Das nächste wird von ihr sein. Aber das erste…"

„Ich bin noch nicht einmal aus Mela. Ruby ist hier geboren…"

„Das spielt keine Rolle", Mai lachte. „Ab dem Moment, in dem du deinen Fuß in die Stadt gesetzt hast, bist du ein Teil der Gemeinschaft geworden, ob du wolltest oder nicht."

„Ich bin…", Nick ließ die Schultern sinken, „…kreativ ausgebrannt. Ideenlos. Lustlos. Ich schaue dich an und habe null Inspiration für ein Kleid, ehrlich gesagt."

„Ich werde dir helfen, okay?", sie legte mütterlich ihren Arm um seine Schulter, öffnete die Tür wieder und führte ihn hinein. „Glaub mir, es wird uns beide inspirieren, an diesem Projekt zu arbeiten und wir fangen gleich damit an."

Mai setzte sich in die Mitte des Nähraums auf einen Hocker und legte als erstes ihren Umhang ab. Jetzt kam der schwierige Teil. Der Teil, in dem sie sich einander nähern mussten. Nick lief zunächst um sie herum und scannte sie auf seine Weise, mit *seinem* siebten Sinn.

„Du bist also eher der Typ schwarz würde ich sagen", er blieb vor ihr stehen und kratzte sich am Kinn. „Geradezu gothic, dunkel, vielleicht depressiv, tiefsinnig, lichtscheu."

Das war keine schlechte Einschätzung.

„Ich denke Baumwolle, Leinen und Spitze sind dein Ding. Ich sehe dich jetzt nicht in Stretch und Sportkleidung, auch nicht in großen Blumendrucken oder Nadelstreifen", überlegte er laut und Mai lächelte zustimmend.

„Aber nur schwarz wird dir nicht gerecht, wenn du mich fragst", er lief noch einmal um sie herum. „Wir brauchen auch nachtblau, violett, dunkelrot – das würde Ruby gefallen", lachte er, „und tannengrün; dann Sprenkel vom hellsten Blau, leichtestes Pink und frisches Blutrot. Oh ja", er rieb sich die Hände. „Das wird das perfekte Gewand, sehr extravagant."

Er lief rüber in die Halle und kam mit einem Haufen Altkleider zurück, die er auf dem Boden vor ihr fallen ließ.

„Leider müssen wir uns mit dem hier zufrieden geben. Meterware gibt es hier nicht", er zuckte mit den Schultern.

„Es ist genauso, wie es sein soll", erwiderte sie und war froh, dass sie sich nicht weiter entkleiden musste, „du lässt deine Kräfte wirken und ich begleite dich dabei so gut ich kann."

„Was heißt das?", fragte er, während er mit der großen frisch geschärften Schneiderschere daran ging, die herausgesuchte Kleidung zu bearbeiten.

„Ich helfe dir, wach und konzentriert zu bleiben, dein Ziel nicht aus den Augen zu verlieren, im Flow zu sein."

„Und wie genau funktioniert das? Klingt nach einer Droge oder einem Aufputschmittel", er lachte.

„Es ist nichts derartiges. Hast du dich jemals gefragt, woher deine kreative Energie kommt?"

„Aus mir selbst natürlich."

„Interessante Erklärung", Mai schmunzelte. „Meine Kräfte auch. Und aus noch so viel mehr. Aus allem und nichts. Ich verstehe es selbst nicht genau. Bin neu auf diesem Gebiet. Vorher war ich im Recycling. Habe Schrott verarbeitet. Bis zu dem Tag, an dem sich alles änderte, aber dann kam Nina und rief mich, in diese Stadt zu kommen."

„Nina?", Nick ließ die Schere sinken und starrte sie an. „Sie hat meine Waschmaschine repariert."

„Aber sie kann noch so viel mehr."

„Ist sie eine Art Schamanin, weil sie dich ‚gerufen' hat?"

„Nein, Nina ist Feinmechanikerin", erwiderte Mai entrüstet und schüttelte den Kopf.

Nick hob die Augenbrauen und wandte sich wieder seiner Arbeit zu. Eine Stunde später hatte er das Grundgerüst des neuen Gewandes für Mai fertig. Jetzt musste sie sich doch ausziehen und tat dies nur widerwillig, was Nick aber zum Glück gar nicht registrierte. Er hielt ihr das Kleidungsstück auf, sie schlüpfte hinein und er verschloss es am Rücken mit Sicherheitsnadeln, weil ein Reißverschluss oder Knöpfe noch nicht vorhanden waren. Dann führte er sie zum Spiegel und stellte sich ein paar Meter entfernt.

Sie drehte sich nach rechts und nach links, hob die Arme und betrachtete ihren Rücken, strich an den Seiten entlang. Konnte sich kaum satt sehen. Hätte am liebsten jetzt schon das Teil mitgenommen. Es übertraf alle ihre

Erwartungen. Nein, es rührt sie sogar ganz tief an einer Stelle, die sie normalerweise schon lange vergraben hatte. Diese zweite Haut hier brachte Elemente an die Oberfläche, die Mai am liebsten im Dunkeln lassen wollte.

„Nick", sagte sie schließlich und wandte sich ihm zu, „ich wusste nicht, was ich erwarten würde, habe deine früheren Arbeiten nie gesehen. Aber das hier…", ihre Augen wurden feucht, „… ist wie der Tag an dem ich mein erstes und einziges Kind verloren habe; der Tag, an dem ich das erste Mal durch den Abendhimmel geflogen bin; der erste Tag, an dem ich so allein und doch umgeben von tausenden von Menschen in Mela war; also ist es wie der Anfang und das Ende in einem zusammen."

„Das tut mir leid, Mai. Aber gefällt es dir trotzdem?", Nick hob vorsichtig die Augenbrauen.

Sie drehte ihm den Rücken zu und deutete an, die Sicherheitsnadeln zu öffnen. „Du kannst es in den nächsten Tagen fertig nähen."

Nick half ihr, sich aus dem Kleid zu schälen, legte es schließlich über die Nähmaschine.

„Bald geht die Sonne auf", Mai drückte ihn sanft in den Stuhl, der davor stand. „Du kannst jetzt erstmal ruhen", sie strich über seine Haare und Nick verschränkte die Arme vor sich auf dem Nähtisch, legte seinen Kopf darauf ab. „Bald geht die Sonne auf", sie drückte ihn sanft in den Stuhl und war weg.

12

Mai hatte ein schlechtes Gewissen, Nick so für ihre Zwecke instrumentalisiert zu haben. Der Arme war jetzt sicherlich sehr erschöpft. So viel von ihrem Tun war an der Grenze zwischen Helfen und Gängeln und Drängen. Mai wusste auch nicht, wo sie den Strich ziehen sollte, und erwischte sich dabei, ihr Verhalten rechtfertigen zu wollen.

In Gedanken versunken schlenderte sie zu ihrem Haus, große Strecken zu fliegen traute sie sich immer noch nicht und wollte erstmal sparsam mit ihren Kräften umgehen.

Zu spät bemerkte sie, dass drei Leute an ihrem Tor standen und ihr entgegensahen. Einer davon war ihr Vater, Gerd Neuhäuser. Der andere Bernhard und dann eine unbekannte Person. Wie ein Wall standen sie da und Mai spürte sich im Entgegenlaufen schrumpfen. So stark war sie gar nicht, dachte sie. Ihr Vater war der Chef eines weltweiten Konzerns, im Anzug und Krawatte stand er da und sein Gesicht sah nicht erfreut aus. Sein Kopf war immer noch ohne Haare, wie sie ihn das letzte Mal in Erinnerung hatte und seine Körpermitte so rund wie eh und je. Eigentlich war es fast unheimlich, wie wenig er sich verändert hatte, während Mai in derselben Zeit schon gefühlt dutzende Wandlungen durchgemacht hatte.

Egal, wie Mai sich vorher auf dieses Gespräch vorbereitet hatte, in dem Moment, in dem sie ihm entgegentrat, war sie wieder seine Tochter, nicht mehr und nicht weniger. Bernhard und der andere gingen auf die andere Straßenseite und gaben ihnen Raum. Mai blieb stehen und betrachtete den unpassenden Sonnenaufgang hinter ihrem

Vater, feuerrot und blendend, wie das im Frühling manchmal so war.

„Dachte nicht, dass aus dir mal eine Frühaufsteherin wird", sagte er beiläufig und schaute auf seine Armbanduhr. „Und wieso gibt es in dieser verdammten Stadt keinen Flugplatz, wir mussten auf einer Kuhweide landen. Oder war es ein Park? Der Unterschied war nicht zu erkennen. Man müsste das alles abreißen", er machte eine ausschweifende Handbewegung, „und die wertvollen Metalle und Grundstoffe herausholen", er rieb Daumen und Zeigefinger aneinander. Es war einer seiner Standard-Sprüche.

„Was willst du hier?", fragte Mai und verschränkte die Arme vor sich.

„Hör mal Mai", er holte tief Luft und deutete ihr, neben ihm zu laufen, als er begann die Straße herunterzuschlendern. „Du bist einfach abgehauen, ohne dich zu verabschieden, ohne ein Wort zu sagen, das hat mir sehr zu denken gegeben."

Ihr Vater schaute umher und Mai gab ihm Zeit, seine Gedanken zu formulieren.

„Ich denke, ich war nicht immer der Vater, den du gebraucht hast", sagte er schließlich und Mai zog eine Augenbraue hoch.

Meinte er das ernst? So einen Satz hatte sie noch nie von ihm gehört. Bei Gerd Neuhäuser ging es normalerweise immer nur um sein Geschäft und die Performanz von Kursen und MitarbeiterInnen.

„Mai, du bist eine erwachsene Frau und kannst machen was du willst. Du musst auch nicht die Firma übernehmen oder sowas. Aber wir sind immer noch Familie, die einzige, die uns geblieben ist und das gebe ich nicht einfach so auf. Ich möchte dich bitten für ein paar Tage nach Hause zu kommen, damit wir reden, damit wir ein paar Dinge sortieren können."

„Ich nehme dir deinen plötzlichen Sinneswandel nicht ab", erwiderte Mai, während sie die menschenleere Straße herunterspazierten, hinter ihnen nur die beiden anderen Männer, sonst war noch niemand auf den Beinen.

Sie versuchte Gerds Stimmung aufzufangen und zu ergründen, ob er es aufrichtig meinte, oder sie nur einwickeln wollte. Aber wie bei so vielen Leuten, die fest von dem überzeugt waren, was sie vorgaben, waren die Untersuchungsergebnisse nicht so eindeutig. Natürlich liebte er sie und wollte sie zurückgewinnen, aber wollte er dies aus eigennützigen Motiven oder für das Wohl von ihnen beiden? Das waren komplizierte Fragen, die nicht mit einem Gedankenlesen zu ergründen waren.

„Ich weiß, dass ich dich damals im Stich gelassen habe, damals als diese Sache passiert ist…", fuhr er fort, doch Mai schnitt ihm das Wort ab.

„Darüber sprechen wir nicht", zischte sie und machte eine schnelle Handbewegung.

„Natürlich, das verstehe ich", seufzte er. „Aber vielleicht können wir mit Hilfe eines Therapeuten gemeinsam unsere Beziehung reparieren, wir könnten eine Familienaufstellung machen oder sowas."

„Ich habe jahrelang Therapien gemacht", stellte Mai fest.

„Ja, das hast du besser gemacht als ich, während ich mich in meiner Arbeit verloren habe."

Mai sah, dass der kompakte Flieger ihres Vaters, den er auf dem Rasen des Stadtparks abgestellt hatte, in Sicht kam. Es war natürlich eine Spezialanfertigung aus mattem

Metall, konnte bis zu fünf Personen transportieren und war eins seiner Lieblingsspielzeuge, um schnell von einer Baustelle zur nächsten zu kommen. Hier auf der Grünanlage Melas sah es merkwürdig deplatziert aus mit seinen riesigen Seitenturbinen und dem kleinen Führerhäuschen, als wäre es aus einer anderen Welt gefallen. Natürlich hatte ihr Vater es nicht lassen können, die Außenschale aus verschiedenen Metallteilen fertigen zu lassen, sodass es eine Patchworkhaut hatte, die gleichzeitig Werbung für den Recycling-Konzern machte.

Sie kamen immer näher und blieben davor stehen, Bernhard und der andere, der wohl ein Pilot war, schlossen den Flieger auf und stiegen ein.

„Komm mit mir und dann können wir ein paar Dinge klären", sagte ihr Vater und erneut versuchte Mai, seine Intention zu lesen, die allerdings nicht eindeutig positiv oder negativ war.

Während er sprach fiel ihr Blick hinter ihn, dort lag nur ein paar Meter entfernt unter einem Gebüsch Frederick, der von den ganzen Aktivitäten wach wurde und sich halb aufrichtete, um sie zu beobachten.

„Also, was sagst du?", fragte ihr Vater und Mai schaute wieder zurück zu ihm.

„Nächste Woche könnte ich mir Zeit nehmen und dich besuchen", antwortete sie vage.

Ihr Vater ließ die Schultern sinken. „Aber dann musst du mit dem Zug reisen und wir alle wissen, dass das ewig dauert. Es gibt nichts einfacheres als jetzt mitzukommen und nach zwei-drei Tagen kannst du wieder zurück hierher."

Mai kaute auf der Innenseite ihrer Wange. Wenn sie jetzt absagen würde, dann wäre sie diejenige, die die Beziehung nicht reparieren wollte, dann wäre sie die Querschlägerin. Auf einmal lag die ganze Verantwortung bei ihr.

„Wer weiß, wie lange ich noch habe. Ich könnte krank werden und dann wäre das unsere letzte Chance, uns auszusprechen. Oder willst du immer mit dem Gedanken leben, dass wir das nie ausgeräumt haben? Willst du das dein ganzes Leben mit dir herumtragen?", fragte er.

„In Ordnung", sagte Mai, auch wenn sie kein gutes Gefühl dabei hatte. „Für ein paar Tage."

Im Hintergrund richtete Frederick sich auf und begann zu gestikulieren, wedelte mit dem Armen. Er sagte kein Wort, was Mai ungewöhnlich fand, es war bestimmt ein Effekt des Fluchs.

„Prima, dann mal los", auf Gerds Gesicht breitete sich ein Lächeln aus. Dann folgte er Mais Blick und drehte sich um. „Oh, einer der armen Schlucker aus Mela? Er sieht ja absolut am Ende aus, der hat nicht mehr lange."

Frederick warf ihm als Antwort einen finsteren Blick zu. „Mai, geh nicht", krächzte er mit letzter Kraft hervor, fiel dann aber nach hinten um.

„Wir sprechen uns später, okay?", erwiderte Mai schwach.

„Du kennst den?", fragte ihr Vater und sein Gesicht sah aus, als hätte er in eine Zitrone gebissen. „Das ist aber kein guter Umgang für dich."

Mai rollte die Augen. Gerd scheuchte sie die Stufen hoch in den Flieger und sie setzte sich in die zweite Reihe ans Fenster. Drinnen war es eng und sie konnte sich kaum bewegen. Früher hatte ihr das nichts ausgemacht, aber mittlerweile war sie anderes gewöhnt. Sie schnallte sich an.

„Kann ich dir zu Hause eine Ladung neuer Kleidung spendieren?", fragte ihr Vater. „Mit diesem Fummel machst du ja meine Sitze schmutzig."

Mai grummelte vor sich hin. „Du hast dich nicht geändert. Oberfläche ist immer noch das, was zählt."

„Ich gebe mir Mühe, okay", er zuckte mit den Schultern und schnallte sich ebenfalls an.

Dann wurde der Motor angeworfen, es wurde laut und der Flieger hob langsam ab.

„Weißt du, wir haben aktuell ein paar richtig große Aufträge", erzählte ihr Vater. „Konnten unsere Spitzenposition weiter ausbauen. Besonders durch die Kooperation mit Maana letztes Jahr konnten wir den Markt ordentlich aufmischen. Keiner hätte gedacht, dass wir mit einem Konzern kooperieren, mit dem wir bisher verfeindet waren und keine gemeinsamen Werte hatten. Profite machen es möglich", er lachte. „Und das war vor allem dein Verdienst, du hast große Arbeit geleistet bei dem Auseinandernehmen von Ferra."

„Es war furchtbar", Mai trommelte mit den Fingern auf die Fensterscheibe. „All die Leute haben ihr Zuhause verloren."

„Sie haben ein neues in Jaku aufbauen können, in einem neuen Werk."

„Es hat mir letztendlich das Genick gebrochen das mitansehen zu müssen. Ich habe bei diesem letzten Auftrag Nina kennen gelernt, später sind wir zusammen in Mela gelandet."

Ihr Vater atmete tief ein und aus. Mai schaute aus dem Fenster und sah die Wälder unter ihnen vorbeifliegen.

„Nina aus der Gewerkschaft? Sie hat sehr viel Trubel verursacht für uns und Maana. Ich dachte, sie wäre tot."

76

„Dachtest du auch, ich wäre tot?", fragte sie.

„Es war eine lange Zeit der Ungewissheit und ich habe viele Ressourcen verwenden müssen, um dich zu suchen. Habe aber nie aufgegeben. Wenn du mir bloß eine Nachricht geschickt hättest…", er klang verbittert.

„Es tut mir leid."

„Als ich dich endlich in Mela ausfindig gemacht habe, da habe ich mir allerdings gedacht, es ist auch eine Chance. Du könntest mir einen einzigartigen Zugang zu der Stadt geben. Sie lassen ja sonst nicht mit sich reden, geben sich immer kämpferisch."

„Was für einen Zugang?"

„Ich weiß nicht. Gemeinsame Geschäfte, Kooperationen."

„Was willst du mit so einer kleinen, industriell unbedeutenden Stadt?", schnaubte sie.

„Bisher nichts. Aber Mela ist immer gut für ein Ablenkungsmanöver. Schau dir Maana an. Sie verursachen Skandale, um von ihren Machenschaften abzulenken."

„Seit wann willst du ihre Methoden kopieren? Ich dachte, du hättest einen anderen moralischen Anspruch."

„Du musst noch viel lernen, Mai, aber dafür haben wir ja jetzt Zeit. Ich möchte dich ganz eng dabei haben, ist das nicht schön? Dann haben wir endlich wieder ein richtiges Vater-Tochter-Projekt", er grinste sie an und sie spürte, dass er das ernst meinte.

Gleichzeitig schnürte sich ihr Brustkorb zu. War sie wieder in dieselben Verwicklungen geraten wie früher? Ein Spiel zwischen Anerkennung, Elternliebe, alten Kommunikationsstrukturen. Sie der Rebell und widerständig, er der weise und kundige Vater. Und am Ende bekam er immer das, was er wollte. Sie musste sich anpassen und dann waren alle glücklich. Und jetzt ging es wieder von vorne los. Auch wenn sie es ihm abnahm, dass er sich bemühte, es besser zu machen. Aber es war nicht genug. Er war immer noch der Leiter von Neu! und das wirtschaftliche System der Welt belohnte immer noch ein rücksichtsloses und profitorientiertes Verhalten.

Mai schnallte sich ab. „Ich habe meine Meinung geändert. Du willst Mela auseinandernehmen? Ohne mich. Ich gehe. Und diesmal wird es kein Wiedersehen geben."

„Mai?", sagte ihr Vater tonlos. Auch vorne im Führerhäuschen wurde es still.

„Damals, als meine Tochter gestorben war, hast du genau denselben Text abgelassen. Dass du dich ändern willst. Aber nichts ist in der Zwischenzeit passiert und jetzt wird auch nichts passieren. Ich ziehe meine Schlüsse daraus und gehe."

Sie riss die Seitentür auf und sprang heraus.

13

Diesmal landete sie, ohne sich zu verletzen, auf einer Lichtung und rollte sich elegant ab. Immerhin. Sie blieb in dem Gras sitzen. Ihr Herz klopfte immer noch wie wild und sie war wütend. Wütend auf ihren Vater und auf sich selbst. Es mischte sich aber auch Beschämung darüber hinzu, dass sie so einen peinlichen Auftritt hingelegt hatte. Ein Auftritt und eine Rede, die ihm egal sein, über die er nur den Kopf schütteln würde.

Mai stand auf, fegte die Grashalme vom Kleid und begann, den Weg zurückzulaufen. Sie könnte auch fliegen, aber bei Tage wäre das sehr auffällig und sie brauchte keine Bilder von sich in den Medien, wie sie durch die Luft flatterte, das würde nur unnötige Fragen aufwerfen. Außerdem war ihr sowieso nach Laufen. Vielleicht könnte sie in ein paar Stunden einen Platz zum Schlafen finden, denn sie war viel zu lange wach gewesen.

Aber erstmal lief Mai querfeldein und hoffte, bald auf einen Wildpfad zu kommen, um nicht ständig über Gestrüpp und Matsch zu steigen. Dabei ließ sie die Begegnung mit ihrem Vater sacken. Hatte sie ihm doch Unrecht getan und zu schnell die Reißleine gezogen? Mit ihm zusammen im Flieger zu sitzen hatte auf einmal Fluchtinstinkte in ihr ausgelöst. Hätte er sie nach Hause genommen und sie dort nicht mehr gehen lassen? Mai erschauderte bei dem Gedanken. Andererseits war er kein Monster und wollte schon immer nur das Beste für sie, das war ja das Problem.

Die Sonne stand jetzt hoch und brannte auf sie runter, sodass Mai sich in den Wald verkroch. Hier war er sehr stark von Nadelbäumen geprägt, sodass der Boden weich und ganz gut zugänglich war. Immer wieder machte sie einen Bach ausfindig, wo sie ein paar Schlucke Wasser nehmen konnte.

Irgendwann kam ihr ein Bretterverschlag in die Quere, der einmal eine Hütte gewesen sein konnte. Dort zog sich Mai zurück, legte sich auf den Boden und suchte den Schlaf, der schneller kam, als sie „freier Fall" sagen konnte.

Als sie Stunden später wieder aufschreckte, schlug sie sich als erstes den Kopf an einem Brett über ihrem Kopf an. Sie rieb sich die Beule und spürte als nächstes einen staubtrockenen Geschmack in ihrem Mund. Draußen war es mittlerweile dunkel geworden, sodass sie unbesorgt eine längere Strecke fliegend zurücklegen konnte und schneller vorankam.

Sie kroch aus ihrem temporären Schlafplatz heraus und nahm die Umgebung in sich auf. Ein harziger Duft lag in der Luft. Die Bäume wiegten sich sanft in fast schon sommerlich warmen Temperaturen. Wenige Vögel sangen weiter weg. Irgendwo knisterte es.

Mai lief ein paar Schritte und wollte gar nicht sofort fliegen, wollte lieber noch die Erde unter ihren Füßen spüren und außerdem eine Wasserquelle suchen. Vielleicht kamen ihr noch ein paar Wildfrüchte in die Quere. Aber diese zu suchen war eher eine Aktivität für den Tag.

Mit einem Mal wurde ihr bewusst, dass sie völlig allein war. So schnell ging es, dass alles, was ihr heute Morgen noch lieb und teuer war, weg war. Ihre Stadt, ihre Freunde, ihr Haus, ihre Kontakte zu den BewohnerInnen. So wie damals, in einem Moment war ihr Leben normal und sorglos, in einem anderen war sie das Opfer eines

Gewaltverbrechens und ihres Urvertrauens entledigt, dass alles gut werden würde. Und kaum hatte sie sich mit dem Gedanken angefreundet neun Monate später ein Kind auf die Welt zu bringen, dann starb dieses und sie wurde erneut ihrer ganzen Welt beraubt.

Und diese Erfahrungen schienen sich seitdem immer nur zu wiederholen. Es war stets dasselbe Muster. Sobald sie etwas hatte, das sie mit aller Kraft festhalten wollte, wurde es ihr weggenommen. Mai fragte sich jetzt wie damals, ob es alles nur Zufälle waren, dass sie immer wieder bei null anfangen musste, oder ob die Kräfte um sie herum ein merkwürdiges Spiel mit ihr spielten. Sie wusste nicht, was besser wäre: Eine gleichgültige Welt, in der es keine Verbindung zwischen einzelnen Ereignissen gab oder eine Entität mit einer Intention, sie zu bestrafen oder zumindest immer wieder auf die Probe zu stellen.

Als sie in der Hauptstadt gewesen war und all die anderen Leute getroffen hatte, die so waren wie sie oder zumindest auf dem Weg dorthin, da gab es hinsichtlich dieser Fragen keine einhellige Meinung. Jeder schien etwas anderes zu glauben, jeder hatte eine andere Erfahrung gemacht. Es war ein Ameisennest von vielen wirren Typen gewesen, in dem jeder seine eigenen Schlüsse von den Ereignissen auf persönlicher oder globaler Ebene zog.

Die einen hatten Kontakt zu einer personifizierten gottesähnlichen Entität gehabt, die anderen zu Naturgeistern, einige sprachen mit den Toten, andere mit den Bäumen, manche empfingen Signale von anderen Galaxien oder Realitätsebenen, ein paar reisten in die Vergangenheit oder wussten von geheimen Netzwerken. Mai hatte der Kopf ziemlich schnell geschwirrt bei diesen Gesprächen und sie hatte irgendwann nicht mehr so genau nachgefragt. Was geblieben war, das war das Gefühl, dass sie selbst gar nicht so genau wusste, was sie selbst glaubte.

Jetzt, da sie allein war und von allen guten Geistern verlassen durch den Wald lief, schien nichts davon zuzutreffen, waren das alles bloß Hilfskonstruktionen, um der Gewaltigkeit der Welt Herr zu werden, denn in Wirklichkeit war die Welt dunkel und einsam, schien sich nicht für ihr Tun und Befinden zu interessieren, keiner lenkte die Ereignisse, sondern alles fiel um sie zusammen und baute sich willkürlich wieder auf, es waren seelenlose Aktion-Reaktion-Abfolgen, wie die Wellen am Strand. Das hieß, sie konnte aufhören nach einem höheren Sinn zu suchen. Das hieß, ihre Leiderfahrungen waren kontingent und auf eine gewisse Weise sinnlos, denn das Meer interessierte sich nicht dafür, dass eine Sandburg umfiel oder ein Kind darin ertrank, es machte einfach weiter wie zuvor.

Und all diese Interferenzen mit ihrem Vater, mit Frederick und Kolja und Nick, mit Nina und all den anderen Leuten, die waren nichts weiter als sinnlose Zusammenstöße, aus denen sie gar nicht erst versuchen sollte, schlau zu werden.

Mit diesem Gedanken lief Mai immer weiter und weiter. Zwischendurch trank sie ein paar Schlucke Wasser, aber sonst fühlte sich der Wald weit entfernt an und sie schien eher immer tiefer in den Boden zu versinken und von einer Dunkelheit umhüllt, obwohl es von der Tageszeit her anfing, wieder heller zu werden.

So gesehen machte es keinen Sinn mehr, nach Mela zurückzukehren. Die Erkenntnis war wie eine Erleichterung. Vielleicht war sie ihren Auftrag zu verbissen angegangen, wollte an jeder Baustelle mitwirken, überall präsent sein und hatte vielleicht manches eher verschlimmbessert. Mai ließ den Kopf hängen und lief doch weiter. Sie kannte es nicht anders. So oft wollte sie bisher aufgeben und dann war sie doch weitergelaufen, einfach aus Sturheit oder Gewohnheit. Und dann hatte sich dennoch ein Weg ergeben. Aber ob das jetzt auch so sein würde?

Ab und zu öffnete sie ihren Geist und schickte ihn aus, um zu hören, was um sie herum los war. Dann vernahm sie die weit entfernten und vagen Stimmen der anderen, die sich fragten, wo sie war. Oder was es nur reines Wunschdenken und keiner suchte nach ihr? Auf große Entfernung ließ es sich manchmal schwer sagen, ob es ihre Gedanken waren oder die der anderen. Mai verschloss ihre Sinne wieder.

Am Abend und in der Nacht flog sie wieder ein größeres Stück der Strecke und konnte immer noch nicht das Gefühl abschütteln, dass sie aus der Welt gefallen war.

Als sie nicht mehr so weit von der Stadt entfernt war, legte sie am Tag noch eine Schlafeinheit ein und konnte dafür eine halbwegs intakte kleine Holzhütte ausfindig machen, die ihr kleines schiefes Refugium wurde.

Die letzten Meter zur Stadt lief sie zu Fuß. Sie konnte nicht sagen, wie viele Tage seit dem Treffen mit ihrem Vater vergangen waren, Mai fühlte sich auf jeden Fall entkräftet und sehnte sich nach einer Dusche und einem Bett.

Als sie die ersten Häuser erreichte, blieb sie stehen und nahm die Wohnblöcke in sich auf. Unbeeindruckt standen sie da wie eh und je. Mai kam sich albern vor, an jeder Ecke einen Hinweis auf die Beseeltheit von Welt suchen zu wollen wie ein kleines Kind. Den Horizont nach Zeichen und Hinweisen abklopfen zu wollen, denn es war klar, dass nichts magisches passieren würde. Und wenn, dann wäre es nur Zufall und hätte nichts mit ihren existentiellen Fragen zu tun. Und trotzdem konnte sie nicht anders, forschte nach Bedeutung ebenso wie sie nach der Bestätigung und Liebe ihres Vaters suchte, auch wenn sie rational wusste, dass beides nicht mehr zu bekommen war.

Sie trat aus den Schatten heraus und nahm Kurs auf den Stadtpark, durch den sie gehen musste, um zu ihrem Haus zu kommen. Dabei versuchte sie, den Leuten um sie herum keine Beachtung zu schenken, denn bevor sie sich ihnen zuwenden konnte, musste sie nach Hause und wenigstens einen Tee trinken.

Im Park waren bei diesem lauen Abend ein paar Gruppen unterwegs, die entweder Sport machten oder zusammensaßen und sich unterhielten und lachten. Mai sah die Straße schon abzweigen, die zu ihrem Zuhause führte, hörte dann aber doch jemanden ihren Namen rufen. Sie reagierte nicht und lief weiter, das Ziel fest vor den Augen. Alles andere konnte warten.

Sie hatte den Park fast verlassen, als sie Schritte hinter sich hörte und sich ruckartig umdrehte. Vor ihr stand Frederick, nach vorne gebeugt und außer Atem.

„Warte", hechelte er hervor.

Mai betrachtete seine zerzauste Gestalt, er war irgendwie am Auseinanderfallen und Mai tat es leid, ihn in diesen Zustand zurückgelassen zu haben.

„Ich muss mit dir sprechen", er richtete sich auf, seine Kleidung hing in Fetzen von ihm und er hatte diverse Verletzungen an Armen und Beinen, als hätte er mit einem Bären gekämpft. Oder mit seinen Dämonen.

Mai spürte, dass keine Gefahr von ihm ausging und lockerte ihr Auftreten, um ihn nicht noch zusätzlich zu verängstigen.

„Als du weggeflogen bist…", er suchte nach Worten und zeigte nach oben, „… ich wollte dich warnen, es war gefährlich und ich dachte, du kommst nicht mehr wieder." Dieser lange Satz hatte ihm wohl alles abgefordert. Hatte er vorher immer betrunken und wütend gewirkt, war er jetzt eher entrückt und mühte sich ab, sich zusammenzuhalten.

„Danke, es war… kompliziert", seufzte sie. „Aber jetzt bin ich wieder da", sie lächelte schwach.

Frederick nickte und trat noch einen Schritt näher. Mai hoffte, dass das Gespräch nun beendet war, aber offensichtlich hatte er noch Mitteilungsbedarf. Er leckte sich über die Lippen, die trocken und aufgeplatzt waren, seine Augen huschten hin und her.

„Etwas hat sich verändert", brachte er schließlich hervor. „Ich habe etwas verstanden. So geht es nicht mehr weiter", er schaute auf und ihre Augen trafen sich das erste Mal direkt, etwas Komplexes spielte sich in ihnen ab. Etwas, dem Mai nicht direkt einen Namen geben konnte. „Ohne dich wäre das nicht möglich gewesen, du hast mich von meinem Leiden erlöst."

Er hob seine Hand und streckte sie in ihre Richtung aus, für eine Umarmung? Das war Mai etwas zu viel, sie fing seine Hand stattdessen auf und ging näher an ihn dran, sodass sie nur noch ein paar Zentimeter voneinander entfernt standen.

„Nein", flüsterte sie in sein Ohr, „ich war das nicht", sie spürte, wie er erschauderte, „und es gibt auch keine Erlösung", sie legte ihre andere Hand auf seine Schulter und drückte ihn, sie waren fast wie in einer Position zum gemeinsamen Tanz. „Ich bin mir noch nicht einmal sicher, ob ich das Richtige getan habe, also bitte keine Verherrlichung meiner Taten. Aber ich bin immerhin froh, dass wir auf Augenhöhe miteinander reden können."

„Hmm."

Seine Haltung entspannte sich unter ihrer Berührung und sie fuhr mit ihrer Hand in seinen Nacken. Er hob seine andere Hand, um sie zu berühren, aber Mai fixierte diese an seiner Seite, damit er sie nicht bewegen konnte.

„Du solltest in die Hauptstadt gehen, um dort deinen weiteren Weg zu finden", wisperte sie in sein Ohr und ihre Lippen berührten fast seine Haut. „Dort wird sich alles weitere für dich klären."

„Du schickst mich weg?", fragte er und Mai löste sich von ihm, trat wieder einen Schritt zurück.

„Wir werden uns wiedersehen, okay?", bot sie ihm an, auch wenn sie das nicht so genau wusste.

„In Ordnung. Du bist hier, wenn ich zurückkomme?", er hatte so etwas Verletzliches in seiner Stimme und Mai nickte.

„Mach's gut, Frederick", sagte sie, drehte sich um und lief nach Hause.

14

Als sie später unter der langersehnten heißen Dusche stand, ging ihr die Begegnung mit Frederick nicht aus dem Kopf. Mai spürte, wie sich tief in ihr eine leise Hoffnung regte. Hoffnung, dass doch nicht alles sinnlos und vergebens war. Aber sie schob sie schnell weg, indem sie sich erinnerte, was ihr bisher alles genommen wurde. Wie schnell sie nach jedem dünnen Halm griff, um sich daran festzuhalten, nur weil sie Hoffnung hatte, dass am Ende alles gut würde, dass Mühen sich auszahlten und es trotz aller Strapazen zu einem Schluss kam, der sich lohnte. Mai wusste, wie schnell sie in diese Illusion hineinsprang und am Ende doch wieder in einem Matschloch landete.

Ausgiebig wusch sie sich die Haut und Haare und wickelte sich danach in mehrere Handtücher ein, legte sich ins Bett und zog die Bettdecke über den Kopf. In diesem Kokon konnte sie das Leben aushalten.

Als sie die Augen wieder öffnete, musste sie viele neue Informationen gleichzeitig verarbeiten. Ihr Körper war heruntergewirtschaftet und meldete einen Mangel an allen möglichen lebenswichtigen Bedarfen an. Gleichzeitig befanden sich wohl mehrere Personen in Mela, die hierhergekommen waren, um Leuten Schaden zuzufügen. Und dann war da das Gemurmel von vertrauten Stimmen, die sich in ihrer Nähe aufhielten.

Mai blendete das alles für einen Moment aus und suchte nochmal den Ort der Leere auf, an dem sie das letzte Mal war als sie wach war, wann das auch immer gewesen war. Dabei musste sie feststellen, dass die Leere sich immer mehr entfernt hatte, stattdessen füllte sie sich mit dem üblichen Geplapper, welches Mai so angestrengt auszublenden versucht hatte. Da gab es Aufgaben, Verpflichtungen, Beziehungen, Fürsorge, Schutz und Gespräche.

Wie das mit Frederick zum Beispiel. Es hatte irgendwas in ihr verändert. Er hatte sie mit seinem Bekenntnis, seiner Nähe, an einem Punkt berührt, den sie eigentlich schon längst aufgegeben hatte. Mai wäre ihm gerne gefolgt, hätte gesehen, wie er sich in der Hauptstadt schlug, wie sein weiterer Weg aussah, hätte ihm gerne von sich erzählt, hätte sich ihm anvertraut, so wie sie es sonst bei niemandem machte, weil sie sich so nah gekommen waren. Hätte ihn gerne berührt.

Sie richtete sich auf und schlug die Decken von sich. Genug davon. Diese Phantasien waren absolut unangebracht und realitätsfern.

Mai zog sich ihr Gewand an, welches nur noch von Schweiß und Morgentau zusammengehalten wurde. Sie hatte noch einen weiteren Tagesordnungspunkt für heute: Nick suchen und ihr neues Kleid abholen. Welche Tageszeit hatten sie überhaupt? Mai zog die Vorhänge zur Seite und gleißendes Licht schlug ihr entgegen. Sie kniff die Augen zusammen und wandte sich ab. Mittlerweile war sie schon so an die Nacht gewöhnt, dass ihr die Helligkeit ungelegen kam.

Nachdem sie den Wasserkessel aufgesetzt hatte und vor die Tür treten wollte, fand sie eine Tupperdose mit einem Kartoffelauflauf, eine Schüssel Salat, ein halbes Blech Streuselkuchen und ein Glas mit Kompott vor ihrer Tür. Mai blieb wie angewurzelt stehen, so viel Zuneigung hatte sie doch gar nicht verdient. Sie trug die Sachen nach drinnen und aß von allem etwas.

Ein Rundgang in ihrem Garten offenbarte ihr, dass schon so viel am Wachsen war, es war ein wahres Wunderwerk und sie kam aus dem Staunen nicht mehr raus. Überall zarte grüne Pflänzchen, wucherndes Kraut, sich schlängelnde Ranken und die ersten Blüten in Sonnengelb, Glutrot und Himmelsblau. Das war das Werk von Misha gewesen, die hier überall ihre Spuren und Ambitionen hinterlassen hatte. Mai konnte nicht anders, es ließ in ihr selbst so viel sprießen, das sie nicht mehr aufhalten konnte.

Als sie sich wieder der Straße zuwandte, wusste sie, dass sie beobachtet wurde. Doch es war niemand zu sehen. Dem würde sie bald auf den Grund gehen. Vielleicht hatte es etwas mit ihrem Vater zu tun. Oder mit den Verfolgern von Kolja. Oder mit einer völlig neuen Bedrohung, die sie noch nicht kannte.

Mai ging wieder rein und aß noch mehr von den Leckereien, die ihr nicht zustanden, weil sie schon viele Tage nicht mehr in Mela gewesen war und niemanden heilen oder beschützen konnte. Sie hatte plötzlich ein schlechtes Gewissen. Ihre Freunde mussten wissen, dass alles okay war. Sollte sie sich auch bei ihrem Vater melden? Er musste denken, dass sie sich in den Tod gestürzt hatte und das wollte sie ihn trotz allem nicht glauben lassen.

Aber zuerst setzte sie sich widerwillig in eine von diesen Bahnen und fuhr zu Mishas Arbeitsstelle, die etwas außerhalb lag. Sie hätte auch zu Neev gehen können, ihr Verwaltungsgebäude lag in Laufnähe, aber sie hatte sie schon oft genug bei der Arbeit gestört und Nina war sowieso schon permanent im Einsatz für Mai.

In der Nähe vom Bahnhof stieg sie aus und lief zu einem zweistöckigen Gebäude, in dem Mai am stärksten die

Präsenz von Misha spürte. Dort fand sie, nachdem sie in ein paar Büros reingelinst hatte, Misha, wie sie vor einem Computerbildschirm saß. Das war ein ungewöhnlicher Anblick, denn Mai sah Misha immer nur als Kräuterhexe, ausgelassene Unruhstifterin oder liebenswerte Träumerin.

Als Misha von ihrem Bildschirm aufblickte und in Mais Augen sah, hellte sich ihre ernste Miene sofort auf.

„Mai?", Misha sprang auf und lief auf sie zu. „Wir haben uns solche Sorgen um dich gemacht", sie setzte zu einer Umarmung an, doch Mai bremste sie mit einer schnellen Handbewegung, so wie sie das in letzter Zeit oft machen musste.

„Sorry", Misha schien wohl zu verstehen und blieb vor ihr stehen.

„Ich freu mich auch, dich zu sehen", Mai lächelte sie an und hielt den Blick ein paar Momente, Misha schaute nicht weg und es gab eine kleine warme Explosion in Mais Brustkorb, die sie nicht aufhalten konnte. Es war offiziell, sie war hoffnungslos verloren an die Mysterien der Welt und ihrer vielen BewohnerInnen, die sie ständig umkreisten, egal wie sehr Mai sich dagegen zu wehren versuchte.

„Wo warst du?", Misha setzte sich auf die Schreibtischkante und ihr Blick wurde ganz sanft.

„Es ist eine lange Geschichte", Mai seufzte und ging im Büro herum, schaute sich die Regale mit Ordnern und Ablagen an, warf einen Blick aus dem Fenster. Sie hatte viele Jahre als Assistentin für ihren Vater in Büros gearbeitet, aber jetzt schien diese Welt meilenweit weg von ihr zu sein.

„Nina hat dich aufgesammelt, dann warst du bei ihr und danach verliert sich deine Spur, du warst mehrere

Tage komplett von der Erdoberfläche verschwunden", Misha kam ihr hinterher und verschränkte die Arme.

„Es gibt Probleme mit meinem Vater", Mai schaute immer noch starr nach draußen und knirschte mit den Zähnen.

„Hat er dir etwas angetan?"

„Nein. Wir haben eine komplizierte Beziehung. Es ist noch komplizierter geworden, seit ich in Mela bin."

„Wird er dir weiter Schwierigkeiten machen?"

„Ich befürchte. Aber es ist schwer zu sagen. Ich weiß noch nicht, was in seinem Kopf vor sich geht", Mai kratzte sich an der Schläfe.

„Kannst du uns nicht das nächste Mal Bescheid sagen, wenn sowas passiert", Misha hob vorwurfsvoll eine Augenbraue. „Es ist nicht fair mir und den anderen gegenüber, so einen Abgang zu machen. Sind wir überhaupt deine Freunde oder einfach nur austauschbare Gehilfen?"

„Ähm", das hatte Mai nicht erwartet. Sie öffnete den Mund, um sich zu rechtfertigen und Misha in ihre Schranken zu weisen. Sie war wütend, weil sie nicht zum Spaß verschwunden war und jede Menge durchgemacht hatte. Aber sie schloss den Mund wieder und atmete ein paar Mal tief durch. „Du hast recht, ich hätte wenigstens eine kurze Nachricht schicken können. Es tut mir leid, dass ihr euch solche Sorgen machen musstet. Es war eine schwierige Situation und danach bin ich in so eine Art Lebenskrise geraten", sie verzog das Gesicht, „und wusste nicht mehr weiter."

Misha trat noch etwas näher, lehnte sich an die Fensterbank vor ihr und Mai spürte, wie ihre großen Augen eine Anziehungskraft auf sie ausübten. Misha hatte schon viel gesehen und einiges davon spiegelte sich in ihrem

Gesicht, ihrer Gestik, ihrer Stimme, ihrem Lachen. Anders als Mai hatte sie dabei keinen Bruch erfahren und hatte sich bisher wie an ihrem Haarschopf selbst aus jedem Schlamassel gezogen und dafür bewunderte sie Mai sehr.

Mai trat näher und sie umarmten sich in Zeitlupe, es war die langsamste Annäherung und zarteste Berührung. Und dann hielten sie sich für eine kleine Ewigkeit und Mai öffnete ihren Geist, um Mishas Energie durch sich hindurchfließen zu lassen. Misha war regenbogenfarben und eine frische Meeresbrise und eine rätselhafte Urkraft aus Jaku und ein Flug über die Baumwipfel und Leidenschaft und Hingabe und Einsamkeit und ein Freigeist.

Mai atmete das alles ein und sie lösten sich voneinander.

„Wow", Misha öffnete die Augen wieder. „Ich konnte… ich konnte so einen kleinen Einblick in deine Welt haben... Es war so viel… Aber unscharf und viel zu schnell…"

„Hmm, so ist es für mich nur mit einer besseren Übertragung mit anderen Menschen. Ich kann sie fühlen und sehen und hören, auch wenn sie gar nicht in meiner Nähe sind. Meistens blende ich das aber aus, weil es für meinen Auftrag nicht notwendig ist", lamentierte Mai.

„Ich verstehe… wahrscheinlich überhaupt nichts", lachte Misha.

„Glaube ich nicht. Aber zurück zum Thema. Kannst du den anderen Bescheid sagen, dass bei mir alles okay ist?"

„Natürlich."

Mai wandte sich zum Gehen.

„Moment, wie geht es weiter, brauchst du irgendet-was?", Misha nahm einen Kugelschreiber und klickte mit ihm herum.

Mai hielt inne. „Ich hatte ein neues Kleid in Auftrag gegeben. Darum wollte ich mich heute kümmern, sonst bleibt von diesem Fetzen bald gar nichts mehr übrig", sie schaute an sich runter. „Ansonsten wollte ich meine übli-che Tätigkeit wieder aufnehmen. Mal wieder etwas Ruhe einkehren lassen. Ach ja, Frederick hat die Stadt verlassen, er ist in die Hauptstadt gegangen, ich habe kurz mit ihm gesprochen."

„In seinem Zustand?", Misha runzelte zweifelnd die Stirn.

„Es wird schon gehen", winkte Mai ab. „Er hat sich verändert, war kaum wiederzuerkennen. Wer weiß, ob er zurückkehrt. Ihm steht die ganze Welt offen."

„Wenn du meinst", Misha zuckte mit den Achseln.

„Lass uns demnächst mal alle zusammen einen ge-mütlichen Abend machen. Ohne Drama und Probleme. Wir hatten ja kaum Gelegenheit, uns kennen zu lernen."

„Eine gute Idee", Misha lächelte und sie verabschie-deten sich.

15

Der Rückweg führte Mai kreuz und quer durch die ganze Stadt. Sie wollte eigentlich direkt nach Hause, aber eine ältere Frau in der Bahn brauchte ihren Zuspruch, weil ihre Tochter sich schon länger nicht mehr gemeldet hatte. Ein Mädchen, welches von anderen geärgert wurde, wurde von Mai zu einem Eis eingeladen. Eine Taube, die sich in einer Plastiktüte verfangen hatte, musste befreit werden.

Und dann war da noch ein im Sterben liegender älterer Mann, den sie im Vorbeigehen in seiner Wohnung aufgespürt hatte und der ihr noch seine Geschichten aus einer fernen Zeit erzählen wollte. Den Wackelzahn für einen Siebjährigen zu ziehen gehörte nicht zu Mais Lieblingsbeschäftigungen und er hätte diese Aufgabe sicherlich irgendwann auch selbst bewältigt, aber sie machte es trotzdem und er strahlte über das ganze Gesicht, als er damit nach Hause lief. Die Aktentasche eines sehr gestressten Verwaltungsangestellten blieb in der Bahn liegen und fuhr allein weiter, aber Mai trug sie ihm hinterher, um sich gleich darauf an der Suche nach einem Taschencomputer zu beteiligen, der einem jungen Mann im Park aus der Jackentasche gefallen war.

Dann kam sie an einem Haus vorbei, bei dem sie registrierte, dass Frederick hier früher gewohnt hatte. Er war wohl immer noch in der Wohnung im zweiten Stock gemeldet und seine Sachen waren hier, zumindest konnte Mai das durch den Balkon erkennen. Aber er hatte schon lange nicht mehr hier gewohnt, wohl seit dem Tod seines Bruders, sondern hatte sich nur noch auf den Straßen herumgetrieben. Mai wurde wie magisch von dem Wohnort angezogen und blieb einige Zeit auf dem Geländer des

Balkons sitzen, um den letzten Spuren von Fredericks Leben nachzuspüren, bevor es in Chaos und Trauer versunken war.

Sie wusste nicht, was sie gepackt hatte, aber sie holte ihren Notizblock heraus und schrieb ihm einen kleinen Brief.

„Frederick, du bist jetzt schon seit ein paar Tagen nicht mehr in Mela und ich weiß nicht, ob du überhaupt noch zurückkehrst. Ich habe heute deine Wohnung gefunden und frage mich, was mit ihr passieren wird. Das Leben spielt seltsame Spiele mit uns, denn als wir uns das letzte Mal sahen, da dachte ich, dass du mich aus dem Sumpf gezogen hast und nicht andersherum. Unsere Begegnung ist mir noch lange präsent gewesen und ich habe sie immer wieder auf der Zunge geschmeckt. Alles Gute, Mai.“

Sie faltete den Zettel und schob ihn unter seiner Tür hindurch. Es war ein angenehmes Gefühl, einen Adressaten zu haben, der die Briefe wahrscheinlich nie mehr lesen, sie nicht beurteilen würde.

Als sie fertig war, konnte sie kaum glauben, was man tagsüber alles erleben konnte. Nachts kamen die dunklen Nebel aus der Stadt gestiegen, aber am Tag gab es auch lustige und unbeschwerte Ereignisse, bei denen sie mitmischen und hoffentlich auch mithelfen konnte. Dennoch sehnte sie sich schon nach dem Sonnenuntergang. Aber die Tage wurden jetzt immer länger und die Nächte kürzer, also musste sie sich so oder so langsam umstellen.

Erschöpft schlenderte sie durch die Straßen und blieb mit einem Mal stehen. Hier irgendwo in der Nähe musste Nick sein. Und auch von den anderen vernahm sie Lebenszeichen. Die perfekte Gelegenheit, um sich nach ihrem Kleid zu erkundigen. Sie steckte die Nase in die Luft, um seinen genauen Aufenthaltsort ausfindig zu machen, dann stieß sie sich mit den Füßen ab, wirbelte in die Luft und landete in einem beeindruckenden Garten, der über und über mit Wildblumen übersät war.

Sie orientierte sich und strich sich abwesend die Ärmel glatt, welche hochgerutscht waren. Oh. Eine ganze Menge von Leuten saßen da und starrten sie an. Das musste wohl eine Gartenparty sein. Mai ließ sich nicht aus der Ruhe bringen und drückte ihren Rücken durch.

„Sorry, ich wollte nicht groß stören, aber ich warte immer noch auf mein Gewand", sie streckte den Arm nach vorne und zeigte auf Nick, der verblüfft das Gesicht verzog. Zögerlich stand er auf.

„Es ist alles nach Wunsch angefertigt", er verbeugte sich leicht vor ihr und verdrehte sardonisch die Augen.

„Nina wird jeden Moment mit dem Kleid eintreffen", Misha sprang so vehement auf, dass ihr Stuhl nach hinten kippte.

„Wieso hat sie es nicht schon längst ausgeliefert?", flüsterte Nick Misha zu, auch wenn es sowieso jeder hören konnte.

„Weil es dein Projekt war und nur du es übergeben kannst", sie hielt sich die Hand vor den Mund und flüsterte zurück.

„Okay", wisperte Nick, „wusste ich nicht", er zuckte mit den Schultern.

Alle anderen verfolgten die Unterhaltung mit verwunderten Gesichtern.

Und dann stürmte Nina durch das Haus und kam völlig atemlos vor der langen Tafel an, im Schlepptau den Kleidersack. Nick ging zu ihr, nahm ihr das umständliche

Paket aus der Hand und deutete ihr, sich zu setzen und einen Schluck Wasser zu trinken. Dann drehte er sich zu Mai und trat näher.

Langsam zog Nick den Reißverschluss auf und holte das umständliche Gewand heraus. Für einen Moment passierte nichts. Dann streckte Mai ihre Hand aus.

„Darf ich?", fragte sie.

Er nickte, auch wenn er nicht ganz überzeugt aussah. Ihre Finger berührten sich am Kleiderhaken und gleichzeitig trafen sich ihre Blicke. Alles um Mai herum schien wie stehen geblieben und ihr Herz füllte sich. Dann wirbelte sie mit einer geschickten Handbewegung das Kleid um sich herum und stand im nächsten Moment in dem Gewand da.

Es war nicht dasselbe Kleidungsstück, das er genäht hatte, es war viel strahlender, größer, kräftiger, lebendiger, pulsierender, flüssiger. Sie staunte über die Schichten um Schichten an Wellen und Flüssen, die sich um ihren Körper wandten, sie umhüllten, sie verwandelten. Sie drehte sich, schaute an sich herab und strich mit den Fingern über den Stoff. Und dann breitete sie die Arme und die Flügel aus und stieg eleganter als je zuvor in die Luft und verschwand.

In der folgenden Nacht flog und flog und flog sie um die Stadt. Es war so viel müheloser und eleganter als mit ihrem alten Gewand. Mit einem Mal war sie der Wind und die Dunkelheit und die Sterne und das Blätterrauschen und der Waldkauz und der Nachtfalter. Mai schloss die Augen und ließ sich in die Flows um sich herum fallen, wurde getragen und kümmerte sich weder um Anfang noch Ende, sondern war einfach nur in der Welt.

Als sie auf einem alten Schornstein landete und wie so oft den Blick über die Stadt schweifen ließ, wurde sie erfüllt von Dankbarkeit und Erleichterung. Zumindest in diesem Moment waren alle Teile an ihrem Platz, war die Welt vollständig und ausgefüllt. Mai blieb noch lange sitzen und war nicht bereit, diesen Moment gehen zu lassen. Unter ihr und um sie herum und mit ihr all die Herzen, die schlugen, all die Blutgefäße, die rauschten, all die Luft, die sie zusammen atmeten, miteinander verschlungen in einer undurchdringlichen Welt mit ihren tausenden von Facetten und Schichten, Mysterien und Rätseln, Grausamkeiten und Unberechenbarkeiten. Sie würde sie gegen nichts eintauschen wollen, keinen Aspekt ihrer Vergangenheit ändern, der sie hierhergeführt hatte.

Im Morgengrauen verließ Mai ihren Posten, warf bei Frederick einen weiteren Zettel ein und flog nach Hause.

16

Sobald alles in Ordnung war, so hatte Mai es gelernt, war der beste Augenblick, dass bald das komplette Chaos ausbrechen würde. Es war wie mit der Welle an ihrem höchsten Punkt. Sie blieb nicht lange dort, sondern stürzte bald in sich hinein. Um sich kurz darauf wieder aufzubauen. Dieser ganze Prozess war etwas ermüdend, aber was konnte Mai dagegen machen.

Nach ein paar Tagen der Ruhe und Routine klopfte es an der Tür und Mai wusste, bevor sie öffnete, wer dahinter zu finden war.

„Bernhard", sagte sie lapidar und schaute in seine kleinen runden Augen.

Er war allein gekommen, worüber Mai froh war.

„Ich muss kurz mit dir reden. Darf ich reinkommen?", fragte er und schaute an ihr vorbei in das Innere des Hauses.

„Natürlich", Mai lief vor, er folgte ihr und zusammen setzten sie sich an den großen Esstisch einander gegenüber.

„Dein Vater hat mich beauftragt, mit dir ein Gespräch herzustellen und dafür musste ich extra hier anreisen, da du dich ja weigerst an die zeitgemäßen Kommunikationskanäle angeschlossen zu werden", sagte er mit leichtem Verdruss in der Stimme und packte ein Laptop aus seiner Aktentasche, welches er auf dem Tisch zwischen ihnen aufbaute.

Mai knetete die Hände unter dem Tisch und versuchte sich einzureden, dass nichts Schlimmes passieren würde, denn ihr Vater war im südlichen Kontinent und sie war in Mela, also konnten sie sich nicht gegenseitig an die Gurgel gehen.

Bernhard brauchte ewig, um das Gerät aufzusetzen, es anzuschalten und die entsprechenden Programme aufzurufen. Mai schaute währenddessen aus dem Fenster. Vor einer Stunde war sie aufgewacht und ahnte, dass sie Besuch bekommen würde. In aller Ruhe hatte sie sich fertig gemacht und hoffte, nach diesem Stelldichein ein paar Abstecher zu BewohnerInnen machen zu können, um nach dem Rechten zu schauen.

Der Wahlton, der von dem Laptop ausging, riss sie wieder zurück in die Gegenwart und sie starrte auf den Bildschirm, auf dem nach ein paar Sekunden das Gesicht ihres Vaters erschien. Er saß in seinem Büro und hatte miese Laune, das kapierte Mai sofort, denn diesen Gesichtsausdruck kannte sie nur zu gut.

„Mai, du lebst", rief er, aber es klang hämisch. „Wer hätte das gedacht?", fuhr er fort, nachdem sie nichts erwiderte. In diesem Zustand war es besser, ihm Zeit zu geben, um all seine Anliegen loszuwerden, bevor sie sich äußerte. „Du springst aus einem Flieger und kein Haar ist gekrümmt, was war das für ein Trick?"

Mai sagte nichts dazu.

„Es ist auch egal", winkte er ab und streckte seine Beine aus, um sie auf dem Tisch vor sich abzulegen und sich im Bürostuhl zurückzulehnen. „Waren diese Spielchen von Anfang an geplant? Ich würde es dir zutrauen. Das ist also deine Antwort, wenn dich jemand um Hilfe bittet, wenn ich zu dir komme und dich endlich wiedersehen will, unsere Beziehung reparieren will?"

Mai wusste tatsächlich nichts dazu zu sagen. War es das?

„Wärst du nur so clever gewesen, als sich damals dieser Typ auf dich gestürzt…", fuhr er fort.

„Darüber sprechen wir nicht", unterbrach ihn Mai scharf und schon war es soweit, das Blut kochte in ihren Adern. Abermals schien ihr Körper auseinandergerissen bei diesen Worten, wieder verlor sie ihren Zusammenhalt.

„Natürlich", sagte ihr Vater und schaute nun näher zu Kamera, mit unlesbarem Gesichtsausdruck. „Ich gebe aber nicht auf, es ist mir immer noch ein wichtiges Anliegen, dass wir beide unsere Differenzen beilegen können, dass wir unsere Beziehung reparieren können."

„Warum ist dir das so wichtig?"

„Du bist meine einzige Familie", er klang jetzt verletzlich.

„Ich…", Mai suchte nach den richtigen Worten und schaute im Raum umher, sah aber nur den gelangweilt wirkenden Bernhard. „Im Moment möchte ich nicht in diese Richtung gehen. Es gibt so viel anderes für mich, was ich erforschen möchte. Mela ist eine tolle Stadt mit netten Menschen, sie sind mein aktueller Fokus."

„So schnell wird man ausgetauscht", schnaubte er. „Warst du je unglücklich hier? Hat dich jemals jemand schlecht behandelt bei Neu!? Das kannst du doch nicht so einfach wegwerfen für… für diese…", er leckte sich die Lippen.

„Meine Entscheidung steht fest", seufzte Mai kraftlos.

Ihr Vater presste die Lippen aufeinander und schien nachzudenken.

„Ich konnte dich damals nicht beschützen und habe dich danach dir selbst überlassen in der Hoffnung, die Therapien und Hilfestellungen, die du bezogen hast, würden dich auf den Weg der Besserung führen", sprach er weiter, „aber ich mache denselben Fehler nicht nochmal. Diesmal lasse ich nicht locker. Ich werde warten, bis du verstehen kannst, warum das alles notwendig ist. Über das zu sprechen, was mit deiner Mutter war, mit dem Typen und dem Baby und so weiter."

Mai schnaubte. Er konnte immer noch nicht die Namen aussprechen. Die Mutter, der Typ, das Baby, alles kurz vorbeiziehende Figuren im Kopf ihres Vaters, keine echte Menschen.

„Ich weiß, dass ich dir nicht beikommen kann", fuhr er fort, „warum auch immer. Endlich bist du unantastbar, wie du es dir immer gewünscht hast", er lachte trocken. „Wie du so echte Freunde oder geschweige denn einen Partner finden willst, ist mir ein Rätsel, aber das ist deine Entscheidung. Ich werde trotzdem Wege finden, deine Aufmerksamkeit auf mich zu lenken und letztendlich mit mir ins Gespräch zu treten. In den letzten Tagen", er blätterte in Unterlagen vor sich, „haben meine Mitarbeiter eine Liste mit allen deinen wichtigen Kontakten erstellt. Außerdem habe ich eine Rohstoffanalyse von Mela anfertigen lassen. Es ist nicht viel, was sich da rausholen ließe, aber es ist auch nicht nichts. Also es liegt an dir, welche Schritte ich als nächstes unternehmen werde."

„Was willst du mit meinen Freunden?", Mai legte den Kopf schief.

„Sind sie auch so unangreifbar?", fragte er in aller Seelenruhe.

„Du hast doch den Verstand verloren", grollte Mai, „deine sogenannten barmherzigen Motive nimmt dir doch keiner ab. Glaubst du selbst daran oder ist das ganze ein Versuch, deine durchgedrehte Persönlichkeit auszuleben? Ich hätte schon skeptisch werden sollen, als du angefangen hast, gemeinsame Sache mit Maana zu machen. Willst du wirklich auf diese Methoden heruntersinken? Arglose Leute bedrohen?", sie sprang auf und klappte das Laptop zu.

Dann schleuderte sie es mit einem Fingerzeig durch den ganzen Raum, sodass es an der Wand zerschellte. Sie atmete schwer.

„Wenn du nicht auch so enden willst, dann gehst du jetzt", brüllte sie in Bernhards Richtung.

Dieser schnappte seine Tasche und war in einer Sekunde aus ihrem Haus verschwunden. Mai stand allein da und starrte das zerschellte Laptop an, als ob es die Ursache für ihren Ärger war. Was zum Teufel war in Gerd Neuhäuser gefahren? War das überhaupt noch ihr Vater? Und kam sie gegen ihn an? Mai ließ die Schultern sinken. Wenn sie eins in ihrer kurzen Existenz auf dieser Welt gelernt hatte, dann war es, dass Leute, die einen großen Konzern besaßen, auch fast alles andere besaßen.

Noch voll geladen lief sie nach draußen und stieß sich vom Boden ab, benutzte all ihre Kräfte, um hoch und höher zu steigen, weiter und immer weiter. Bis ihre Lungen brannten und ihr schwindlig wurde, dann ließ sie sich wieder sinken, auf eine Ebene mit mehr Sauerstoff und drehte ihre Kreise über der Stadt und die umliegenden Höfe und Wälder.

Was würde sie denken, wenn ihr Vater tatsächlich Nina oder Neev oder Misha schaden würde? Mais Magen verkrampfte sich bei dem Gedanken. Sollte sie sich ihm gleich stellen und mit dem durchgehen, was er mit ihr vorhatte? Waren es von seiner Seite leere Drohungen? Sollte sie zu ihm hinfliegen und ihm den Hals umdrehen? Das wäre mehr nach ihrem Geschmack.

Mai zog noch ein paar Kreise und machte nur einen kurzen Abstecher bei Frederick:

„Du wirst nicht glauben, was mein Vater sich ausgedacht hat. Ich bin traurig und wütend und weiß nicht, was ich machen soll. Ist es aussichtslos, sich gegen ihn aufzulehnen? Es fühlt sich zumindest so an."

Bevor Mai es sich anders überlegen konnte, warf sie den Zettel ein und zog weiter.

Nein, sie würde ihre neue Aufgabe sehr ernst nehmen und die BewohnerInnen dieser Stadt beschützen, koste es was es wolle. Daran würde sie sich orientieren und an nichts anderem. Wer auch immer kommen würde, und diese Stadt dem Grundboden gleich machen wollte, dem würde sie sich in den Weg stellen und bis zum Letzten kämpfen.

Sie brauchte mehr Kampftraining. Das, was sie in der Hauptstadt gelernt hatte, das waren vielleicht mal die Grundlagen, aber wirkliche Praxis hatte sie nicht. Nur, wer war verwegen genug drauf, um es mit ihr aufzunehmen? Das musste sie noch herausfinden.

17

„Misha kann in ihren Träumen woanders hinreisen", erklärte ihr Neev ein paar Tage später, als Mai auf der Fensterbank ihres Wohnzimmers saß und die Beine nach draußen baumeln ließ. „Ich kann es auch nicht ganz verstehen,
aber sie kann tatsächliche Orte aufsuchen und von dort etwas mitbringen, kann Leute dorthin mitnehmen und so
weiter. Ich habe es selbst erlebt", sie vollendete den hellen
Zopf ihrer Tochter mit einem Haargummi und strich noch
einmal sanft über den Kopf. Als nächstes kam ihre kleinere
Tochter dran, die die dunklen Haare von Theo hatte.
„Wenn ihr euch dort trefft kann sie mit dir vielleicht Ma-
növer üben, die man jetzt so nicht nachstellen könnte.
Dann wäre sie eine ebenbürtige Gegnerin für dich. Sie hat
auch den Kampfgeist dafür."

„Guten Morgen", Theo kam von seiner Nachtschicht
in der Notaufnahme und warf einen kurzen Blick in das
Zimmer.

„Alles okay bei dir?", fragte Neev.

„Ich bin müde", seine Augen wirkten schwer. „Und
leg mich gleich hin."

„Alles klar, bis später", Neev schenkte ihm ein Lächeln. „Gibt es einen Grund, wieso du auf einmal mehr
Kampftraining brauchst?", sie wandte sich wieder Mai zu.

Ihr entging auch nichts. „Ich weiß nicht genau, was
mein Vater im Schilde führt. Wenn er einen Angriff auf
mich oder die Stadt plant, dann möchte ich vorbereitet
sein", erwiderte Mai.

Neev beendete den zweiten Zopf und das Mädchen
hüpfte davon. „Ich weiß, dass es so viel gibt, das du für
dich behältst und das ist wahrscheinlich auch gut so. Aber

wenn es eine konkrete Bedrohung geben sollte, dann sagst du es mir", Neev trat an Mai heran und sah ihr streng in die Augen.

„Selbstverständlich", parierte Mai. „Ich stehe ganz in deinen Diensten."

„Du weißt, wie ich das meine", Neev lachte. Ein Geräusch, das Mai nicht so oft hörte, das aber schön klang. Generell lachten Melaner nicht übermäßig viel, musste sie feststellen. „Und übrigens, Misha ist viel in der Welt herumgekommen und musste dabei oft brenzliche Situationen überstehen und sich selbst verteidigen."

„Dann werde ich mal Mishas geheime Kräfte anzapfen und sie überreden, mich als ihre Schülerin anzunehmen", damit sprang Mai aus dem Fenster.

„Ihr macht ihr das nicht nach", hörte sie noch Neev zu ihren Kindern sagen.

Schon am nächsten Abend trafen sie sich zu dritt auf einer Lichtung, die Misha ausgewählt hatte. Nina saß als Beobachterin am Boden und Mai stand in der Mitte, mit ihrem Schild bewaffnet.

„Wie viele Kämpfe hast du denn schon geführt?", fragte Nina und kaute auf einem Grashalm herum.

„In der Hauptstadt habe ich probeweise gegen andere wie mich trainiert", erinnerte sich Mai. „Sie haben mir ein paar Tricks und Kniffe beigebracht."

„Wenn sie dir so ähnlich gelingen wie deine ersten Landeversuche, dann sieht es nicht gut für dich aus", gab Nina zu bedenken.

„Deswegen sind wir ja hier", Mai klopfte auf ihren Schild.

Plötzlich spürte sie einen Tritt gegen ihren Kopf und stolperte nach vorne. „Verdammt", rief sie und drehte sich um. Aber sie war zu langsam, schon wieder trat ihr jemand in die Seite. Nicht so, dass ihre Eingeweide bleibende Schäden erlitten, aber doch sehr schmerzhaft.

Misha war schnell. Sie flitzte wie ein Waldgeist und verpasste Mai immer wieder Tritte und Schläge, war scheinbar gleichzeitig oben und unten, rechts und links. Natürlich hatte sie den Vorteil, dass sie durch ihre Traumwelt anwesend war und die Gesetze der Physik überwinden konnte.

„Na warte", rief Mai und versuchte nicht mehr, Misha hinterherzukommen, sondern sie zu überraschen. Dafür standen ihr mehrere Handgriffe zur Verfügung, sie konnte Mishas Arme oder Beine mit der Kraft ihrer Gedanken fixieren, wenn sie sie rechtzeitig zu fassen bekam, sie konnte Kraftstöße aus ihren Händen schießen lassen, sie könnte versuchen, ihre Gedanken zu lesen, wenn sie sich in der Hektik konzentrieren könnte, und sie konnte versuchen mit allen ihren Sinnen die nächste Bewegung von Misha zu erahnen. Sie hatte all das schon ganz gut drauf, aber nicht unbedingt in einer dichten und schnellen Kampfsituation.

Durch reinen Zufall erwischte sie Misha schließlich und diese wurde fünf Meter weit weg auf den Waldboden geschleudert. Schwer atmend stand Mai da und beugte sich nach vorne.

Nina klatschte langsam und unbeeindruckt. Misha richtete sich wieder auf und lachte. Natürlich war es nur ihr Traum-Avatar, die andere Misha lag zu Hause im Bett. Wie genau das funktionierte wusste Mai auch nicht. Dann kam sie zu ihnen rüber. Ihre kurzen Haare waren zerzaust und sie hatte ein paar Schrammen an den Armen.

„Das hat Spaß gemacht", grinste sie. „Zweite Runde?"

„Auf keinen Fall, du wahnsinnige Irre", gab Mai von sich.

„Also meine Analysen haben ergeben", schaltete sich Nina ein, „dass Mai noch gewitzter werden muss, um in echten körperlichen Auseinandersetzungen zu bestehen. Wie willst du überhaupt gegen Leute antreten, die Messer oder Schusswaffen dabei haben?"

„Dafür habe ich ja meinen Schild", sie klopfte mit den Knöcheln darauf, „und dieses Gewand bietet einen besonderen Schutz, nicht ganz wie eine schusssichere Weste, aber ähnlich. Natürlich bin ich nicht unverwundbar und wenn einer mit einem Flammenwerfer auf mich losgeht bin ich auch erledigt, aber im Großen und Ganzen stehe ich hiermit ganz gut da."

„Okay, immerhin", nickte Nina zufrieden. „Dann sollten wir noch ein paar Situationen üben. Mai, du gehst ahnungslos im Wald spazieren und Misha stürzt sich auf dich. Danach machen wir einen Angriff mit Schusswaffen, Misha bitte nur Platzpatronen benutzen und noch ein Szenario mit mehreren Leuten, da denken wir uns was aus. Los geht's."

Sie trainierten und kämpften noch viele Stunden, bis sie nicht mehr konnten, bis Nina verkündete, es wäre genug und Mai mit vielen blauen Flecken nach Hause gehen konnte.

18

„Warum muss meine Schwester sterben?", fragte ein fünfjähriges Mädchen Mai, als sie zusammen auf dem Bettrand eines schwerkranken Kindes saßen.

Mai öffnete den Mund, um etwas zu erwidern, hielt aber inne. Sie wusste es nicht. Wie auf so viele Fragen, gab es auch auf diese keine Antwort. Die medizinische Antwort war, dass nach einer schweren Infektion die große Schwester an einer Hirnhautentzündung erkrankt war und jetzt ihre letzten Atemzüge tat.

„Deine Schwester wird immer bei dir sein", sagte Mai und strich der Kleinen eine Haarsträhne aus dem Gesicht. „Wann immer du sie brauchst oder vermisst, dann ruf nach ihr, suche sie und dann wirst du sie finden. Ihr werdet euch nie verlieren."

Dann schaute sie zu der Kranken und legte ihr die Hand auf die Stirn. „Möge dein weiterer Weg schmerzfrei und erlösend sein", murmelte sie und presste danach die Lippen fest aufeinander.

Der Tod gehört zum Leben dazu, hatten sie in der Hauptstadt gesagt, aber Mai konnte das nicht so umsetzen, wie sie es sich gewünscht hatte.

„Frederick", schrieb sie später einen etwas längeren Zettel, „heute ist wieder jemand gestorben und es fällt mir unglaublich schwer, diese Fälle zu begleiten, besonders wenn es nicht alte Menschen sind. Ich habe das Gefühl, sie hinterlassen überall nicht nur Lücken, sondern ganze Krater, die nicht zu füllen sind. Vielleicht empfinde ich das auch nur wegen meinem eigenen Verlust so. Ich denke dann immer sehr intensiv an dich und deinen Bruder. Die dahinter steckende Ungerechtigkeit ist kaum auszuhalten und ich kann meinen Frieden mit diesen Verlusten von Le-benslichtern nicht finden. Etwas reißt in mir auf und auch ich möchte mich auf die Straße werfen und die anderen anschreien, die so unbeeindruckt an allem vorbeigehen, als wäre nicht gerade ein großes Unglück passiert. Meinen Vater anschreien, der jeden Tod und Verlust mit einer Handbewegung weggewischt hat, als wäre es nichts. Bin ich so überhaupt geeignet für die Arbeit, die ich hier ma-che? Ich wünschte, jemand könnte es mir sagen, aber Ant-worten sind in diesem Leben wie immer sehr rar gesät…"

19

Mai war so beschäftigt mit dem Training und dem Verarbeiten von Todesfällen, dass sie eine Gefahr von außen gar nicht mehr in Betracht zog. Doch eines Abends kamen Leute nach Mela, die nur ein Ziel hatten: keine Gefangenen machen. Da sie sich am Rande der Stadt aufhielten, konnte Mai sie auch nicht direkt aufspüren und musste sich auf einmal sputen, um sie an ihrem mörderischen Auftrag zu hindern.

Die beiden Männer, die mit einem Wagen auf einer Landstraße zu den Versorgern unterwegs waren, um sich Kolja vorzuknöpfen, waren auch nicht besonders schlau. Wahrscheinlich dachte die beiden, die im Auftrag von Maana handelten, sie hätten sowieso leichtes Spiel, da in Mela niemand Schusswaffen besaß und es auch keine Polizei gab.

Mai war ihnen mit dem Schild bewaffnet per Flug hinterhergeeilt und stürzte sich wie ein Falke nach unten, um zuerst den Wagen überschlagen zu lassen und dann die beiden aus dem Gefährt zu schleudern. Nur vage registrierte sie, dass eine gerade nahe vorbeifahrende Bahn außerplanmäßig angehalten hatte. Hoffentlich gab es jetzt keine weiteren Zuschauer oder Komplikationen.

Schon fielen die ersten Schüsse und Mai ließ sie an dem Schild abprallen. In der Dunkelheit konnte sie die beiden, die sich mittlerweile verschanzt hatten, nicht sofort ausmachen. Unerwartet streifte sie eine Kugel an der Schulter und Mai erschütterte der Kontakt in Mark und Bein, ihr Kleid riss an der Stelle auf. Aber so hatte sie ihr Ziel besser vor Augen. Sie schleuderte eine große Portion Kraft auf den einen Angreifer, sie erwischte ihn mit einem

Knall am Kopf und er fiel tot um, Mai spürte gerade noch so seine Lebensgeister entweichen.

Der andere ließ nicht locker und schoss ihr in der Zeit in die Seite, Mai hielt die Luft an, ob das Gewand halten würde. Kein Blut, sie hatte Glück gehabt. Mit einer schnellen Geste entwaffnete sie ihn.

„Verdammt nochmal", rief Mai wütend und drehte ihm mit einer Handbewegung den Hals um.

Es war ein vergleichsweise leichter Kampf gewesen und durch Mai raste das Adrenalin. War jetzt wirklich alles vorbei? Hatte sie gerade das erste Mal in ihrem Leben zwei Menschen umgebracht? Sie hatte keine andere Wahl, erinnerte sie sich. Sie hätten sich sonst Kolja vorgeknöpft.

Im Hintergrund hörte sie ein Rascheln im Gebüsch und stapfte in diese Richtung.

„Nick?", rief sie.

„Was ist passiert?", krächzte er, sein Kopf ragte aus einem Brombeergebüsch.

„Komm, wir holen dich da mal raus", sie reichte ihm die Hand und er nahm sie dankbar an.

Er war über und über mit Kratzern übersäht, sein Herz hämmerte in seiner Brust und die Augen waren weit aufgerissen. Was machte er nur hier? Mai schüttelte den Kopf.

Sie liefen ein paar Schritte aus dem Gestrüpp heraus zu einer Lichtung und Nick klopfte sich den Wald ab. Sein Blick blieb an ihrer Schulter hängen. Auch in dem schwachen Licht war der Streifschuss nicht zu übersehen, aus dem langsam das Blut raustropfte.

„Mai…", rief er und berührte ihren Arm. „Soll ich dich verbinden?"

„Das ist schon okay", sie warf einen kurzen Blick auf die Verletzung. „Aber erklär mir mal, was *du* hier machst?"

„Ich habe gesehen, wie du vom Himmel gefallen bist", erwiderte er trotzig und zeigte nach oben. „Wollte dir helfen."

„Das ist sehr ehrenhaft", sie versuchte versöhnlicher zu klingen, auch wenn es ihr schwer fiel. „Danke. Wie du siehst ist alles in Ordnung. Komm, ich bringe dich zu deiner Bahn und dann kannst du deine Fahrt fortsetzen", sie nahm ihn am Unterarm und zog ihn hinter sich her.

Nick lief ein paar Schritte, blieb dann aber stehen.

„Ich will wissen, was passiert ist. Was waren das für Schüsse? Waren sie hinter dir her?"

„Du musst dir keine Sorgen machen", seufzte sie.

„Bist du… bist du… so eine Art…", ihm fehlten die Worte.

„Mach dich nicht lächerlich", winkte sie mit dem verletzten Arm ab, zuckte aber kurz vor Schmerz zusammen und hielt sich die Schulter.

Nick schaute sich um und entdeckte die zwei Angreifer. Verdammt, das war nicht Teil des Plans. Sofort lief er dorthin, um sich ein genaueres Bild zu machen.

„Was…", krächzte Nick bloß bei dem Anblick.

„Das wird wieder so viel Arbeit, diese hier zu beseitigen. Zum Glück gibt es in Mela eine Verbrennungsanlage. Aber die hier aus dem nichts dorthin zu schaffen, das wird eine tolle Beschäftigung sein", sprach sie mehr zu sich selbst.

Nick kniete sich und betrachtete die beiden Männer näher. „Sind das Auftragskiller von Maana, um Kolja aus dem Weg zu schaffen?", fragte er mit belegter Stimme.

Er war einfach zu clever. „Du hast eine blühende Phantasie", versuchte sie die Vermutung wegzulachen.

„Sind sie gekommen, um...", er richtete sich wieder auf und schaute ihr dramatisch in die Augen.

„Ich habe gesagt, Kolja ist sicher", sie trat an ihn heran und ihre Gesichter berührten sich fast, „und ich werde mein Wort halten, verstanden?", sie versuchte autoritär zu klingen.

„Also ist es wahr...", er zeigte auf die zwei Männer, auf die Richtung des Bauernhauses von Kolja, auf Mai, auf Mela.

„Pass mal auf Nick", sie verengte ihre Augen und versuchte ihn zu hypnotisieren, auch wenn sie diese Fähigkeit nicht besaß. Man konnte es ja mal probieren. „Kolja darf davon niemals erfahren, okay? Du weißt, was diese Information mit ihm machen wird."

„Ich kann so ein großes Geheimnis nicht für mich behalten", rief Nick etwas verzweifelt und Mai rührte diese Ehrlichkeit.

„Uh", machte sie bloß und sank etwas in sich zusammen. „Menschen... Warum musstest du bloß... es war wohl Schicksal, also fügen wir uns."

„Was?"

„Weißt du was, ich muss jetzt los, meine Wunde versorgen. Wir bringen dich zu Kolja und sehen dann weiter", sie lief vor über ein nahegelegenes Feld. Das Gespräch war für sie beendet.

„Wie hast du überhaupt...", er kam ihr hinterher. „Diese Männer zur Strecke gebracht?"

„Meine besonderen Kräfte", sie drehte sich um und schwenkte ihre Hände vor ihm.

„Und woher hast du die?"

114

„Das, mein Lieber, ist eine ganz lange Geschichte."

„Okay."

„Aber es sind nicht nur meine Kräfte", sagte Mai nach einer Weile, „es ist dein Kleid, Ninas Schild, diese ganze Stadt hält dich und mich zusammen. Aber das ist sicher schwer zu verstehen."

„Werden noch mehr solcher Leute kommen?" fragte er und zeigte nach hinten.

„Das weiß niemand. Aber mach dir keine Sorgen. Niemand weiß, was passieren wird. Es kommen mal solche, dann wieder solche Leute. In dem Moment, in dem man glaubt, alles verstanden zu haben, passiert etwas unerwartetes und auf einmal dreht sich alles und neue Zusammenhänge ergeben sich. Aber ich spüre die Gefahr und versuche sie abzuwenden."

Mit einem Mal standen sie vor Koljas Haus.

„Danke", sagte Nick. „Es muss nicht einfach sein diese Aufgabe zu erfüllen und so viele Menschen zu beschützen."

„Du hast ja keine Ahnung", sie trat wieder an ihn heran und beugte sich zu ihm runter, „es ist mir eine Ehre und die beste Bestimmung, die ich je hatte", flüsterte sie in sein Ohr, zwinkerte ihm zu und flog davon.

Sie hatte vor Nick so cool getan, aber in Wirklichkeit war sie erschüttert. Einerseits froh, mit dem Leben davongekommen zu sein und das Versprechen gegenüber Kolja gehalten zu haben. Andererseits war die Erkenntnis auf einmal viel zu real: Nach Mela kamen Leute, die auf andere schossen, Böses im Schilde führten. Mai hatte das vorher schon in der Theorie begriffen, aber jetzt setzte sich diese Erkenntnis in allen ihren Knochen ab.

Müde flog sie nach Hause und machte nur kurz bei Frederick halt, um ihre angefangene Schreibtherapie fortzuführen. Danach unterrichtete sie Neev via Gedankenübertragung von den Vorfällen und beauftragte sie mit der Beseitigung der Leichen.

Als sie in ihren eigenen vier Wänden war, lief sie auf und ab und kämpfte mit den tausenden von Gedankenfetzen, die ihren Kopf umschwirrten. Sollte sie Nina und Misha Bescheid sagen? Was würde geschehen, wenn noch mehr Typen wie diese kamen? Und gleichzeitig von Maana und aus Neu!? Wie sollte sie das alles schaffen?

Mai legte sich in ihr Bett, aber sie konnte nicht einschlafen. Bilder von den beiden Auftragskillern drängten sich ihr immer wieder auf, vermischt mit längst vergrabenen Erinnerungen an ihren Angreifer und Mai wälzte sich von einer Seite auf die andere.

Sie wünschte, sie wäre eine von den Leuten, die unbeeindruckt wären oder einfach in die nächste Kneipe gehen würden, um dort mit einem Bier auf die gelungene Aktion anzustoßen und über die Trottel von Maana zu lachen. Stattdessen bekam sie den ganzen Tag kein Auge zu und fühlte sich am nächsten Abend zu ausgebrannt, um überhaupt das Bett zu verlassen.

Doch irgendwann kam der Schlaf. Aber nicht die damit verbundene Erholung. Mai fühlte sich ständig wie auf dem Sprung und scannte jede Bewegung von und nach Mela. Natürlich gab es nonstop ein Kommen und Gehen und die meisten dieser Leute hatten normale Absichten wie Verwandte besuchen, Urlaub oder einen Neuanfang in Mela machen oder die Stadt endlich hinter sich lassen. Doch Mai konnte auch nicht von der totalen Überwachung lassen und hatte Angst, dass irgendein Fiesling ihr durch die Finger schlüpfen würde.

Sie sollte so langsam lernen, mit jemanden über solche Überforderungen zu sprechen, dachte sie sich. Aber es kam ihr so nichtig und schwächlich vor, jetzt zu Nina zu fliegen und ihr Leid zu klagen, besonders weil sie sehr genau wusste, dass alle anderen ihren eigenen Klumpen Probleme vor sich den Berg hochschoben.

In ihren eigenen Schleifen gefangen spürte sie plötzlich, dass jemand die Stratosphäre der Stadt betreten hatte, der Vibes aussandte, die so gar nicht zu den anderen passten. Die Person war nicht feindlich gesinnt, das war es nicht. Aber es war auch kein Besucher oder Neuankömmling.

In der Mitternachtsstunde lief Mai nach draußen und folgte der Spur, die in den verlassenen Stadtpark führte. Dort stellte sie sich ziemlich genau an die Stelle, an der ihr Vater gelandet war und schaute nach oben in den sternenklaren Himmel. Ruhig und wabernd thronte er über ihr. Mittlerweile kannte sie jedes Licht und jedes Leuchten.

Sie konnte nicht immer nur auf die Reize von außen reagieren, dachte ihr übernächtigtes Gehirn mit einmal. Seit sie in Mela war, wartete sie immer nur ab, was als nächstes passieren würde, um dann etwas zu unternehmen. Aber was war eigentlich ihre Vision für ihr Leben hier? Eine Stadt mitzugestalten, die einen Nährboden bildete für Kreativität, Ausgelassenheit, Gemeinschaft und Zuwendung. Das waren so abstrakte, idealistische Vorstellungen, war das der Realität mit all ihren Kanten und Brüchen überhaupt angemessen? War Mela der richtige Ort dafür?

Und dann schreckte sie auf, denn ein Mann stürzte vom Himmel und fiel ihr direkt vor die Füße, rollte sich ab und blieb in dem taufeuchten Rasen liegen. Keuchend rappelte er sich auf, zupfte seinen Anzug in Form und drehte sich zu ihr um.

„Frederick?", Mai sog die Luft ein.

„Hallo Mai", sagte er.

Sie betrachtete ihn von oben bis unten. Er war nicht mehr die gekrümmte Gestalt von vor ein paar Wochen, sondern hatte sich deutlich aufgerichtet und schien fast ein wenig größer als sie und Mai überragte schon die meisten anderen Leute. Seine Haare, die vorher einen undefinierbaren, schmutzigen Farbton hatten, waren jetzt in einem enganliegenden Kurzhaarschnitt und glänzend schwarz, genauso wie seine Augenbrauen, Wimpern und Augen. An seinem schlanken Körper trug er ein nachtblaues Hemd, darüber eine Weste mit runden, hervorstehenden Knöpfen und eine Art Jackett, welches an den Ärmel und Saum etwas länger und flatternder war als der Rest, die Hose aus schwarzem und festem Segelstoff war einen Tick zu lang und floss über seine robusten Stiefel. Kurzum, er war kaum wiederzuerkennen.

„Ich habe einen neuen Namen", er kam ein paar Schritte auf sie zu und schaute sie neugierig an. „Red."

„Red", wiederholte Mai stumpfsinnig, das musste sie erstmal verarbeiten.

„Wir sollten reden", fuhr er fort.

„Natürlich", Mai setzte sich in Bewegung und sie liefen zusammen den Weg zurück zu ihrem Haus. Währenddessen sagte niemand etwas und Mai versuchte das Geschehen zu verarbeiten. Zu verstehen, dass Frederick jetzt Red war und ganz anders. War es Nina auch so gegangen, als Mai vor ihrer Tür gelandet war? Sie musste sie unbedingt danach fragen.

Red betrat das erste Mal Mais Haus und schaute sich neugierig um. Es war der Legende nach ein sehr altes Gebäude, das bereits seit Generationen von Schutzpatronen bewohnt wurde. Die Einrichtung zeugte noch von einer anderen Zeit mit einem Kachelofen, der gleichzeitig als Heizung und Kochstelle diente, alten Holzmöbeln und einer einfachen Küche. Im hinteren Bereich war wohl ein Schlafzimmer.

Als sie drinnen waren, setzte Mai Wasser auf und Red positionierte sich ihr gegenüber an der Fensterbank, beobachtete von da aus jede ihrer Bewegungen. Wenn sie dieselben Fähigkeiten hatte wie er, dann konnte sie seine Stimmung fühlen und seine Gedanken lesen? Red hatte noch nicht viel praktische Erfahrung in dieser Hinsicht und traute sich nicht, sich Mai auf diese Weise zu nähern. Eigentlich hatten sie sich noch gar nicht richtig kennen gelernt und Red hatte immer noch Schwierigkeiten, Mai richtig einzuschätzen.

Sie drehte sich vom Kessel weg und schaute ihn an. Es war nicht viel Licht im Raum, was Red angenehm fand, so konnte sich die Stimmung der Nacht hier drinnen fortsetzen und so taxierten sie sich, bis das Wasser kochte und der Deckel des Kessels klapperte.

Mai schenkte ihnen beiden schwarzen Tee ein und stellte die Tassen auf den Tisch, der sich zwischen ihnen befand. Doch Red rührte sich nicht von der Stelle.

„Du bist ziemlich früh zurück, normalerweise dauert die Ausbildung Monate und nicht bloß Wochen", adressierte ihn Mai.

„Willst du mich wieder zurückschicken?", fragte er kühl.

„Nein", Mai nahm ihre Tasse und atmete den Dampf des Tees ein, „aber was ist der Grund…"

„Ich wollte dich wiedersehen", sagte er.

„Oh", Mai schaute über die Tasse zu ihm rüber und ihre Augen trafen sich. Schnell schaute sie wieder weg, was Red ungewöhnlich fand. „Wie ist es dir dort ergangen?", wechselte sie schnell das Thema.

Irgendwie war damit der Bann etwas gebrochen und Red beugte sich nach vorne, um seine Tasse zu nehmen. „Du warst auch dort? Dann wirst du ungefähr wissen, wie es abläuft. Etwas chaotisch, etwas überwältigend, etwas verwirrend. Ich denke ich habe mich ganz gut geschlagen. Die Stadt ist riesig. Ich war noch nie dort gewesen. Bin nie aus Mela groß rausgekommen. Und dieser Palast… da geht ja jede Nacht etwas ab."

„Das war bestimmt das richtige für dich, etwas unter Menschen kommen, ein paar andere Leute kennen lernen."

Red hob eine Augenbraue und fragte sich, worauf sie hinaus wollte. Nein, er hatte nicht mit anderen angebändelt, aber das wollte er nicht aussprechen.

„Ich habe gehofft, zu hören, wie andere mit… den Schwierigkeiten des Lebens umgehen… wie sie die Herausforderungen meistern", erzählte er weiter. „Aber niemand hat sich zu mehr geäußert als den üblichen Plattitüden. Mit den Herausforderungen wachsen, Probleme als Chancen sehen und das große Ganze sehen. Du wirst es kennen."

„Hmm."

„Es sind ja doch sehr oberflächliche Kontakte, die man dort hat. Aber ich will mich nicht beschweren, ich habe mehr mitgenommen als jemals zuvor. Man sieht die Dinge auf einmal anders. Sieht mehr Tragik, sieht mehr Gleichmut, sieht mehr Leidenschaft und Verzweiflung, manchmal alles zusammen vermischt, nicht?"

Mai nickte stumm, nahm noch einen Schluck von ihrem Tee und stellte die Tasse wieder ab. Es entstand eine längere Pause.

„Frederick… ich meine Red…", setzte Mai an und Red wartete darauf, dass der Satz weiterging.

Wollte sie sagen: Ich möchte, dass du gehst. Oder: Ich habe jeden Tag an dich gedacht. Vielleicht: Wollen wir eine Runde zusammen fliegen? Red würde es nicht erfahren. Stattdessen vermied sie angestrengt seinen Blick und wirkte unsicherer, als er es ihr jemals zugetraut hätte. Er wollte eigentlich aus seiner Ankunft nicht so eine große Sache machen und warten, bis sie sich vorsichtig aneinander angenähert hätten, aber jetzt lief es doch anders.

In einem Wimpernschlag war er bei ihr und stand ihr gegenüber. Sie waren ungefähr gleich groß, dabei hätte er gewettet, dass sie ihn überragen würde.

„Ist das okay?", fragte er sie in Gedanken und sie bejahte in einem Flüstern.

Stimmen der anderen in seinem Kopf zu hören, daran musste er sich erst noch gewöhnen, aber mit Mai schien es organischer und leichter als mit anderen Leuten.

Er beugte sich nach vorne und küsste sie. Sofort trafen ihre Emotionen auf seine und vermischten sich, durchfluteten seinen Körper, kribbelten in seinen Fingerspitzen und rissen ihn mit sich fort. Mai war weich wie der feinste Sandstrand, obwohl er noch nie an einem gewesen war, kraftvoll wie eine heranrollende Welle, warm wie die ersten Sonnenstrahlen und Red wollte in ihr versinken und nicht mehr auftauchen.

Red kam noch näher heran und spürte, wie sie voneinander angezogen wurden, als ob es ein vertrautes Wiedersehen nach Jahren wäre und nicht ihr erstes derartiges Aufeinandertreffen. Eine Sehnsucht nach einem mehr, näher, intensiver wuchs zwischen ihnen und er legte seine Hände auf ihre Taille, um mehr von Mai zu spüren.

Mit einem Mal wurde sie still, fast starr und Red brauchte einen Moment, um zu begreifen, was sich verändert hatte, er schwamm noch wo ganz anders. Dann überrollte ihn Angst und Panik, wie er sie selten gespürt hatte.

„Was?", schaffte er es noch zu formulieren, da riss Mai sich los und war schneller, als er schauen konnte, aus dem Haus verschwunden.

23

Red hatte nicht den leisesten Schimmer, was er jetzt machen sollte. Mai folgen, sie versuchen zu kontaktieren, ihr Haus verlassen? Etwas sagte ihm, dass sie nicht wollte, dass jemand ihr hinterherkam. Den letzten Eindruck, den er von ihr erhaschen konnte, war, dass sie von einer furchtbaren Angst erfasst wurde. Fürchtete sie sich vor ihm? Hatte er sie, ohne es zu wissen, bedroht oder in die Enge getrieben? Red setzte sich und trank noch etwas von seinem Tee.

Mit so einem Verlauf hatte er absolut nicht gerechnet. Bevor er hergekommen war, hatte er befürchtet, dass sie ihn abweisen würde. Nur wenig Hoffnung hatte er gehabt, dass sie seine Gefühle erwidern würde. Aber das? Er konnte Mais Reaktion in keine Richtung einsortieren.

Allein in Mais Reich fühlte er sich sehr fehl am Platz, so als dürfte er hier nicht sein, in ihrem privatesten Bereich. In seine eigene Wohnung konnte er nicht gehen, weil da immer noch zu viele Erinnerungen an Micks Tod klebten. Die Freunde und Arbeitskollegen, die er früher hatte, hatte er verloren, als sein Leben außer Kontrolle geraten war. Es gab hier keinen Ort für ihn. Sollte er in die Hauptstadt zurückfliegen? Red war sehr müde. Er war eigentlich hierhergekommen, um die ihn umtreibende Frage zu klären, ob Mai und er irgendwie zueinander gehörten, aber von der Beantwortung dieser Frage war er jetzt weiter entfernt als zuvor.

Red stützte den Kopf in seine Hände. Hatte er sich da mal wieder in eine Sache gestürzt, die nirgendswo hinführen würde? Hatte er zu viel in einzelne Gesten und Worte hineininterpretiert? Würde er wieder abstürzen und in der

Gosse landen? Er beschloss, erstmal schlafen zu gehen. Ohnehin würde die Sonne bald aufgehen und die Grübeleien würden ihn aktuell nicht weiterbringen.

Da dieses altertümliche Haus kein Sofa hatte, zog Red sich aus und legte sich in Mais großzügiges Bett, in dem mehr Kissen und Decken herumflogen, als er je besessen hatte. Wahrscheinlich war es das Übergriffigste, was er in einer solchen Situation machen konnte, aber wenn Mai ihn hasste, dann würde es jetzt darauf auch nicht ankommen und immerhin hatte sie ihn in ihr Haus eingeladen und ihm nicht explizit verboten, ihr Bett zum Schlafen zu benutzen. Es brauchte nur ein paar Rumwälzer und er fiel schneller in den Schlaf, als er vom Himmel gestürzt war.

24

Von einem heftigen Klopfen wurde er wieder geweckt und fluchte leise vor sich hin. Es war noch hell draußen und er fand es nicht in Ordnung, dass jemand vor Einbruch der Dunkelheit seinen Schlaf der Gerechten störte.

Red rollte aus dem Bett und warf sich eine Hose über. Trottete zur Haustür und öffnete sie. Da stand jemand, aber er musste sich erst die Hand vor die Augen halten und die untergehende Sonne abschirmen, um zu erkennen, dass es nicht Mai war. Sie würde ja auch nicht klopfen. Sondern eine andere, mittelgroße Frau mit nach hinten zurückgebundenen braunen Haaren, die ihn misstrauisch beäugte.

„Was machst du hier?", fragte sie und lief an ihm vorbei ins Haus, Red folgte ihr. „Und wo ist Mai?", sie blieb vor dem Esstisch stehen, schaute sich um und verschränkte die Arme vor sich.

Red versuchte ihre Gefühle und Gedanken aufzunehmen, aber es wirbelte so viel davon durcheinander und er war noch nicht gut darin, schnell und sicher die Stimmung von anderen einzuordnen.

„Hast du Mai etwas angetan?", sie fixierte ihn mit einem durchdringenden Blick.

„Nein", Red schüttelte den Kopf.

„Und wieso bist du dann hier und sie ist nicht da?"

Red fuhr sich durch die Haare, lief zurück ins Schlafzimmer und zog sich den Rest seiner Kleidung an. Als er zurückkam, sah die Besucherin ihn immer noch finster an, doch ihr Blick veränderte sich auch, je mehr sie ihn studierte.

„Ich bin Red", stellte er sich vor, „und ich bin gestern aus der Hauptstadt hier angekommen, um Mai zu besuchen."

„Red?", sie rollte den Namen in ihrem Mund, als wäre er eine unbekannte Speise. „Du bist... du warst doch..."

Red ging zu Mais antikem Ofen und entzündete mit einem Fingerschnippen das Feuer, stellte den Kessel auf.

„Ich war", stellte Red klar. „Und jetzt bin ich mitten in der Transformation, wollte mit Mai etwas klären, bis... Und mit wem habe ich die Ehre?"

„Nina Fein", sagte sie. „Mai ist... meine Freundin, Vertraute, Beschützerin. Ich komme ursprünglich aus Ferra..."

„Metallverarbeitung", nickte Red, der sich jetzt besser auf sie einstimmen konnte. „Maana hat dich vertrieben."

„Immer diese Gedankenleser", seufzte Nina und lief zum Schrank, um zwei Tassen zu holen. Aus einer Dose entnahm sie getrocknete Orangenstücke und warf sie in die beiden Gefäße. „Erwähl mir lieber, was gestern passiert ist."

Red holte den dampfenden Kessel und goss ihnen ein. Ein fruchtiger Geruch stieg von den Tassen auf. Sie setzten sich einander gegenüber an den Tisch.

„Mai und ich haben gesprochen", rekapitulierte er lapidar, „sind hierhergekommen, ich habe sie geküsst und sie ist abgehauen."

„Oh, wow", Nina schaute verlegen nach unten und rutschte auf ihrem Stuhl hin und her. „Ich dachte, du würdest sie hassen. Da, das Fenster", sie streckte ihre Hand aus, „das musste *ich* reparieren."

„Tut mir leid. Es ist schwer zu erklären. Ja, ich habe sie abgrundtief verabscheut, da sie alles personifiziert hat, was in meinem Leben schief gelaufen war. Leute retten, wenn sie nicht zu retten waren. Es ist komplex", er rieb sich die Stirn. „Im Prinzip konnte ich nie trauern, aber jetzt hat der Prozess eingesetzt", er schaute zur Seite, an Nina vorbei, ins Nichts, „und ich bin noch mitten drin. Dinge haben sich geändert und ich hatte Klärungsbedarf mit Mai", er räusperte sich. „Aber vielleicht habe ich sie auch missverstanden, vielleicht war es Wunschdenken…"

„Du kannst Mai nicht einfach so berühren", sagte Nina abgeklärt und schaute ihn direkt an.

„Warum?"

„Es ist ihre Vergangenheit. Ich weiß es auch nicht, habe nur Bruchstücke und Vermutungen. Du bist nicht der einzige, der etwas mit dir herumträgt."

„Ja, natürlich", sagte er leise. „Meinst du, ich soll gehen?"

„Warte noch. Vielleicht taucht sie wieder auf. Sie hat Verstecke im Wald, in die sie sich zurückzieht, wenn es zu viel wird. Das Leben in dieser Stadt kann überwältigend sein und sie ist auch noch neu."

„Warum bist du hierhergekommen, gab es etwas Dringendes, dein Klopfen hatte sich so angehört…"

„Hmm", Nina seufzte und nahm einen kräftigen Schluck vom Tee.

Mit einem Mal sah sie sehr müde aus. Dunkle Augenringe und eine Falte zwischen den Augenbrauen verrieten, dass sie nicht sorglos durch das Leben ging, aber wer tat das schon in Mela. Red war hier geboren und hatte die Leute immer als neurotisch und verkopft wahrgenommen. Und wer es noch nicht war, wurde es bald. Die

Gemeinschaft mit Mick hatte ihm immer einen sicheren Rückzugsort gegeben, nachdem ihr Vater verstorben und ihre Mutter wieder zurück in ihre Heimat in der Ostebene gegangen war. Sein Job bei der Abfallwirtschaft war einfach und zufriedenstellend gewesen, das Leben hatte einen leichten und stätigen Beat gehabt. Bis zu diesem einen Tag, an dem alles vorbei war.

„Neu! macht uns Probleme", Nina riss ihn aus seinen Gedanken, „sie haben etliche Zulieferer unter Druck gesetzt, uns nicht mehr mit lebenswichtigen Ersatzteilen zu versorgen. Da Mela nicht komplett autark ist, sind wir jeden Tag auf Lieferungen angewiesen. Es geht um technische Geräte, Medikamente, Lebensmittel, Einrichtung, Kleidung und so vieles mehr", ihr Gesicht verdunkelte sich.

„Das weiß ich, aber warum sollte Neu! von einem Tag auf den anderen beschließen, uns nichts mehr zu verkaufen, gibt es etwa einen neuen Krieg oder was?"

Nina schaute ihn mit einem Blick an, den er nicht deuten konnte. Anscheinend hatte er so einiges verpasst, als er ein Jahr lang in seinem eigenen Dreck auf der Straße gelebt hatte.

„Der Konzern gehört Mais Vater und er hat es auf sie abgesehen", sagte Nina schließlich und stand auf, um ihre Tasse auszuspülen und die Küche in Ordnung zu bringen. Dem schmutzigen Geschirr nach zu urteilen lebte Mai wohl vor allem von Tee.

„Was soll das heißen?", Red stand ebenfalls auf und kam ihr hinterher.

Doch dann öffnete sich die Tür und zwei weitere Leute kamen herein, die Red nicht kannte. Sie waren beide etwas jünger und unterhielten sich lebhaft. Als sie Red und Nina erblickten, hielten sie inne.

„Was zum…", sagte die Frau, die kurze, strubbelige Haare und muskelöse Oberarme hatte.

„Das ist Red", stellte Nina sie vor. „Und das Misha und Petr."

Misha war eine weitere Freundin von Mai, wie er sofort eruieren konnte und Petr ihr Ehemann. Er war schlank, hatte kurze schwarze Haare und ein blasses Gesicht. Für ein paar Sekunden hielten sie den Augenkontakt, bis Petr wegschaute.

„Aber was macht er hier?", hakte Misha nach.

„Komm, ich erklär dir alles", Nina öffnete die Terrassentür und zog Misha nach draußen. „Wir müssen auch Neev Bescheid sagen, ich ruf sie am besten an."

Die beiden verschwanden im Garten und werkelten dort zwischen dem Grünzeug, während sie ein angeregtes Gespräch führten, dem Red natürlich aus Anstandsgründen nicht lauschte.

„Also, viel Spaß euch, ich muss weiter zum Training", verkündete Petr und Red fiel wieder ein, dass er noch da war.

„Warte", er durchquerte mit ein paar Schritten das Wohn- und Esszimmer, kam vor Petr zu stehen, dessen Augen sich vor Schreck weiteten.

Aber Red wusste gar nicht, was er zu diesem zurückhaltenden jungen Mann sagen wollte, außer dass er froh war jemanden zu treffen, der ihn anscheinend nicht von früher kannte und ihn nicht gleich mit dutzenden Vorurteilen und vorgefertigten Meinungen überzog.

„Was trainierst du?", sagte er schließlich wenig einfallsreich.

„Zeitgenössischer Tanz", Petr wich Reds Blick aus und knetete seine Hände.

„Oh", sagte Red bloß und stellte sich Petr als Tänzer vor. Seine Phantasie gab nicht viel her, es war ein komplett neues Terrain für ihn. „Du musst mir unbedingt etwas davon beibringen", sinnierte er. „Über den Abgrund tanzen ist sicher viel eleganter als drüber zu fallen, oder?"

Petr lachte und schüttelte den Kopf. Währenddessen kam Misha mit Nina wieder rein, stellte ein paar verbeulte Töpfe auf den Herd und begann, darin etwas zu köcheln. Währenddessen unterhielten sie sich über die besten Anbaubedingungen für Paprika.

„Tanzt ihr denn nur zur klassischen Musik?", Red wandte sich wieder Petr zu.

Dieser schüttelte den Kopf, wirkte aber insgesamt viel lockerer als noch vor ein paar Minuten. „Man kann sich zu allem bewegen, sich eine Choreographie überlegen oder einfach nur improvisieren, das Ganze ist unglaublich offen."

„Also auch zur schnellen, gewaltigen Rhythmen?", fragte Red und Petr nickte. „Zu chaotischen Melodien, grölendem Gesang, ungeordneten Soundstrukturen", Red gestikulierte mit den Armen und wusste gar nicht, wie er dazu kam. Das musste die Präsenz Petrs sein. Er hatte früher noch nicht einmal viel Musik gehört, Filme und Serien waren sein Ding, während Mick Gitarre gelernt und immer wieder gespielt hatte und eine größere Musiksammlung hatte. Die jetzt immer noch in der gemeinsamen Wohnung weilte. Oder schon längst ausgeräumt war.

„Kann man auch zu zerbrechendem Glas tanzen?", fragte Red weiter und Petr legte seinen Kopf schief, wirkte nachdenklich. „Zu Feuer und Explosionen, die alles verschlingen? Zu einem Zerreißen und Bersten? Zu einem Verschlingen und Untergehen?"

„Oh, ich glaube du würdest ein gutes Versuchsobjekt abgeben", Petr fing Reds Hand ein und drehte ihn einmal um sich selbst. Er wollte ihn wieder loslassen, doch Red hielt ihn fest und zog ihn mit einem Ruck zu sich. Bevor sie aufeinanderprallen konnten, bremste er Petr am Brustkorb und gab ihm einen leichten Schubs. Er fiel aber nicht nach hinten, hatte gute Reflexe, schnappte sich Reds Schulter und wirbelte ihn herum. Es war eine Mischung aus Kämpfen und Tanzen und Red wusste nicht, was die sozialen Regeln dafür waren. Aber sein Ehrgeiz war geweckt, sodass er mit einer Handbewegung Petrs Beine wegzog und dieser zu Boden ging, aber sanft aufkam.

„Du spielst mit unfairen Mitteln", schnaufte dieser am Boden und grinste Red an. „Wie soll ich dagegen ankommen?"

„Du wirst noch viel lernen müssen", Red schaute vergnügt auf ihn runter.

„Ich dachte, du wolltest, dass *ich* dir etwas beibringe?"

„War nur ein Vorwand", Red zuckte mit den Schultern und streckte ihm die Hand entgegen.

„Das werden wir noch sehen", Petr kam wieder auf die Beine.

„Tu dem da nicht weh", Misha war zu ihnen rübergekommen und zeigte mit halbernstem Gesicht auf Petr.

„Keine Bange", Red hielt die Arme vor sich. „Die sehr sensible Bevölkerung von Mela wird von mir keinen Schaden abbekommen, versprochen."

„Also Leute, war nett mich euch, aber ich muss los", Petr winkte und verschwand aus der Tür.

„Ist das unser Abendessen?", Red zeigte auf die brodelnden Töpfe, aus denen grüne und rote Dämpfe aufstiegen.

„Nein, Scherzkeks", Misha steckte einen Kochlöffel in den einen und rührte die Masse, die darin kochte, um. „Aber wenn du Hunger hast, wir können mal Mais Vorräte abchecken."

Zu Reds Überraschung lief sie in die Mitte des Raums und hob eine Klappe hoch, die in den Holzboden eingelassen war.

„Was?", sagte Red bloß. So etwas hatte er noch nie gesehen.

Misha stieg eine kleine Leiter in das uneinsehbare Loch und rief „hier sind noch Reste von einem Nudelsalat" hoch.

„Ja, nehmen wir", erwiderte Nina und holte Teller und Besteck aus den Schränken.

Misha kam mit einer großen Schüssel herauf, die mit einem Wachstuch abgedeckt war und stellte das Essen auf den Esstisch.

„Was ist in der Zwischenzeit mit Kühlschränken passiert?", fragte Red. „So lange war ich doch nicht weg."

„Das ist Mais Kühlschrank. Sie mag es gerne archaisch. Und da es hier keinen Strom gibt...", Nina zuckte mit den Schultern.

„Keinen Strom?", wiederholte Red fassungslos. „Aber wie...", er breitete die Arme aus.

„Willst du was essen oder nicht?", Misha fing an, zu verteilen.

„Was ist mit Licht?", Red nahm den ersten Bissen und merkte erst jetzt, wie verdammt hungrig er war. Der Nudelsalat schmeckte exzellent.

Auch die beiden anderen langten zu. Misha zeigte wortlos auf die Kerzen um sie herum, die am Tisch standen oder auf halber Höhe an den Wänden befestigt waren. Red hatte gedacht, sie wären zur Dekoration oder Atmosphäre, aber jetzt, da es draußen immer dunkler wurde, waren sie tatsächlich die einzige Lichtquelle. Mai nahm ihre Aufgabe und die ihr übertragenen Räumlichkeiten auf jeden Fall sehr ernst.

„Kochen kann sie auf jeden Fall", brachte er schließlich mit vollem Mund hervor.

„Ist von den Leuten hier", Nina zeigte vage auf die Stadt draußen. „Sie bewirten Mai aus Dankbarkeit oder vielleicht Aberglauben, wer weiß."

„Hmm?", Red stutzte.

„Du kommst schon noch dahinter", Misha verdrehte die Augen.

Bevor Red noch weiter fragen konnte, ging wieder die Tür auf und zwei neue Leute kamen rein. Heute war wohl einer dieser Tage. Red hielt bei jedem Quietschen der Scharniere die Luft an, aber Mai war nicht dabei.

„Es tut mir leid, wir haben es eher nicht geschafft", sagte die Frau und warf ihm einen kurzen Blick zu. „Können auch nicht lange bleiben. Lass uns einfach rasch besprechen, was es Neues gibt. Oh, Frederick ist hier. Ich frag gar nicht erst, wenn ihr mit ihm Nudelsalat esst, wird es schon in Ordnung sein, nehme ich an. Ich bin Neev, das ist mein Kollege Marc", sagte sie und nickte ihm zu.

„Ich bin Red und nur hier zwischengeparkt, lasst euch bei euren konspirativen Treffen nicht stören", winkte er mit der Gabel ab.

Das ließ Neev sich nicht zweimal sagen, sie setzte sich auf die Tischkante und legte gleich los. „Nina, wie ist die

Situation bei der technischen Ausstattung, ist es wirklich so schlimm?"

„Der Nachschub war schon in den letzten Wochen immer weniger geworden", Nina rückte ihren Teller beiseite. „Bei der Reparatur von kritischer Infrastruktur wie Bahnen, Stromwerk, Abfallfahrzeugen, Beatmungsgeräten und so weiter wird es bald eng. Ich kann improvisieren, aber ich weiß nicht, wie lange", sie zuckte mit den Schultern.

„Wir versuchen gerade, andere Quellen anzuzapfen", schaltete Marc sich ein, „um das Schlimmste zu verhindern. Die Stadt ist sogar sehr liquide, wir brauchen nur Lieferanten, die uns nicht hängen und sich von Neu! nicht beeinflussen lassen."

„Wie schafft der Konzern das überhaupt?", erkundigte sich Misha.

„Wir sind für viele nur ein kleiner Abnehmen, lieber stellen sie sich mit dem Recycling-Riesen Neu! gut und verzichten auf ein paar kleinere Aufträge, als in Ungnade zu fallen", erklärte Marc. „Wir müssen jetzt nur beweisen, dass wir flexibel genug sind, um uns nicht unterkriegen zu lassen."

„Viel Glück", schnaubte Nina, „die oder Maana können uns zerquetschen wie eine lästige Fliege, dann ist es vorbei."

„Wir sollten nicht gleich vom Schlimmsten ausgehen", Neev machte eine beschwichtigende Geste. „Das Wichtigste ist auf jeden Fall, dass die BewohnerInnen das nicht mitbekommen, um eine Aufregung zu verhindern. Sonst drehen die Leute durch."

„Das wird durchsickern", gab Nina zu bedenken.

„Irgendwann. Aber solange haben wir noch Zeit, nach einer alternativen Versorgung zu suchen. Es kann sich immer etwas auftun."

„Exakt", stimmte Marc ihr zu. „Solange Mais Vater nicht komplett durchdreht…"

„Was ist mit meinem Vater?", Mai stand schneller im Eingang, als es einem sterblichen Menschen möglich sein sollte und Red war aufs Neue beeindruckt von ihrer Präsenz, ihrem Standing, ihrer Präzision.

Alle starrten sie an und niemand sagte etwas. Es war, als wäre das Gespräch und alle, die darin beteiligt waren, eingefroren.

„Mai?", besann Misha sich als erstes und erhob sich von ihrem Stuhl. „Ist alles okay?"

„Mach dir keine Sorgen um mich", Mai warf ihr einen warmen Blick zu.

„Du hast noch Wald in deinem Haar", Nina trat zu ihr und entfernte vorsichtig ein paar Blätter und Zweige. „Wir haben uns Sorgen um dich gemacht", flüsterte sie Mai zu und alle anderen taten so, als würden sie es nicht hören.

„Es ist nichts", sagte Mai kaum hörbar und vermied angestrengt Reds Blick, der versuchte ihre Stimmung zu ergründen, aber es war schwer mit so vielen Leuten im Raum, die alle sehr aufgeregt waren. „Also, was ist mit meinem Vater?"

Neev brachte sie auf den neuesten Stand der Dinge und sofort begann wieder eine neue Diskussion über die notwendigen Maßnahmen und den möglichen Verlauf der Bedrohung, bei der es auf einmal nicht mehr nur um den Nachschub von Platinen ging.

„Wenn die Abrissbagger vor den Toren Melas stehen, können wir sie nicht aufhalten", gab Nina zu bedenken.

„Ich habe das schwere Gerät gesehen, mit dem sie Ferra auseinander genommen haben."

„Du hast recht", stimmte Mai ihr zu. „Aber es gibt hier eigentlich nichts zu holen für Neu! Mein Vater hat das angedeutet, aber er wird es nicht durchziehen. Hoffentlich", sie verzog das Gesicht und ging zum Ofen, um einen Blick in die Töpfe zu werfen.

„Und wenn doch?", hakte Nina nach.

„Dann sind wir geliefert, ich kann sie nicht aufhalten. Wir haben dem nichts entgegenzusetzen", Mai schaute zu Nina rüber.

Diese sprang auf und verschwand aus der Tür.

„Shit", sagte Misha leise. „Es ist schwer für sie, damit klar zu kommen."

Mai seufzte. „Ich werde nochmal mit ihr sprechen."

„Bist du dir sicher? Ich kann auch", bot Neev an.

„Nein, ich war damals dabei. Als sie ihre Heimat verloren hat. Für andere ist das schwer zu verstehen", Mai verschränkte die Arme und schaute auf die offene Tür, hinter der sich die Dunkelheit erstreckte.

„Wir müssen leider wieder los", Neev stand auf. „Wir haben die wichtigsten Maßnahmen abgesprochen. Es wird noch eine Sitzung des Stadtrates geben, da wird das Thema sein. Ich halte euch auf dem Laufenden, was dort besprochen wird."

Marc klopfte auf den Tisch und die beiden gingen auch.

Es wurde immer stiller in dem kleinen Häuschen.

„Hier ist noch ein Rest Nudelsalat?", durchbrach Misha die Atmosphäre, die Red als angespannt beschrieben hätte.

„Danke", sagte Mai zu Reds Überraschung und nahm den Teller von Misha, stocherte mit der Gabel darin herum.

Misha wandte sich ihren Töpfen zu und rührte ein paar Mal um. „Lass sie auf schwacher Hitze köcheln, ich komme morgen und kümmere mich darum."

„Was sind das für Experimente?", fragte Mai und stellte ihren Teller wieder ab.

„Wirst du schon sehen", grinste Misha. „Also, war nett dich kennen zu lernen, Red, bis zum nächsten Mal", sie lief so kurios rückwärts auf Zehenspitzen heraus, dass Red sich ein Lächeln nicht verkneifen konnte. Und dann schloss sie die Tür hinter sich und es war noch stiller und angespannter.

„Ich werde auch gehen", verkündete Red schließlich und erhob sich vom Stuhl.

„Warte", sagte Mai und presste ihre Lippen angestrengt aufeinander.

„Ich kann bestimmt bei Nick einkehren", Red lief zur Tür und öffnete sie, „und wenn nicht, dann findet sich eine Lösung", er lief heraus, während Mai immer noch bewegungslos am Tisch stand.

Draußen atmete er die kühle Luft ein. Es war ein angenehmer, sternklarer Abend und die Stadt und die Gespräche um ihn waren endlich zur Ruhe gekommen, sodass er sich nicht mehr auf andere Menschen und ihre Probleme einstimmen musste, sondern einfach nur die Umgebung und ihre Atmosphäre auf den Lippen spüren konnte.

Er wollte gerade zu einem Flug ansetzen, als Mai in übermenschlich schneller Geschwindigkeit vor ihm war und ihn mit einer Hand am Brustbein an die Hauswand presste.

„Geh nicht", sagte sie ihm in Gedanken, als ob sie die Worte nicht laut aussprechen konnte. Sie huschten auch nur schnell durch seinen Kopf wie ein Wispern. Fast dachte er, er hätte sich das nur eingebildet.

Er wollte fragen warum er bleiben sollte, aber er ahnte, dass sie ihm keine zufriedenstellende Antwort geben würde, also fügte er sich seinem Schicksal und blieb. Sein Körper entspannte sich und er atmete hörbar aus. Mai lockerte ihre Krafteinwirkung, ließ die Hand aber, wo sie war und kam ein paar Zentimeter näher. Ihre Präsenz war immer mesmerisierend für ihn gewesen und auch jetzt war es nicht anders. In seinen Fingerspitzen spürte er das Verlangen, sie zu berühren, doch Mai war wieder schneller und fixierte seine beiden Hände mit der Kraft ihrer Gedanken an der Wand. Er hätte natürlich dagegenhalten können, aber er ließ ihr ihren Willen und stand da, angepinnt an die Holzfassade eines alten Hexenhäuschens.

Mai wirkte nun erleichtert und strich mit dem Zeigefinger über die Knopfleiste seines Hemds. Dieselbe Art von Sphäre bildete sich zwischen ihnen, die zu dem gestrigen Kuss geführt hatte und Red hörte, wie die Nervenenden in seinem Körper sich verselbstständigten, seine Haut zu prickeln begann, seine Atmung sich beschleunigte, er die Augen schloss und voll und ganz Mai ausgeliefert war. Sie öffnete den obersten Knopf seines Hemds und berührte seine Haut.

Ihre Gedanken waren jetzt nur noch ein nonverbales Gemisch aus einem gegenseitigen Durchfluten von Verlangen und einem Schieben und Drücken, Habenwollen und auf Abstand halten, mehr Kontakt und weniger

Distanz und dann wieder mehr Zwischenraum und weniger Kontrollverlust. Mai öffnete noch weitere Knöpfe und Red spürte ihre Fingernägel, gab möglicherweise ein paar nicht distinguierte Laute von sich.

„Kannst du das aushalten?", fragte sie schließlich und ihre Stimme durchschnitt die Luft.

Er öffnete die Augen und sie schaute ihn direkt an, das erste Mal an diesem Abend.

„Ja", sagte er und ihr Blick wurde sofort sehr warm, ein kleines Lächeln erschien auf ihrem Gesicht.

„Gut", erwiderte sie und trat einen Schritt zurück. Sofort fielen alle Kräfte, mit denen sie ihn festgehalten hatte, von ihm ab.

Sie standen da, atmeten beide etwas schneller als gehabt und Red strich sich durch die Haare, um den plötzlichen Spannungsabfall zu kompensieren.

„Lass uns eine Runde fliegen", sagte Mai schließlich und Red war sehr dafür.

25

„Warst du schon hier oben?", fragte Mai, als sie direkt über der Stadt stehengeblieben waren wie zwei Papierdrachen, die mühelos am Himmel flatterten.

„Nein", erwiderte Red und hatte im Gegensatz zu Mai sichtlich Mühe, sich mit ausgebreiteten Armen hunderte Meter über der Erdoberfläche an einem Punkt zu halten. Mai schaute zu ihm rüber und nahm seine Hand, um ihn zu stabilisieren.

„Siehst du das Licht in den Fenstern?", fragte sie und zeigte nach unten. „Es ist schon nach Mitternacht, also sind nicht mehr viele Leute wach. Die Laternen sind ausgeschaltet, die Bahn fährt nicht mehr, es senkt sich eine Stille über die Stadt, meine Stunde hat geschlagen", sie lachte. „Aber blinzle ein paar Mal, dann siehst du nicht die Lichtquellen, sondern die Lichtpunkte von den Menschen", erzählte sie weiter, während eine leichte Brise sie in der Luft schaukeln ließ. „Von den Menschen, die du schon kennst, mit denen du eine Verbindung hast. Ich kann deine Gedanken nicht perfekt durchdringen, aber ich spüre, da ist eine Verbindung zu Nina, Misha, Petr, Nick, schwächer zu Neev, Kolja, Marc und es werden jeden Tag mehr werden."

„Nina läuft gerade durch die Straßen", Red deutete nach unten.

Mai zog ihn an der Hand und sie sanken um einiges ab, um die Stadt besser im Blick zu haben. Red spürte seinen Magen umherwandern.

„Sie ist sehr aufgewühlt", Mai wirkte ernst, „hat Angst, dass ihr alles genommen wird. Und dann ist da noch die Krankheit von Kaal, ihrem Freund, die ihr Sorgen macht. Dass sie ein Baby erwartet, es ist noch sehr früh, wird die Sache nicht einfacher machen. Du siehst, wir beide haben eine sehr starke connection… Was Nina nicht so bewusst ist, ist, dass sie viele Nächte durch die Straßen zieht und Dinge mit ihren Händen formen kann, die jenseits von allem liegen, das ich je gesehen habe."

„Sie läuft zum alten Industriegebiet", bemerkte Red und folgte den kleinen Lichtpunkt, der eilig durch die Straßen zog.

„Oh ja, ihr Lieblingsrevier, weißt du, weil sie doch vorher in der Fabrik war, es zieht sie magisch an."

„Und da sind Petr und Misha", Red deutete in eine andere Richtung. „Aber Mishas Punkt blinkt?"

„Sie wandert mal wieder in der Traumwelt", winkte Mai beiläufig ab. „Wie sie das macht? Ebenfalls keine Ahnung. Sowas bringen sie einem auf jeden Fall nicht in der Hauptstadt bei. Sie ist zu Hause bei Petr, aber gleichzeitig auch an den entferntesten, surrealsten Orten. Vor dieser Frau solltest du dich ernsthaft in Acht nehmen, ich weiß nicht, was in ihr alles steckt, sie kommt jeden Tag mit neuen verrückten Ideen", Mai lachte.

„Aber Petr ist…", setzte Red an.

„Ihr seid euch näher gekommen, merke ich", unterbrach Mai ihn und schaute ihn neugierig von der Seite aus an. „Petrs stille Wasser sind tief, soviel weiß ich, aber mehr auch nicht. Ich glaube mit seinem Tanz hat er mehr von der Welt verstanden als ich jemals in der Lage sein werde, also bleibe an ihm dran. Und Nick kennst du auch schon?"

„Er war der einzige, der jemals mal nett zu mir war, als ich die Kontrolle über mein Leben verloren habe", seufzte Red, „das werde ich nicht vergessen. Kolja hatte ich auch kennen gelernt, aber er hält, glaube ich, nicht viel von mir."

„Das ist bestimmt nichts persönliches, er möchte Nick nicht mit jemand anderem teilen", lachte Mai.

„So ist es nicht."

„Ich weiß. Aber Kolja weiß das nicht. Nick wirst du noch früh genug über den Weg laufen. Er wird ein neues Gewand für dich schneidern."

„Ach ja, bist du unter die Wahrsager gegangen?"

„Das geht alles von ihm aus, seine Stoffe suchen sich ihr Bestimmungsziel", antwortete Mai kryptisch. „Wir müssen nur aufpassen, dass Kolja unversehrt bleibt", fügte sie besorgt hinzu. „Es gibt Leute, die hinter ihm her sind. Aus seinem früheren Leben."

„Hmm?"

„Versprich mir bitte", Mai drehte ihren Kopf zu ihm und der Wind zerzauste ihre langen Haare, sodass sie vor ihrem Gesicht flatterten, „dass du dich bei deinem Aufenthalt hier in keine Kämpfe einschaltest. Es ist zu gefährlich. Deine Transformation ist noch nicht abgeschlossen und du bist noch nicht soweit. Überlass das alles mir."

„Wirst du in Gefahr sein?", Red zog die Augenbrauen zusammen.

„Wahrscheinlich. Aber nichts, was ich nicht vorher schon gesehen habe. Ich komme zurecht."

„Natürlich", sagte Red sardonisch.

„Ich meine es ernst."

„Ich halte die Füße still."

Mai nickte und ließ den Blick erneut über die Stadt schweifen.

„Ich sehe hier unten hunderte von Punkten leuchten", sagte sie leise. „Wir denken immer, der Sternenhimmel ist oben, über uns, aber in Wirklichkeit ist er unter und zwischen uns. All die Wesen, die ich berührt und die mich berührt haben, sind hier und jeder brütet seine eigenen Merkwürdigkeiten aus. Ich bin so dankbar, dass ich das haben darf, diesen Auftrag, dieses Leben, ich würde locker alles dafür geben, diese Gemeinschaft zu erhalten, diesen brodelnden Topf am Kochen zu halten, dieses Nest zu wärmen und zu versorgen. Wenn ich dabei drauf gehe, dann ist es so, es könnte nicht besser sein. Das heißt natürlich nicht, dass ich mich sinnlos in Risiken stürze, aber ich gebe alles. Hoffe ich, was weiß ich, was ,alles' überhaupt ist."

Red machte den Mund auf, aber es kam kein Wort heraus. Er konnte nichts darauf erwidern. Mais Pflichtbewusstsein war beeindruckend.

„Oh, da unten schlafwandelt gerade eine junge Frau und will die Treppe runtergehen", sie zeigte nach rechts. „Ich werde ihr zur Hilfe eilen und noch ein paar andere Leute besuchen. Wir sehen uns bei Morgengrauen bei mir, okay?", sie ließ ihn los und flatterte nach unten.

„Alles klar", rief Red ihr hinterher und verfolgte, wie sie sich in dem Schwarz der Nacht auflöste.

26

In Mais Haus angekommen, aß Red noch eine Kleinigkeit und räumte danach den Küchenbereich auf, spülte Teller und Tassen, damit es wieder sauber und ordentlich war. Danach stellte er sich unter die Dusche und genoss das kalte Wasser auf seiner Haut. Putzte sich die Zähne und zog ein frisches T-Shirt und Unterwäsche an, die er in den Seitentaschen seines Anzug verstaut hatte. Wusch die alte Kleidung mit der Hand und hängte sie draußen auf.

Als er mit allem durch war, legte er sich in Mais Bett und dachte über alles nach, was passiert war. Die Ereignisse und Gespräche wirbelten unsortiert in seinem Kopf herum und Red fühlte sich immer noch mit allem so neu. Es kam ihm vor, als hätte er erst gestern seine Transformation begonnen und wäre in die Hauptstadt gereist. Der neue Anzug, sein neuer Name und seine Kräfte fühlten sich noch ungewohnt an und auch wenn er versuchte selbstbewusst seine Person zu vertreten, kam ihm vieles ungelenk und schief vor.

Das Zusammensein mit Mai war wie ein Hindurchstolpern, bei dem er nicht wusste, wo die Falltüren und Abgründe lagen. Er beneidete sie darum, dass sie ihre Passion gefunden hatte. Konnte er auch für irgendwas so brennen? Im Moment konnte er sich das nicht vorstellen. Wenn er ehrlich war, dann hatte er sich noch nie groß für die Gemeinschaft aufopfern wollen, das war ihm irgendwie abgegangen und auch jetzt fühlte er sich nicht dazu berufen. Was, wenn er seine Aufgabe niemals fand und immer nur die Rolle eines Retters und Beschützers *spielen* musste? Red drehte sich auf die andere Seite und starrte auf den schmalen und schwachen Streifen Licht, der von draußen durch die dicken Vorhänge durchdrang, vielleicht vom Mond oder einem anderen Fenster.

Mick hatte sich für die Welt einsetzen wollen und war nach Jaku gereist, um dort gegen den Konzern Maana zu demonstrieren, war dabei verhaftet und schließlich beseitigt worden. Das hatte ihm sein Engagement gebracht. Würde Mai dasselbe Schicksal ereilen?

Als Red früher bei der Abfallwirtschaft war, da mochte er, eine einfache, aber doch sinnstiftende Aufgabe zu haben. Beim Einsammeln des Mülls mit seinem Fahrzeug kannte er jede Straße und jede Mülltonne von Mela. Ärgerte sich mal über unsachgemäß gefüllte Behälter, achtlos hingeworfenen Abfall und den stechenden Geruch im Sommer. Aber sonst? Er war sehr zufrieden mit seinem Leben gewesen, ging jeden Morgen seinen Weg, kannte seine Route, hatte prima KollegInnen und immer ein paar nette Worte von BewohnerInnen.

Mittlerweile driftete er immer mehr zum Schlaf hin und versuchte wachzubleiben, um die Ankunft von Mai noch mitzubekommen. Um die Gewissheit zu haben, dass alles okay bei ihr war und sie sich hoffentlich nicht wieder in einer Waldhütte verstecken musste. Doch irgendwann übermannte ihn die Müdigkeit und er ließ sein Wachbewusstsein hinter sich.

Sehr subtil spürte er, dass Mai irgendwann in der Nähe sein musste, er registrierte ihre Anwesenheit, aber mehr auch nicht. Einige Zeit später öffnete er einmal die Augen und sah, dass es draußen schon taghell sein musste, ein breiter Streifen Licht hatte sich unter dem Vorhang gebildet. Red drehte seinen Kopf und sah Mais Hand auf seinem Oberarm, der Rest von ihr irgendwo vergraben unter Kissen und Decken. Er schlief wieder ein.

Ein paar Stunden später oszillierte er wieder zwischen Wachen und Schlafen und bemerkte Mais Arm, der um ihn gelegt war. Für kurze Zeit schlief er wieder ein und wachte immer noch sehr vernebelt auf. Drehte sich zu ihr. Auch sie schien immer wieder zwischen den beiden Sphären hin und her zu wechseln, öffnete mal ein Auge und schloss es wieder.

Er wusste nicht, wie viel Zeit vergangen war, dass sie zusammen hin und her diffundierten, sich lose im Arm hielten und die Wärme und Weichheit um sich herum genossen.

Schließlich öffnete Mai richtig die Augen und beobachtete Red wortlos. Hob zögernd ihre Hand und strich durch seine Haare. Red schloss die Augen und ließ sich in ihre Berührung hineinfallen.

„Sind viel weicher, als ich gedacht hätte", murmelte sie.

„Hmm", erwiderte er und lehnte sich gegen ihre Hand.

„Eigentlich ist es unfair", sagte er nach einer Weile und öffnete wieder die Augen, „dass du meine ganze Geschichte kennst, ich aber nicht deine."

Mai stützte ihren Kopf auf die Hand und machte ein nachdenkliches Gesicht, während ihre ganzen Haare unsortiert um sie fielen.

„Von dir selbst habe ich deine Geschichte noch nicht gehört", sagte sie schließlich. „Alles, was ich mitbekommen habe, waren Bruchstücke von verschiedenen Leuten, reicht das schon aus, um jemanden zu kennen?"

„Mehr als ich von dir weiß."

„Nina hat dir gestern etwas erzählt."

„Das waren die vagsten Andeutungen."

„Müssen wir die ganzen Hintergründe kennen? So oder so sind wir beide doch von vergangenen Ereignissen gezeichnete Menschen, die gestolpert, gefallen, fast ertrunken sind. Die zuerst den Glauben an die anderen, dann an die Welt und schließlich an uns selbst verloren haben. Die in Trauer und Verzweiflung versunken sind. Danach resigniert und alles aufgegeben haben. Um uns schließlich zu häuten und im neuen Gewand wiederzukommen. Aber tief drin steckt immer noch ein verletztes Wesen, ein fragiler Mensch, der mit der Welt ringt."

Sie schauten sich eine Weile an. Mai senkte wieder ihren Kopf und legte ihn neben ihm ab. Red hob seine Hand und strich mit den Fingerspitzen, zuerst über ihren Oberarm, dann Ellenbogen, Unterarm, Hand und Finger. Mai packte ihn daraufhin an der Schulter, drückte ihn in die Kissen und küsste ihn.

Später, gegen Abend, frühstückten sie einen Apfelkuchen, der vor Mais Tür abgelegt worden war, tranken Tee, lasen gegenseitig ihre banalen und unzusammenhängenden Gedanken und warfen schließlich einen Blick in Mishas Töpfe.

„Ist das fest geworden?", fragte Red und studierte die kleinen roten Kugeln, die ungleichmäßig geformt in dem Topf herumrollten.

„Sieht ganz so aus", erwiderte Mai skeptisch und ließ sie von einer Seite auf die andere rollen. „Meinst du, das kann man essen?"

„Wir werden es nicht ausprobieren. Was ist in dem anderen drin?"

Mai nahm sich den zweiten Topf vor und hielt ihn zwischen ihnen beiden. „Ich würde sagen so eine Art

Flocken, oder?", sie rüttelte an dem Gefäß, damit etwas Bewegung in die grüne Masse reinkam. „Sie riechen nach Minze, sind aber geformt wie Chips."

„Meinst du, sie will jemanden damit vergiften?"

„Vielleicht. Dahinten in dem Schrank sammelt sie alles Mögliche, das nur sie versteht, wahrscheinlich kommt das auch dazu", Mai stellte den Topf wieder ab und hielt inne. „Hmm", sagte sie schließlich.

„Was ist los?"

„Es wird wieder einen neuen Angriff auf Kolja geben", sagte sie und rümpfte die Nase. „Und ich hab noch gar nicht so viel Kampferfahrung, aber das solltest du besser nicht wissen", setzte sie in Gedanken hinterher und verzog das Gesicht.

Bevor Red etwas erwidern konnte, verschwand sie im Schlafzimmer, um sich umzuziehen. Sie waren den ganzen Abend nur in T-Shirt und Unterwäsche herumgeschlurft, da sie sonst keine bequeme Kleidung hatten und Red hatte nichts dagegen gehabt. Mai hatte wunderschöne lange Beine und sah im T-Shirt viel gemütlicher und nahbarer aus als in ihrem Gewand.

Als sie wieder rauskam, war ihr Mund zu einer dünnen Linie zusammengepresst und sie kämmte sich die Haare, um sie hinten zusammenzubinden.

„Soll ich nicht…", begann Red und wusste noch nicht einmal, wie der Satz weitergehen sollte.

„Nein", Mai schüttelte den Kopf. „Ich habe alles unter Kontrolle. Vor einiger Zeit habe ich es schon einmal mit zwei Typen von Maana aufgenommen. Ich konnte sie schnell ausschalten", sie ließ bei der Erinnerung daran die Bürste sinken und setzte in Gedanken hinterher, „sie waren die ersten Menschen, die ich jemals umgebracht hatte und das war schwerer zu verarbeiten, als ich gedacht hätte."

Dann schüttelte sie den Kopf und holte ihre Schuhe.

„Ich muss mich konzentrieren, werde meine Gedanken voll und ganz auf die Sache fixieren, kann keine Interferenzen berücksichtigen, aber es hat nichts mit dir zu tun."

„Alles klar", Red setzte sich auf einen Stuhl und zog ein Bein an sich.

Mai stülpte sich die Kapuze über den Kopf und ging zur Tür, öffnete sie. Dann kam sie noch einmal zurück, stellte sich vor ihn und legte ihre Hand auf seine Wange, er schaute zu ihr hoch. „Danke, dass du hier bist", flüsterte sie schließlich. „Bis später."

„Bis später."

Und dann war sie weg.

27

Red zog sich ebenfalls an und setzte sich auf Mais Terrasse. Von hier aus konnte er den sehr gepflegten Garten anschauen, der in den verschiedensten Farben und Formen sprießte und blühte. Trotz des Anblicks fiel es ihm schwer, sich an der Pracht zu erfreuen, ein ungutes Gefühl hatte in seinem Bauch Wurzeln geschlagen und es gab nichts, was er dagegen unternehmen konnte.

Damals, als die Nachricht von dem Flugzeugabsturz gekommen war, da konnte er nicht glauben, dass Mick nicht mehr nach Hause kommen würde. Er hatte überlebt oder war gar nicht erst in dem Flugzeug drin gewesen, hatte er sich eingeredet und es erschien ihm als die wahrscheinlichste Variante. Aber natürlich war da dieses Gefühl wie von Vakuum in seiner Körpermitte gewesen, das ganz lange nicht weggegangen war und irgendwann von Wut und später Resignation ersetzt wurde. Als er in der Hauptstadt gewesen war, fühlte es sich das erste Mal nicht überwältigend an, sondern eher wie ein dumpfer Schmerz. Mit Mai konnte er den inneren Abgrund manchmal ganz vergessen, aber jetzt war er wieder am Anfang.

Red wusste nicht, wie lange er da so gesessen und vor sich hin gestarrt hatte, als er ein plötzliches Stechen in der Magengegend spürte, gleichzeitig zog sich sein Hals zu, als ob er keine Luft bekommen würde. Er sprang auf, bereit zu kämpfen, aber es gab keinen Gegner, keine Gefahr. Er rang nach Luft, krümmte sich nach vorne und schloss die Augen. Mai war verletzt, schoss es ihm durch den Kopf. Ihr Leben war in Gefahr, die Gewissheit durchflutete ihn von den Haarspitzen bis zu den Zehen. Red stolperte nach vorne und landete auf allen Vieren. Fühlte sich das so an, wenn man mit jemanden verbunden war, dass man so stark mitgenommen wurde? Verdammt, dann wusste er nicht, ob er das wollte. Vielleicht doch ein einsames Leben in den Wäldern führen? Dafür war es zu spät.

Red versuchte wieder auf die Beine zu kommen, hoffte, dass das Schlimmste vorbei war. Dann konnte er sich auf den Weg machen, Mai zur Hilfe eilen, auch wenn sie es ihm strikt verboten hatte. Doch dann wurde er wieder niedergestreckt, erbrach sich krampfartig und rollte auf die Seite, blieb dort liegen. Hörte nur noch seinen Herzschlag, der mit gewaltiger Vehemenz in seinen Ohren dröhnte.

Es dauerte ein paar Minuten, bis er sich wieder bewegen konnte. Er rappelte sich auf und ging ins Bad, um sich Gesicht und Hände zu waschen. Als er am Waschbecken aufgestützt war, hörte er ein wildes Durcheinander von Stimmen, manche identifizierte er als Mishas und Ninas, andere kamen ihm unbekannt vor. Sie kamen und gingen, schossen wie orientierungslose Fledermäuse voller Panik durch seinen Kopf und waren wieder weg, bevor er identifizieren konnte, um was es ging.

Seine Arme und Beine waren immer noch wie aus Gummi, sodass an Fliegen nicht zu denken war. Red trank ein Glas Wasser und versuchte einen klaren Kopf zu bekommen. Nach und nach spürte er seine Kräfte wiederkehren, das Atmen klappte auch wieder reibungslos. Vielleicht war das alles auch nur eine Überreaktion, überlegte er. Aus Sorge um Mai war sein Körper übergeschnappt.

In diesem Moment kam ein Wagen vor Mais Tür vorgefahren, das hörte er am Motorengeräusch. Das war insofern ungewöhnlich, als dass es in Mela nur sehr wenige Fahrzeuge gab für die Müllentsorgung, Baustellen,

Notfälle und anderes. Red lief zur Tür, diese wurde aber schon aufgestoßen und drei Leute kamen mit einer Trage herein. Auf dieser lag Mai.

„Was ist passiert?", fragte Red und starrte auf ihren leblosen Körper.

Jemand presste eine Kompresse zwischen Hals und Schulter, sie war blutgetränkt. Doch niemand konnte seine Fragen beantworten und er konnte Mais Gedanken nicht hören. Sie trugen sie ins Schlafzimmer und legten sie auf dem großen Bett ab.

„Sie wurde angeschossen", Misha stand vor ihm und versperrte ihm die Sicht auf Mai, die von Neev und einem bisher Unbekannten ausgezogen und verbunden wurde. „Nur ein Streifschuss", sprach Misha weiter, „aber sie war wohl nicht darauf vorbereitet und ist ungebremst abgestürzt aus großer Höhe", Misha schüttelte den Kopf und Tränen strömten über ihr Gesicht. „Einen von den Angreifern hat sie erwischt, der andere ist entkommen. Keine Ahnung, was mit dem ist."

„Ich bin so schnell gekommen, wie ich konnte", Nina stürzte ins Haus und blieb atemlos neben ihnen stehen.

„Theo und Neev sind bei ihr", Misha zeigte auf die beiden. „Theo ist Neevs Ehemann und Arzt", erklärte sie Red. „Sie machen die Erstversorgung. Theo sagt, sie können nicht wissen, welche inneren Verletzungen sie davongetragen hat, es gibt auch keine entsprechende Möglichkeit sie in Mela darauf untersuchen zu lassen. Er tastet sie ab und macht einen Verband, dann müssen wir abwarten."

„Oh meine Güte", sagte Nina und fiel Misha in die Arme.

Red trat zur Seite und stellte sich in den Türrahmen. Unablässig arbeiteten Neev und Theo vor sich hin und versorgten Mai, flüsterten zusammen, als wären sie ein perfekt aufeinander abgestimmtes Team. Red streifte Theos Gedanken kurz, sie waren von beeindruckender Klarheit, Schritt für Schritt ging er das Prozedere durch und hatte dabei immer genau vor Augen, was als nächstes passieren musste. Neev war schwerer zu lesen, sie war weit weg, hatte sich wie in einen Kokon zurückgezogen und vollzog nur noch die absolut notwendigen Handgriffe. Red konnte es ihr nicht übel nehmen, er selbst wusste nichts mit sich anzufangen. Lag Mai auf dem Sterbebett oder war sie nur leicht verletzt? Würde er sich das alle paar Tage fragen, wenn sie hier zusammenleben würden? Nicht wissen, ob sie nur ein paar Kratzer oder letale Verletzungen davontragen würde? Das war zu weit gedacht, aber er konnte die Gedanken auch nicht ignorieren.

Er trat zurück, fühlte sich auf einmal fehl am Platz mit all den Leuten, die Mai viel besser kannten als er, mit denen sie anscheinend schon viele Tage und Monate ihrer Zeit geteilt hatte und die ihr medizinisch und seelsorgerisch helfen konnten. Sollte er überhaupt hier bleiben? Er war schließlich nur ein Gast. Er lief durch die immer noch offene Tür nach draußen, durch den Vorgarten, blieb am Holzzaun stehen. Natürlich konnte er jetzt nicht in die Hauptstadt zurückkehren, nicht mit dieser Ungewissheit. Red stützte seinen Kopf auf einen Holzpfosten auf und kniff die Augen zu, als jemand ihn antippte.

„Hey", sagte Misha sanft, als er sich umdrehte. „Wir werden alles tun, dass es ihr wieder besser geht, okay? Einer von uns wird immer bei ihr bleiben und du kannst sie jederzeit besuchen. Ich glaube sogar, sie würde von deiner

Anwesenheit profitieren. Bestimmt kann sie uns noch spü-ren, auch wenn sie jetzt weit weg ist."

„Ich will nicht im Weg herumstehen", gab Red zu be-denken.

„Verstehe ich. Es ist bestimmt auch nicht so einfach für dich, mit dem was du erlebt hast. Hast du einen Ort, wo du bleiben kannst? Vielleicht in der Nähe?"

„Jepp, ich… kann jemanden fragen", überlegte Red.

„Okay. Morgen sieht sie Welt bestimmt ganz anders aus. Und wenn du etwas brauchst, du weißt, wie du mich erreichen kannst", sie tippte sich an die Schläfe und Red lächelte schwach.

„Danke. Dass ihr euch um alles kümmert."

„Dafür sind wir da", Misha nickte.

28

Es fühlte sich falsch an, jetzt von Mais Haus wegzugehen. Als würde er sie im Stich lassen. Red schaute noch einmal zurück. Nein, er konnte sich da nicht auch noch einmischen, wenn so viele von ihren engsten Leuten schon um sie herum waren.

Da Mai sehr zentral wohnte, war Red ziemlich schnell in der Innenstadt. Es war noch mitten in der Nacht, sodass die Straßen wie ausgestorben waren. Sofort erinnerte er sich an die vielen Ecken und Nischen, in denen er damals herumgelungert hatte. Zuerst, weil er es zu Hause nicht mehr ausgehalten hatte. Die Wände der gemeinsamen Wohnung waren immer enger geworden und drohten, ihn zu ersticken. Immer öfter war er davor geflohen, anfangs nur tagsüber, später auch die Nacht über. Der steigende Konsum von Alkohol hatte ihm dabei geholfen, hatte auch die Hemmschwelle gesenkt, andere anzuschreien, anzupöbeln oder mit Sachen zu bewerfen. Es hatte ihm eine merkwürdige Befriedigung verschafft. Und er wusste, dass keiner dagegenhalten würde, weil Frederick immer die Trauer-Karte ausspielen konnte. Und so war es auch. Bis Mai gekommen war. Sie ließ ihm seinen Scheiß nicht durchgehen. Als sie ihn verflucht hatte, war es wie ein Schlag ins Gesicht. Aber einer, der ihn zur Besinnung gebracht hatte.

Jetzt, da Red das erste Mal wieder durch die Straßen und den Marktplatz lief, da spürte er vor allem eine unendliche Scham in sich aufsteigen. Fast wollte er sich ducken, damit ihn niemand erkannte und abschätzig anschaute. Fast hielt er nach einem Abgrund Ausschau, der ihn verschlingen und nicht mehr ausspucken sollte. Fast wünschte er sich eine Flasche Hochprozentiges herbei, um das widerliche Gefühl wegzuspülen. Aber es half nichts, er musste da durch.

Er drehte einen Schlenker und kam an seiner alten Wohnung vorbei, stieg die Stufen in den zweiten Stock und blieb vor der Tür stehen. Überlegte, ob er sich noch an den Zugangscode erinnerte. Vier Zahlen. Ja, sie waren noch da. Er legte die Hand auf die Tür, wie um zu spüren, was sich dahinter befand. Nein, diese Büchse der Pandora wollte er heute ganz sicher nicht öffnen. Aber er öffnete alle seine Sinne, schloss die Augen und versuchte alles um sich herum wahrzunehmen. Da waren die Überreste von Mick, die in den Wohn- und Schlafräumen noch steckten, da war sein altes Leben, das so sehr aus den Fugen geraten war. Vielleicht war die Wohnung verwüstet, er konnte sich an nicht mehr so viel erinnern. Aber da waren auch Spuren von Mai. Vielleicht war sie hier gewesen? War durch das Fenster eingestiegen oder so? Er wusste es nicht.

Langsam stieg er die Stufen wieder runter. Er hatte versucht, so viel Zeit wie möglich zu verschwenden, um nicht zu früh bei Nick auf der Matte zu stehen, der seine einzige weitere Zuflucht war. Und er wusste noch nicht einmal etwas von seinem Glück. Red seufzte und drehte noch ein paar Runden durch Seitengassen, blieb vor ein paar Schaufenstern und ungewöhnlichen Vorgärten stehen. Als es anfing, heller zu werden, schloss er die Augen und schickte seine Sinne aus, um Nicks Licht zu finden. Nicht so weit weg von ihm sah er den kleinen Leuchtpunkt und suchte seine Wohnung auf.

Sie lag ebenfalls sehr zentral unter seinem Atelier und der Kleidersammlung. Red brauchte noch ein paar Minuten, um seinen Mut zu sammeln und klopfte schließlich.

Es dauerte eine Weile, als Kolja ihm mit einem genervten Gesichtsausdruck die Tür öffnete.

„Was machst du hier?", warf er Red entgegen. Er war ein großer und breit gebauter Typ, der nur Unterwäsche trug und seine Augen skeptisch verengte.

In diesem Moment dämmerte es Red, dass Kolja völlig ahnungslos bezüglich des Angriffs war. Die beiden Leute, die hinter ihm her gewesen waren, waren vertrieben oder tot, wenn er es richtig verstanden hatte und Kolja hatte das alles verschlafen. Das hatte geradezu eine gewisse Komik. Red verkniff sich ein Lächeln und senkte den Blick. Diese Nacht war einfach komplett durch.

„Was ist so witzig?", Kolja hob eine Augenbraue und kratzte sich am Brustbein.

„Ich suche eine Zuflucht", brachte Red schließlich hervor und wurde wieder ernst.

„Du bist doch der Typ, der allen auf den Keks geht, hast dich ganz schön verändert", stutze Kolja.

„Habe mich neu orientiert", Red strich über seinen Anzug. Was Kolja wohl über ihn dachte? Heute wollte er es sich sparen, Gedanken oder Gefühle von anderen zu lesen, davon hatte er erstmal genug.

„Was ist los?", Nick, der kleiner und schmaler war und wenigstens ein T-Shirt anhatte, kam hinter Kolja hervor und gähnte. „Oh", sagte er, als er Red erblickte.

„Ich entschuldige mich vielmals für die Störung", erklärte Red, „aber ich bin in einer Notsituation. Brauche einen Schlafplatz für den Tag. Werde niemanden belästigen oder anspucken, bin mit einem Sofa sehr zufrieden, bin wahrscheinlich bei Einbruch der Nacht wieder weg."

„Frederick, wie geht es dir?", Nick legte den Kopf schief. „Wir dachten du wärst...", er machte eine unbestimmte Handbewegung.

„Ich weile noch unter den Lebenden, habe aber einen neuen Namen: Red", er verbeugte sich leicht.

„Komm rein", Nick winkte ihn zu sich. „Kolja, machst du Tee?"

„Natürlich", seufzte Kolja und trottete davon.

Nick lief durch ins Wohnzimmer und deutete Red, sich auf das Sofa zu setzen. Währenddessen zog er sich nebenan um und kam mit einem Kleidungsstück wieder, das nicht Hose und nicht Kleid war, auf der einen Seite über dem Knie endete, auf der anderen Seite länger war, breite Ärmel und eine schmale Taille hatte und in Rot- und Grüntönen gehalten war. Kurz darauf brachte Kolja eine Teekanne mit zwei Tassen und stellte sie auf dem kleinen Beistelltisch ab.

„Danke", sagte Nick und ließ sich im Schneidersitz gegenüber von Red auf dem Boden nieder.

Kolja warf Red noch einen skeptischen Blick zu und verschwand dann im Badezimmer, aus dem Red kurze Zeit später die Dusche hörte.

Nick hatte sich auf seine Arme nach hinten abgestützt und schaute Red mit seinen großen Augen und den liebevoll verstrubbelten Haaren neugierig an. Sie waren sich erst einmal begegnet, aber schon damals hatte Nick so etwas Annehmendes, Leichtes, Hingebungsvolles ausgestrahlt, dass es Red einfach machte, sich ihm anzuvertrauen.

„Also du und Kolja...", leitete Red das Gespräch ein, um erstmal über etwas anderes zu reden.

Das letzte Mal, als sie sich gesehen hatten, war Frederick in seinem bemitleidenswerten Zustand gewesen und Kolja war auf der Suche nach dem jungen Designer, der sich bei ihm auf der Straße niedergelassen hatte. Red hatte die Situation nicht ganz durchblickt.

„Jepp", grinste Nick und sein Gesicht strahlte. „Es war etwas holprig und immer noch nicht ohne Interferenzen, aber im Großen und Ganzen."

„Ich freue mich für euch beide, ihr wirkt glücklich."

„Und du hast währenddessen dein Leben auf den Kopf gestellt. Ich mag deinen Anzug, sehr elegant, sehr düster, bist du so eine Art dunkler Schicksalsengel geworden?"

„Nee", Red lachte und schüttelte den Kopf.

„Wir wissen beide, dass es stimmt", Nick wurde ernst und hob bedeutungsvoll eine Augenbraue. „Ich wusste schon damals, dass dir noch viel bevorsteht. Ich wusste nur nicht, von was. Viel Ärger, viel Ruhm oder viel Arbeit."

„Viel Chaos", warf Red ein.

„Neu in der Stadt zu sein, kann überfordernd sein", sagte Nick mitfühlend und schenkte ihnen Tee ein. Reichte Red eine Tasse.

„Ich bin ja noch nicht einmal neu", rief Red empört, „ich müsste schon alles kennen. Aber es hat sich alles geändert. Der Tag ist zur Nacht, Feinde zu Freunden, Hass zur Liebe geworden, wer soll da durchblicken."

„Leute, ich fahre zu den Bauerhöfen", schaltete sich Kolja ein, „wir sehen uns später."

„Alles klar", sagte Nick.

„Pass auf dich auf", sagte Red ernst und Kolja verengte die Augen, als könnte er nicht glauben, was er hörte.

Kurze Zeit später fiel die Tür ins Schloss.

„Mai und ich...", fuhr Red fort, „... es ist kompliziert."

„Mai?", wiederholte Nick, als hätte er sich verhört.

„Hmm."

„Oh, shit."

„Sie wurde gestern verletzt und ich weiß nicht, was ich machen soll. Es gibt Leute, die sich um sie kümmern."

„Ist es schlimm?"

Red schaute in seine Tasse.

„Hey", Nick war neben ihm und legte den Arm um ihn. „Ich kenne sie nicht gut. Aber sie wird es bestimmt schaffen. Sie hat unglaubliche Kräfte."

„Ich... ich weiß nicht, ob ich es noch einmal verkrafte, jemanden zu verlieren. Vielleicht sollte ich einfach abhauen und nie mehr wiederkommen. Für einen Schicksalsengel ganz schön feige, oder?", Red trank die Tasse mit schwarzem Tee leer und stellte sie auf den Boden.

Eine Zeitlang saßen sie schweigend nebeneinander, Nick hatte immer noch den Arm um ihn gelegt, sein Kopf lehnte an Reds Schulter, als wäre es das natürlichste auf der Welt.

„Kolja wollte sich so oft das Leben nehmen, dass ich auch nicht wusste, ob ich bleiben sollte", sagte Nick schließlich.

„Das tut mir leid. Er wirkt nicht wie der Typ, der..."

„Nein, man sieht es ihm nicht an. Und es ist mit deiner Situation auch nicht vergleichbar. Ich wollte nur damit sagen... Egal, was für eine Zuneigung wir für jemanden anderen empfinden, heißt es nicht, dass wir alles hinnehmen sollten, was diese Person mit sich oder anderen macht. Du hast das Recht dir zu überlegen, ob du mit Mais

Leben klar kommst oder lieber einen anderen Weg gehst", er klopfte auf Reds Knie.

„Das Problem ist, ich bin hierhergekommen, um… aber vielleicht will sie gar nicht… und jetzt ist sie… es ist kompliziert", er stützte den Kopf in seine Hände.

„Das alles muss sich nicht heute klären", gab Nick zu bedenken. „Wie wäre es, wenn ich dir das Atelier zeige, wir zwischendurch frühstücken und du dich dann etwas schlafen legst? Hm?"

„Okay", nickte Red und war froh über irgendeinen konstruktiven Vorschlag.

„So früh ist noch niemand hier", erklärte Nick, als sie durch die Kleidersammlung schlenderten.

„Finde ich auch besser so", murmelte Red und ließ seinen Blick über bunte Stoffe, meterlange Kleiderstangen und Haufen von Second-Hand-Kleidung gleiten.

„Hier haben wir das Herz der Sammlung, mit der die BewohnerInnen mit Hosen und Jacken und Schuhen versorgt werden", er zeigte auf einen großen, ziemlich vollgestopften Raum, „und dort die Umkleiden, die Küche und hier…", Nick nahm Red am Oberarm und zog ihn in einen Raum mit Nähmaschinen, einem großem Schneidertisch, jede Menge Werkzeuge und Regalen mit Knöpfen, Borten, Reißverschlüssen und allem Möglichen.

„Hier habe ich meine Inspiration wiedergefunden", strahlte Nick und strich über eine Overlock, nahm eine Schere und klapperte damit herum. „Es hatte mit Mais Kleid angefangen, sie hatte mich aus meinem kreativem Tief herausgezogen und dann… Ich habe eine Mitarbeiterin und wir sind ein echt gutes Team, du musst sie unbedingt kennenlernen. Sie heißt… ah, da ist sie ja."

Red drehte sich um und sah ein junges Mädchen in der Tür stehen, die Arme verschränkt und mit abschätzigem Gesichtsausdruck. Sie trug ein weinrotes Kleid, das ihr bis zu den Knien ging, ihre dunklen Haare waren hochgesteckt.

„Darf ich vorstellen, das ist Ruby und das ist Red", grinste Nick, „ach ja, das passt ja gut, Red und Ruby", er lachte. „Was machst du überhaupt so früh hier?"

„Ich wollte in Ruhe an meinem neuen Projekt arbeiten", Ruby lief an ihnen beiden vorbei zu einem Platz mit Nähmaschine und inspizierte dort ein Kleidungsstück.

„Das passt eigentlich ganz gut, wir sollten alle zusammen frühstücken gehen", Nick schlug die Hände zusammen, als wäre das eine geniale Idee.

„Ich hab keinen Hunger", verkündete Ruby, ohne sich zu ihnen umzudrehen.

„Also ist es abgemacht, hoffentlich hat das Café schon geöffnet", Nick lief zum Fenster und schaute nach unten.

Als sie ein paar Minuten später zu dritt in dem Laden saßen, schaute sich Red um. Das hier war eigentlich mehr ein Wohnzimmer mit einer großen Schiebetür aus Glas, die zur Straßenseite hin geöffnet wurde. Vor und hinter der Tür waren insgesamt drei kleine Tische aufgestellt, an denen bunt gewürfelte Stühle, aber auch Sessel und Sofas dranstanden. Ohne dass sie eine Bestellung aufgegeben hatten, hatte eine Frau mittleren Alters ihnen einen große Teekanne mit Pfefferminztee gebracht und Nick ein Marmeladenbrötchen, Ruby ein Müsli und Red ein dunkles Brot belegt mit einem Spiegelei und bestreut mit Kresse.

Sie begannen zu essen und zu trinken und Red musste feststellen, dass er doch mehr Hunger hatte als anfangs gedacht. Das Brot schmeckte auf jeden Fall fabelhaft.

„Ich bleibe nicht lange, muss gleich noch zur Schule", erklärte Ruby zwischen zwei Bissen an Nick gewandt. „Aber heute Nachmittag kann ich die Schicht wieder übernehmen."

„Wenn du lieber für deine Klausuren lernen willst...", warf dieser ein.

„Nein, hab am Wochenende schon vorgearbeitet. Ich freue mich aber schon auf die Sommerferien, da habe ich endlich wieder Zeit für größere Projekte."

„Ist Nicks Outfit von dir?", fragte Red.

Ruby nickte und Red konnte einen Anflug von Stolz vernehmen.

„Es ist sehr beeindruckend und passt perfekt zu ihm", bestätigte Red anerkennend.

„Wir werden jetzt immer mehr vom Engpass an Neulieferungen betroffen sein", seufzte Nick und nahm einen großzügigen Schluck von seinem Tee. „Neu! hat uns ja in vielen Bereichen vom Warenzufluss abgeschnitten", er verzog das Gesicht. „Die BewohnerInnen müssen sich darauf gefasst machen, dass Socken eher gestopft als weggeworfen werden."

„Jetzt im Sommer ist der Bedarf noch nicht so groß, aber wenn dann die kalte Jahreszeit kommt...", Rubys Blick verschwand in der Ferne. „Erwachsene haben ja normalerweise ihre Ausstattung, aber bei Kindern sieht es schon anders aus. Sie brauchen permanent einen Nachschub an Kleidung und Schuhen."

„Das stimmt", Nick kratzte sich am Hinterkopf.

„Hat denn Neu! so einen Einfluss in allen Bereichen?", wunderte sich Red. Er hatte sich noch nicht zu viel mit dem globalen Wirtschaftssystem beschäftigt.

„Anscheinend schon. Zumindest die großen Zulieferer können sie beeinflussen und den Hahn für Mela zudrehen", Nick runzelte die Stirn. „Seit das durchgesickert ist, sind die Leute in Mela sehr nervös geworden. Niemand weiß, was auf uns zukommt. Aber ich werde mir das nicht bieten lassen. Habe noch Kontakte zu kleineren Firmen und Zulieferern aus meiner Heimat und werde sie anzapfen. Die können uns ausrangierte Stoffe und Kleidung aus alten Kollektion verticken, ohne dass es groß auffällt."

„Das gefällt mir", Ruby rieb sich die Hände.

„Und ich habe auch schon mit anderen gesprochen. Viele, die hier eingewandert sind, haben noch Verbindungen zu ihrem Herkunftsregion und können über Umwege oder Seitenstraßen Waren rüberwachsen lassen. Es ist nur umständlicher und zeitintensiver."

„Das klingt irgendwie aufregend", Ruby lächelte, „so nach Schmugglern in Nacht- und Nebel-Aktionen, nach Maskierungen und Tarnnamen, nach Verfolgungsjagten und Tricksereien."

Nick lachte und Red schaute zwischen den beiden hin und her. Es war unschwer zu erkennen, dass sie sehr viel miteinander teilten, auch wenn er nicht genau sagen konnte, was das war.

Als sie fertig waren, standen sie auf und Red bemerkte, dass Nick gar nicht bezahlte. Er winkte bloß der Besitzerin. Wenn er sich die ganzen bunten Vorhänge und Kissen so anschaute, dann hatten die beiden bestimmt einen eigenen Deal geschlossen.

Sie gingen zurück und Ruby lief vor ins Atelier.

„Leg dich mal hin, du siehst k.o. aus", Nick tätschelte ihm den Oberarm und schob ihn in Richtung seiner Wohnung. „Ich geb dir den Code und du kannst jederzeit kommen und gehen, okay? Klopf am besten vorher, damit Kolja dir nicht aus Versehen eine reinhaut. Aber sonst? Ich meine es. Ich würde mich freuen, dich öfter zu sehen. Und wenn du einen neuen Anzug brauchst, du weißt, wo du mich findest", er zwinkerte ihm zu.

„Danke", Red zweigte ab und lief zur Wohnung im Erdgeschoss. „Du hast mir sehr geholfen."

Sie verabschiedeten sich und Red fiel, sobald er sich hereingelassen hatte, auf das Sofa, und dämmerte davon.

29

Da es im Sommer erst spät dunkel wurde, stand Red am späten Nachmittag wieder auf, duschte, putzte sich die Zähne und machte sich zu Fuß auf den Weg zu Mais Haus. Es war ihm unangenehm, von so vielen Leuten gesehen zu werden. Manche schauten zweimal hin und dann wieder weg, andere registrierten ihn überhaupt nicht, ein paar riefen ihm etwas hinterher, das er ignorierte.

Vor Mais Haus sah er, dass die Eingangstür weit offen stand, also spazierte er hinein, verlangsamte aber seinen Schritt, um alles um sich aufmerksam aufzunehmen. In der Küche war ein kleines Chaos ausgebrochen, Geschirr und Besteck stand unsortiert herum, auf dem Ofen köchelten wieder neue Töpfe, benutzte Verbände lagen zusammengeknüllt herum. Aus dem Schlafzimmer hörte er Stimmen und lief dorthin.

„Das war zu riskant, du hättest dabei draufgehen können", Nina stand vor Mais Bett, ihr Blick voll und ganz auf Mai gerichtet, die Red aus diesem Winkel noch nicht sehen konnte.

„Was wäre die Alternative gewesen, dass ich die beiden Angreifer durchwinke und sie Kolja kalt machen, vielleicht sogar noch Nick dazu?", hörte Red Mais krächzende Stimme.

Nina schloss die Augen und schüttelte den Kopf. „Das heißt nicht, dass du dich in jedes Kreuzfeuer werfen musst und…"

Red trat in das Zimmer und schaute zuerst zu Nina, dann zu Mai. Sie saß aufrecht im Bett, die Decke über sich, einen Verband am Hals, die Haare matt und das Gesicht blass.

„Soll ich später wiederkommen?", fragte er.

„Nein, ich war gerade fertig", Nina stürmte aus dem Zimmer.

Red schaute ihr hinterher und spürte immer noch die geladene Stimmung im Raum. Seine Intuition sagte ihm, dass das keine einfache Begegnung werden würde. Er trat zu Mai und setzte sich an den äußersten Rand des Bettes, um mit ihr auf Augenhöhe zu sein.

„Wie geht es dir?", fragte er sanft.

Mai wirkte immer noch sehr aufgeregt, blinzelte und wischte sich über die Augen.

„Ich bin vor ein paar Stunden zu mir gekommen. Alles tut weh, vor allem hier", sie deutete großflächig auf ihren Thorax. „Mein Kopf ist wie gefüllt mit Stacheldraht", sie lachte humorlos, „aber ich muss wohl froh sein, dass ich am Leben bin", sie senkte den Blick.

„Was ist passiert?"

Mai zog mit dem Zeigefinger Kreise über die Bettdecke und dachte wohl nach. Red wollte sich immer noch nicht in die Gedanken von anderen einmischen, es war besser so.

„Ich habe die beiden aufgespürt", begann sie zu erzählen, „habe mich zwischen zwei Häusern auf den Dächern versteckt und sie beobachtet. Habe ihre Gedanken gelesen. Sie waren schon kurz vor Nicks Wohnung, also habe ich den einen liquidiert", sie machte eine drehende Handbewegung. „Ich hätte nicht gedacht… es war eine Fehlkalkulation… dass der andere mich schon aufgespürt hatte und sofort das Feuer eröffnete…", sie blickte vor sich ins Leere. „Es ging dann ganz schnell. Er erwischte mich am Hals, ich war unter Schock, sendete noch ein paar

Abwehrstöße zu ihm, verlor das Gleichgewicht, versuchte mich abzufangen, danach weiß ich nicht mehr…"

„Er hätte dich töten können, dir einen Kopfschuss verpassen", fasste Red nüchtern zusammen. „Oder dich hinrichten, als du vor seine Füße gefallen bist. Erst dich und danach Kolja und Nick."

„Ich war zu leichtsinnig, habe einen Fehler gemacht. Werde daraus lernen", Mai schaute weg, vermied seinen Blick.

Wenn es ein nächstes Mal gibt, dachte Red und rekapitulierte den Moment, als er aus den Nachrichten zuerst erfahren hatte, dass Mick verhaftet und später, dass das Flugzeug, in dem er zum Richter transportiert werden sollte, abgeschossen worden war. Schüttelte den Kopf.

„Ich kann dir aber nicht versichern, dass es nicht nochmal passiert", setzte sie dazu und Red ahnte, dass sie seine Gedanken gelesen haben musste.

„Gibt es dir eine Befriedigung, dein Leben so aufs Spiel zu setzen, damit sich alle um dich versammeln und du so aufopferungsvoll bist?", fragte er und wusste im selben Moment, dass eine unberechtigte Wut in ihm hochgestiegen war. Wollte er das nicht immer schon Mick sagen, konnte es aber nicht mehr? Red wusste es nicht, es kam so oder so aus ihm herausgebrochen.

Mais Reaktion ließ nicht lange auf sich warten. „Wie kannst du es wagen?", sie war plötzlich kerzengerade und riss ihre Augen auf. „Du hast keine Ahnung, was es heißt, diese Verantwortung zu tragen, diese Position auszufüllen."

„Ich bin sicherlich nicht der einzige, der so denkt und ich weiß ganz genau, dass ich einen wunden Punkt getroffen habe. Deine Mitmenschen sind dir doch egal,

Hauptsache zu glänzt und stehst im Mittelpunkt", er sprang auf und starrte sie an.

Ohne ein Wort oder einen Finger zu rühren ließ Mai eine Glasflasche von ihrem Nachttisch auf dem Boden zerschellen, ihre Augen schienen Funken zu sprühen.

„Du gehst zurück in die Hauptstadt und lässt dich hier nicht mehr blicken", zischte sie.

„Natürlich, du schickst mich wieder weg. So, wie ich es schon die ganze Zeit vermutet hatte", Red ballte die Hände zusammen, um nicht zu explodieren. „Keine Angst, ich werde mich nicht wieder aufdrängen. Mich siehst du hier nicht mehr wieder."

Er stürmte davon, knallte die Tür hinter sich zu und verließ die Stadt.

30

Mai kochte vor Wut. Ihre ganze Haut schien Feuer gefangen zu haben, ihre Adern barsten und drohten zu explodieren, der Stacheldraht in ihrem Kopf zog sich noch enger und raubte ihr den Verstand. Und das Schlimmste, sie konnte nicht aufspringen und weit weg fliegen, den Frust von der Seele tragen, sie konnte noch nicht einmal jemanden anschreien oder auf etwas einschlagen. Sie saß einfach so da und ballte ihre Fäuste.

Am Abend kam Theo vorbei und wechselte ihren Verband, fragte nach ihrem Befinden, aber Mai bat ihn, ihr Tee hinzustellen und den anderen auszurichten, dass sie für sich bleiben wollte. Mit Gesprächen war Mai erstmal durch.

Es war nicht das schlechteste Vorgehen, denn schon nach ein paar Tagen fühlte sich Mai etwas besser und das Gespräch mit Red verschwand immer mehr im Hintergrund ihres Empfindens. Sie konnte sich sogar schon zu Fuß fortbewegen und unternahm in der Nacht sehr kurze Besuche bei Menschen, die in der direkten Nachbarschaft Hilfe brauchten. Das brachte sie sehr schnell auf andere Gedanken.

Es würde zwar dauern, bis sie wieder fliegen konnte, aber immerhin war sie jetzt wieder zu etwas nütze und musste nicht eine unendlich lange tote Zeit im Bett liegen, als wäre es ihre letzte Ruhestätte.

Allerdings konnte die Funkstille nicht ewig anhalten. Sie musste wissen, was ihr Vater gerade im Schilde führte, ob Nina immer noch sauer auf sie war und was es sonst Neues gab. Den Namen Red wollte sie jetzt erstmal nicht hören, auch wenn er am Rande ihrer Gedanken immer wieder auftauchte und sie ihn nicht so abschreiben konnte, wie sie es sich vorgestellt hatte. Aus Wut war ziemlich schnell Trauer geworden. Trauer darüber, was sie verloren hatte. Aber sie war nicht bereit, sich damit zu konfrontieren.

Bei ihren Besuchen bekam sie immer häufiger mit, dass die Versorgung in der Stadt knapper wurde. Eine Mutter hatte sich beschwert, dass Milchpulver nicht mehr zu bekommen war, ein älterer Mann sagte, die Schmerzmedikamente in der Notaufnahme wurden jetzt rationiert, jemand anderes meinte, die Bahnen würden seltener fahren, da einige von ihnen in der Reparatur festhingen.

Mai ließen diese Beobachtungen keine Ruhe. Es war Zeit, sich wieder an den Rhythmus der Welt anzubinden und herauszufinden, wie schlimm die Lage wirklich war. Dafür lief Mai zu Ninas Wohnung. An diesem frühen und lauen Sommerabend waren immer noch viele Passanten auf der Straße, was Mai gegen den Strich ging, aber andererseits konnte sie nun nicht immer bis zum Einbruch der Dunkelheit warten, um aus ihrem Haus rauszukommen.

Als sie zu Ninas Wohnung hochsteigen wollte, sah sie, dass im Hinterhof ein Lagerfeuer entfacht worden war und einige Leute sich dort versammelt hatten. Sie hatte dieses Feuer schon ein paar Mal von oben gesehen, hatte sich aber von der großen Menschenansammlung ferngehalten.

Doch heute war es anders. Vielleicht würde es ihr mal guttun, sich unter die BewohnerInnen zu mischen. Sowieso war Mai seit ihrem Absturz ein Zacken aus ihrer Krone gebrochen und sie fühlte sich nicht mehr so unangreifbar wie zuvor. Die Schmerzen, die sie in ihren Rippen und Wirbelsäule bei jedem Schritt hatte, erinnerten sie regelmäßig daran.

Sicherheitshalber zog sie sich die Kapuze über, damit niemand auf die Idee kam, sie anzusprechen. Dann trat sie in den Schatten der Bäume, um sich einen Überblick über das Gelände zu verschaffen. Die meisten Leute in Mela wohnten wie hier in drei- bis vierstöckigen Mehrfamilienhäusern, die mal in einer Reihe, hintereinander oder in einem Halbkreis zueinander standen. Dabei entstand in der Mitte eine freie Fläche, die entweder von einem Spielplatz mit uralten Spielgeräten und Sitzbänken, einer wild wuchernden Wiese oder einer undefinierbaren, halb zubetonierten Fläche ausgefüllt war. Das hier war irgendwie eine Mischung von allem. Außer, dass jemand in der Mitte noch eine Feuerstelle eingerichtet und sie mit Baumstämmen als Sitzmöglichkeit umsäumt hatte.

Immer wieder kamen und gingen die BesucherInnen dieses Events zu ihren Häusern, holten sich eine wärmere Jacke oder eine Gitarre oder verabschiedeten sich, weil sie noch woanders hinmussten. Mai beobachtete das Gewusel und ihr fiel auf, mit welcher Leichtigkeit und Ruhe die Menschen sich begegneten.

Dann kamen Nina und Kaal dazu, sie tauschten sich mit ein paar anderen aus und setzten sich dann. Kurze Zeit später tauchten zu Mais Überraschung Nick und Kolja auf. Nina und Nick unterhielten sich länger, während Kolja ins Feuer starrte.

Langsam trat Mai aus dem Schatten, steuerte einen freien Platz auf dem Baumstamm an und setzte sich dorthin. Natürlich registrierte Nina sofort ihr Auftauchen, hob eine Augenbraue und ging zu ihr rüber. Eine Zeitlang saßen sie wortlos nebeneinander. Mai fixierte das Feuer und ließ das Gemurmel um sich herum vorbeiziehen, ohne dem Impuls zu folgen, sich irgendwo einzumischen oder einzubringen. Einfach mal nichts machen. Vielleicht war es das, was die Leute brauchten. Nicht jemand, der immer parat stand, um ihnen zu helfen oder sie zu unterstützen, sondern Räume, in denen sie ohne Auftrag, ohne Agenda, ohne einen vorgegebenen Ablauf sein und einfach alles loslassen konnten. Klar, es gab wahnsinnig viele Angebote in der Stadt. Misha ging boxen, Petr tanzen, Kaal und Marc spielten in einer Band, Juri versteckte sich in einer verfallenen Bibliothek und Neev machte Sport im Park. Aber das alles war vielleicht zu spezifisch, zu zielgerichtet. Sie wollte so einen Ort für sich, dachte Mai. Und die Leute hier hatten sich den Abend dafür ausgesucht, den Übergang zwischen Tag und Nacht, viel besser als zusammen an einem Feuer konnte man diesen eigentlich nicht mehr gestalten.

„Wie geht es dir?", fragte Nina neben ihr.

„Mir tut alles weh", Mai zog die Kapuze runter, damit sie besser sprechen konnten.

„Aber du bist wieder auf den Beinen?", Ninas Blick war fest auf das Feuer gerichtet.

„Hier und da, ja."

„Und Red?"

Mai atmete tief ein und aus, rieb sich über den Haaransatz. „Es gab einen Streit, er ist wieder in der Hauptstadt."

„Das tut mir leid", Nina schaute zu ihr rüber und Mai fand, dass sie erschöpft aussah.

„Was ist mit der Versorgungssituation?"

„Ich bin nonstop im Einsatz, um die Infrastruktur am Laufen zu halten und die Versorgungslücken zu

kompensieren, so wie die meisten städtischen MitarbeiterInnen", seufzte sie.

„Shit", murmelte Mai. Das konnte so nicht weitergehen. Früher oder später würden sie wie eine belagerte
Stadt aufgeben oder erhebliche Verluste hinnehmen müssen.

„Du darfst dich selbst nicht so unter Druck setzen",
sagte Mai und legte ihre Hand auf Ninas.

Diese lachte trocken. „Ach ja? Erstens, du hast gut reden. Und zweitens, soll ich einfach tatenlos zuschauen,
wie alles den Bach runter geht? Oder spielst du auf etwas
anderes an?"

Mai schaute sie bloß bedeutungsvoll an.

„Du wusstest es schon natürlich. Dass wir ein Baby
erwarten", Nina schloss die Augen und atmete aus. „Ich
habe es vor ein paar Tagen erfahren. Wir haben uns ge-
freut. Aber ich habe auch Angst. Jetzt scheint der absolut
schlechteste Zeitpunkt zu sein, um schwanger zu sein. Ich
weiß nicht, wie ich das schaffen soll", sie legte eine Hand
auf ihren Bauch und Mai konnte den Herzschlag des kleinen Wesens durch den Kontakt zu Ninas anderer Hand
spüren. Sie war nicht darauf vorbereitet, wie froh und
traurig sie das winzige pumpende Organ fühlen ließ.

„Ich freue mich sehr für dich", sagte Mai mit belegter
Stimme. „Und werde alles versuchen, um das Schlimmste
abzuwenden. Gibt es denn neue Nachrichten von meinem
Vater?"

Nina schüttelte den Kopf. „Nur die üblichen Mutma-
ßungen in der Medien. Gerüchte, dass er die Stadt kaufen
will, dass er sich mit Maana zusammengetan hat, dass er
einen großen Coup plant, von dem das Chaos in Mela ab-
lenken soll. Und so weiter. Also nichts Gutes."

„Okay, ich werde mir die Sache näher anschauen, vielleicht bekomme ich noch etwas raus."

Sie verfielen wieder in ein Schweigen und Mai spürte ein paar Blicke der Umstehenden auf sich ruhen, wollte sich die Kapuze überziehen, widerstand aber dem Drang. Es hätte nicht dazu beigetragen, dass man sie weniger anstarrte.

„Es tut mir leid, was ich gesagt habe", kam es plötzlich wieder von Nina.

„Mach dir bitte keinen Kopf. Und mit ein paar Sachen hattest du recht."

„Ich will nicht, dass noch mehr Leute um mich herum sterben. Und du hast etwas Selbstzerstörerisches an dir."

„Hmm. Dasselbe hat Red auch gesagt", stutzte Mai.

„Hast du ihn deshalb weggeschickt?"

„Seit wann kannst du Gedanken lesen?", Mai hob eine Augenbraue.

„Du bist ein offenes Buch."

„Dabei gebe ich mir so viel Mühe, eine mysteriöse Aura aufzubauen."

„Das ist deine Hauptintention?", schmunzelte Nina.

„Nein, ich will lieber rausfinden, wie man ein Leben zwischen Verzweiflung und Sehnsucht navigiert, wie man im selben Moment hoffnungsvoll und traurig sein kann, wie etwas wachsen und im selben Prozess eingehen kann. Dieser Umstand treibt einen doch in den Wahnsinn."

„Das ist nun mal das ganze Spektrum, das ganze Spannungsfeld, es geht nicht anders als diese Widersprüche und Kontraste auszuhalten."

„Hmm", Mai stützte ihr Kinn auf die Hand. „Und wie, auf welche Weise?"

„Das werden wir noch herausfinden, oder?"

Sie saßen noch lange da, es wurde dunkler und nach und nach gingen die meisten Leute nach Hause. Auch Mai verabschiedete sich schließlich und trat den Heimweg an. Als sie an Reds Haus vorbeikam, zwang sie sich, einen Zwischenstopp einzulegen und ihm eine kleine Notiz zu hinterlassen. Egal, wo er jetzt war und wie sie zueinander standen, er war immer noch in ihren Gedanken und sie wollte ihm kurz erzählen, was sie mit Nina besprochen hatte. Auch wenn er das niemals lesen würde.

Als sie vor ihrer Haustür ankam, sah sie, dass ein Umschlag davor lag. Hatte Red ihr in der Zwischenzeit auch einen Brief geschrieben? Mai hob das beige Papier auf und öffnete die Klebefläche. Darin war ein Foto von ihr und ihrer Tochter Elena. Mai hielt sie auf dem Arm und sie beide lächelten in die Kamera. Sie drehte das Foto um. „Ruf mich bitte an", hatte ihr Vater draufgeschrieben.

Mai ging ins Haus, legte das Foto auf den Tisch vor sich und starrte es an. Sie hatte so lange schon keine Aufnahme von Elena gesehen. Es war wie aus einer anderen Welt. Auch Mai war damals viel jünger gewesen, noch nicht einmal volljährig. Bildete sie sich das nur ein oder sah sie auch Schmerz und Freude auf ihrem eigenen Gesicht? Damals hatte sie gedacht, das Schlimmste sei überstanden und sie könnte jetzt glücklich werden. Sie hatte sich massiv getäuscht. Das würde ihr nicht nochmal passieren. Das Leben war kein ausgeglichener Wechsel zwischen Gut und Böse, Glück und Leid oder Schatten und Licht. Es war bloß ein Chaos, durch den sie alle stürzten und dabei so gut wie möglich versuchten, sich aneinander festzuhalten.

Sie stellte das Foto auf das Regal, auf dem Misha diverse Gläser mit zweifelhaftem Inhalt gesammelt hatte.

Mai hatte diese Zeit aus ihrem Kopf geschoben, so gut es eben ging, fiel ihr mit einem Mal auf. Aber hier war sie und war es vielleicht schon immer gewesen.

Mai machte sich auf dem Weg zu Neevs Büro. Das war das Beste, was ihr einfiel. Dort ließ sie sich in die Räume, mit Telekinese ließ sich jedes Schloss öffnen. Setzte sich auf Neevs Arbeitsplatz und schaltete den Computer ein. Wählte die Nummer ihres Vaters. Schaltete aber die Videoübertragung aus. Hatte erwartet, dass niemand oder Bernhard dran ging. Doch dann knackte es in der Leitung und ihr Vater sagte „Hallo".

„Hey", erwiderte Mai und setzte sich mit dem Headset auf den Boden, lehnte sich mit dem Rücken an Neevs Regal.

„Mai? Es ist mitten in der Nacht."

„Du wolltest, dass ich dich anrufe. Warum hast du mir das Foto geschickt?"

Es entstand ein längere Pause.

„Und wieso setzt du meine Stadt so unter Druck? Willst du alles in Schutt und Asche legen, ist das dein Wunsch?", sie krallte ihre Nägel in den Teppich unter sich, um nicht aufzuspringen und etwas zu zerstören.

„Es tut mir leid", kam von ihm und Mai wartete, ob dem noch etwas folgen würde.

„Ich habe mich verkalkuliert", sagte er schließlich und Mai hob die Augenbrauen, wartete auf weitere Erklärungen.

„Es gibt einen Deal mit Maana, Mela ein für alle Mal dem Erdboden gleich zu machen", fuhr er fort. „Damals hielt ich es für eine gute Idee, dabei mitzumachen. Die Konzernleitung ist auf mich zugekommen, nachdem wir bei Ferra so gut miteinander zusammen gearbeitet hatten.

Sie wollten, dass Mela dasselbe Schicksal ereilt. Sagten, die Stadt ist voller Dissidenten, Whistleblower, Abtrünniger und Hetzer. Und als du dich ihnen dann angeschlossen hast, da brauchte ich nicht lange zu überlegen, um da mitzumachen. Um dich aus dieser Propagandamaschine zu befreien. Und im Zuge dessen ging mir auf, dass das alles nur mein Fehler war, weil wir nie die Vergangenheit aufgearbeitet haben."

„Bist du verrück?", rief Mai. „Warum bist du nicht einfach zu mir gekommen und hast mit mir gesprochen?"

„Du weißt, das kann ich nicht. Alles, was ich beherrsche ist die Sprache der Wirtschaft, da bin ich handlungsfähig", sagte er in einem seltenen Anfall von Selbstreflexion.

Mai schnaubte. „Das ist nicht gut genug. Lass die Stadt aus deinen Fängen. Ich komme auch zurück, aber zuerst lässt du die Waren wieder fließen wie vorher."

„Es liegt nicht mehr in meiner Hand", seine Stimme war weit weg. „Die Prozesse haben sich verselbstständigt. Ich muss jetzt den Wirtschaftslogiken folgen. Die Kooperation mit Maana aufrecht erhalten, zusammen die Stadt zerstören und danach haben wir unseren Marktanteil noch weiter ausgebaut, immerhin. Ferra hat die Zerschlagung auch überstanden, vielleicht geht es den Leuten jetzt sogar viel besser als vorher. Es gibt jetzt viel zu tun. Aber wir können uns trotzdem treffen, wann darf ich dich für das Mittagessen erwarten?"

„Verdammt", rief Mai und sprang auf. Ihre Rippen schmerzten. „Ich werde dich und Maana in Schutt und Asche legen. Und wenn es das letzte ist, was ich tue, auch wenn ich dabei wie ein Feuer aufgehe und in tausend Stücke gerissen werde. Damit du am eigenen Leib spürst, wie es ist, wenn jemand sich einem aufzwängt und alles zerstört, was man hatte. Die Maana-Leute haben mich abgeschossen und mir jeden Knochen in meinem Körper gebrochen. Dafür werde ich deinen Scheiß-Konzern pulverisieren und die Überreste ins All schleudern. Ich werde explodieren, dich mitreißen und danach wird nichts mehr so sein, wie es war."

Sie riss sich das Headset vom Kopf und stürmte raus.

31

Mai konnte nicht glauben, dass sie schon wieder so unsagbar wütend war. An Schlaf oder Gespräche war nicht zu denken. Stattdessen lief sie in der Stadt und zu Hause Kreise, ergab sich Zerstörungsphantasien, bis sie nicht mehr konnte und erschöpft ins Bett fiel. Aber auch danach war es nicht besser. Immer wieder sah sie das Bild von Elena und überlegte, es abzuhängen, aber trotz allem brachte sie sich nicht dazu. Ihre Tochter sollte einen Platz in ihrem Leben haben, oder? Auch wenn sie in einem furchtbaren Strudel aus Leid, Ohnmacht und Überforderung geboren und gestorben war.

Mai kauerte mangels Sofa neben ihrem warmen Ofen. Auch nach ein paar Tagen war sie sich immer noch sicher, dass sie nichts von dem umsetzen konnte, was sie ihrem Vater an den Kopf geworfen hatte. Das war die Realität. So sehr sie zu seinem Firmengelände fliegen und dort seine wertvollsten Maschinen zerstören wollte, so wenig Sinn machte das Ganze, außer, dass sie sich abreagieren konnte. Ändern würde es gar nichts. Vielleicht sogar gerade das Gegenteil bewirken, den Konflikt noch weiter eskalieren lassen. Und Mela litt gerade schon genug.

In einem Akt aus Selbstsabotage und unendlichem Frust, entschied Mai sich zu etwas völlig anderem. Sie duschte, machte sich fertig, schrieb Nina, Neev und Misha einen Zettel und machte sich bei Einbruch der Dunkelheit auf dem Weg in die Hauptstadt. Ihren Rippen und Rücken ging es schon besser und sie brauchte Abstand. Ein langer Flug war hier genau das richtige, so redete sie es sich ein.

Nein, sie wollte nicht Red suchen. Wollte nicht sehen, wie gut es ihm ging. Dass er ohne sie sehr viel glücklicher war. Nein, sie wollte sich nicht absichtlich Schmerz zufügen, damit es ihr noch miserabler ging.

In einer Rekordgeschwindigkeit kam sie in der riesigen und trubeligen Stadt an. Landete auf dem Flachdach eines fünfstöckigen Wohngebäudes und atmete ein paar Mal tief ein und aus. Setzte sich in den Schneidersitz und betrachtete die Stadt von oben mit ihren vielen blinkenden, Lichtern, ihrem dichten Straßenverkehr, dem Lachen und Schreien von Menschen, dem Hupen und Motorendröhnen. Mela dagegen war als Stadt ohne motorisierten Individualverkehr eine Insel der Langsamkeit und Ruhe.

Jetzt mit dem Abstand konnte Mai sehen, dass sie selbst schuld war, wenn sie die Spiele ihres Vaters mitspielte. Sie war seine Komplizin und es brachte nichts, sich in der Opferrolle zu suhlen. Außerdem musste sie sich daran erinnern, dass sie ihm nicht immer alles glauben konnte, was er von sich gab. Nicht, dass er absichtlich lügen würde. Aber gerade in den letzten Monaten hatten sich seine Angaben plötzlich gewandelt und erschienen schnell in einem anderen Licht, als er vorgegeben hatte. Sie durfte sich davon nicht mehr so aus der Fassung bringen lassen und musste ihre eigene Agenda verfolgen. Wenn sie nur wüsste, wie.

In einer Stadt, in der so viele Lichtpunkte blinkten, war es schwer, Red zu lokalisieren. Wenn sie ihren inneren Radar einschaltete, dann war da einfach ein riesiger Haufen von Signalen und sie konnte nicht ausmachen, wo er sich befand. Also schlenderte sie Stunde um Stunde durch die großen breiten Straßen, die in der Nähe des Zentrums lagen und in denen die großen Villen und fast schon Paläste verortet waren, in denen sich die ihresgleichen aufhielten.

Am Tage erschien diese Gegend wie ausgestorben und nach außen machten diese Häuser den Eindruck, als würden da betagte Leute, Regierungsvertreter oder Deligationen aus anderen Kontinenten wohnen, die nie zu Hause waren. Deswegen kümmerte sich niemand groß um die herrschaftlichen, ausladenden, fast prunkvollen Straßenzüge.

Aber sobald die Dunkelheit anbrach, da kamen die fliegenden und gedankenlesenden Gestalten aus ihren Verstecken und schwirrten in den Gärten und Parks der Anwesen, veranstalteten Partys mit reichlich lauter Musik, die sie von der Außenwelt abschirmten, und tanzten die Nächte durch, betranken sich und gaben sich einander hin. Es war eine seltsame Dynamik, die da Einzug hielt und der Mai nicht viel abgewinnen konnte. Auf der einen Seite war hier das Zentrum mit den bestausgebildetsten Nachtgestalten, die sich als Elitetruppe auch gegen internationale Bedrohungen zur Wehr setzten und Nachwuchs rekrutierten. Auf der anderen Seite ließen sich dieselben Leute so gehen, wie sie es sonst noch nie gesehen hatte. Es gab wohl wahnsinnig viel Energie, die raus musste.

Dabei gab es auch keine inneren Hierarchien oder Ordnungen. Gruppen bildeten sich und Gruppen fielen auch wieder auseinander, keiner lenkte die Prozesse oder hatte eine Tagesordnung aufgestellt. Vielleicht funktionierte dieser Haufen auch durch fortgeschrittene Level von Gedankenlesen oder Gruppenbewusstsein, was wusste sie schon.

Mai streifte durch ein Haus nach dem anderen, schaute sich die Zusammenkünfte aus der Beobachterposition an. Das Gute war immerhin, dass sie überhaupt nicht auffiel. Die Leute hier waren alle in meist lange und skurrile Gewänder gehüllt, mit dramatischen Farben und ausgefallenen Stoffen wie Spitze, Tüll, Chiffon, Seide, Samt und Stickereien. Manche hatten eine Schleppe, andere verhüllten ihr Gesicht, mehrmals sah sie Flügel, Fransen und Fracks. Egal, ob es Männer oder Frauen waren, alles war möglich. Die Gesichter waren bleich oder bunt geschminkt, mit kunstvollen Perlen oder Pailletten verziert, es baumelten Ohrringe und Haarteile, Nägel waren spitz oder zackig, rund oder mit Metall versehen, manche waren barfuß, andere in überkniehohen Stiefeln. Sie tanzten in großen Sälen, zockten ihre eigenen Kartenspiele auf ausladenden Tischen, tanzten auf Tischen, spielten auf Tanzflächen, zogen sich halb auf Esstischen aus, auf denen noch Braten und Torten standen, hatten ihre Hände auf allen erdenklichen Körperteilen beim Spielen, Tanzen und Essen und irgendwie ging mit jeder fortschreitenden Stunde alles immer mehr in einander über, sodass Mai irgendwann Kopfschmerzen von dem ganzen Trubel, der dieser wahnsinnige Bienenstock, dieser außer Kontrolle geratener Ameisenhaufen, diese unbegreifliche Ansammlung von Menschen war und da entdeckte sie mit einem Mal Red.

Sie saß gerade auf einer Empore, an einem kleinen runden Tischchen und schaute durch das Geländer nach unten auf das Treiben der anderen. Eine durchdringende Hardcore-Musik spielte im Hintergrund, während die Leute miteinander lachten, sich mit ihren Kräften hin und her schubsten, über den Boden rollten, dann wieder ein paar Meter durch die Luft flogen, sich gegenseitig Alkohol einflößten oder sich auszogen. Und Red war mittendrin in dieser Gruppe von fünf Leuten. Ein Mann war hinter ihm und zog ihm das Jackett aus, das Mai noch kannte, eine

Frau vor ihm, er küsste gerade ihren Nacken. Sie allen schwankten und stießen sich die Köpfe und lachten.

Natürlich konnte Mai nie bei dieser Körperlichkeit mitmachen. Natürlich konnte sie Red nie das geben, was er sich ersehnte. Natürlich war sie viel zu verstockt, um sich da reinzuwerfen. Und doch konnte sie die Augen von dem Schauspiel nicht abwenden. Es war, als würde ein Messer sich in ihr Inneres bohren und dann drehte jemand auch noch an der Klinge. Der Schmerz dabei war nicht unangenehm. Es war fast eine Genugtuung. Eine Bestätigung dessen, was sie die ganze Zeit vermutet hatte. Dass sie nie die richtige Person für Red sein konnte. Dass er hier viel besser aufgehoben war. Ein ehrlicher Schmerz war besser als eine verlogene Freude.

Sie sah sein ausgelassenes Lachen, seine roten Wangen, seine verstrubbelten Haare, seine unfokussierten Augen, die sich in dem Geschehen verloren. Er war frei und glücklich, gab sich dem freien Spiel und dem Tanz hin. Während Mai die Zähne aufeinanderpresste und das Messer in ihr rumorte. Genug davon. Abrupt stand sie auf. In diesem Moment glitt Reds Blick nach oben und ihre Augen trafen sich. Er hielt inne und das Lächeln fiel aus seinem Gesicht. Die Musik machte eine kurze Pause, während das Geschehen um sie herum weiterging.

Mai konnte sich nicht abwenden, ein paar Sekunden verharrten sie in ihren Positionen. Dann setzte das nächste Lied ein, Red rief etwas, versuchte sich aus den Körpern um ihn herum zu befreien. Mai konnte nicht hören, was er sagte, es waren zu viele Stimmen und Gedanken im Raum. Eine junge Frau schob ihn zurück in die Umarmung des Mannes, küsste ihn auf den Mund und Mai drehte sich um, flog aus dem nächstgelegenen Fenster und verschwand in der tiefsten Dunkelheit der Nacht.

32

Etwas Gutes hatte die ganze Angelegenheit: Mai hatte auf ihrem Heimflug eine Idee, wie sie das Spiel der Kräfte um Melas Schicksal umdrehen konnte. Das ausgelassene Feiern der Menschen hatte etwas in ihr bewegt. Melas Konfliktstrategie hatte zu lange darin bestanden, sich zu verstecken und den Drohungen aus dem Weg zu gehen. Und Mai allein konnte nicht alle Gegner eliminieren, das war klar. Vielleicht aber konnte die Stadt aber auch auf die Tische steigen und die Musik aufdrehen, vielleicht war es an der Zeit, die Initiative zu ergreifen.

Als sie an der Stadtgrenze angekommen war, hielt sie kurz inne und schaute zurück. Sie ging davon aus, dass Red ihr nicht folgen würde, nachdem sie ihn so feige beschattet und sich dabei völlig blamiert hatte. Aber sicherheitshalber legte Mai einen Bann um die Stadtgrenzen, der das Eintreten von Red verhindern würde. Denn jetzt brauchte Mai keine Ablenkung, sondern musste sich voll und ganz auf die kommenden Ereignisse konzentrieren.

Über der Stadt schwebend, wusste Mai nicht, in welche Richtung sie zuerst gehen sollte. Zuerst mit Neev, Nina und Misha über ihre Ideen sprechen? Oder direkt auf die Stadtverwaltung zugehen? Eine öffentlichkeitswirksame Ankündigung auf dem Marktplatz starten? Mai ließ sich in dem lauen Sommerwind vor und zurücktreiben, unter ihr die noch tief und fest schlafenden Menschen.

Wenn sie ihren Geist rausschickte, dann konnte sie die tausenden von Träumen spüren, durch die die BewohnerInnen stromerten, viele der Traum-Bilder und Traum-Geschichten waren ihr bereits so vertraut, als wäre sie schon immer ein Teil von Mela gewesen. Da war die junge Frau, die immer vor etwas Unheimlichem flüchtete, der Jugendliche, der durch eine enge Stelle im Felsen kriechen musste, der ältere Mann, der von Wasser umspült wurde und keinen Halt mehr hatte, das kleine Mädchen, das die glühenden Augen eines Tieres im Wald sah, die Mutter, der das Kind verloren ging, und die Frau, die ihre Abschlussprüfungen nochmal schreiben musste.

Und da wusste Mai, dass sie keinen Plan brauchte, sondern dieser sich vor ihr entfalten würde. Hoffentlich. So genau wusste man das von Plänen auch nicht. Aber sie würde erstmal dahin gehen, wo sie gerufen und gebraucht wurde und würde mit den Leuten reden und schauen, für welche Experimente und welche Art von Tanzen auf den Tischen sie bereit waren.

Also flog sie hinab und hielt die Hand eines Menschen, der Angst hatte, die Nacht nicht zu überleben; kühlte die sonnenverbrannte Haut einer Jugendlichen; betrieb Sternenkunde mit einem Jungen, der nicht schlafen konnte; schaukelte ein Baby, das unruhig war; schloss die Augen von jemanden, der die Welt verlassen hatte und führte unzählige Gespräche über Zukunftsängste, Versorgungsengpässe, Leistungsdruck und die Schwere des Lebens.

So ging das ein paar Nächte und Mai hatte nach und nach das Gefühl, wieder geerdet zu sein. Das Drama mit Red rückte in den Hintergrund. Das Foto ihrer Tochter schien sie nicht mehr so zu verbittern wie am ersten Tag. Der Gedanke an ihren Vater war voller Unheil, aber zog ihr nicht mehr vollständig den Boden unter den Füßen weg. Dafür hatte sie zu viele Tränen getrocknet, zu viele Schmerzen gelindert, zu viele glühende Köpfe gekühlt, zu viele Gedankenspiralen durchbrochen und zu viele Finger mit ihren verschränkt.

Die Freitagabende und -nächte waren dabei oft von besonderer Intensität, irgendwie schien sich da bei den Leuten etwas zu verdichten, einiges aufzubrechen, vieles zu zerfallen. Nach einer dieser Nächte fand Mai sich am Samstagmorgen auf dem Marktplatz wieder und beobachtete zunächst das rege Treiben, das Aufbauen der Stände, die Sonne, die immer höher stieg, die Leute, die aus allen Straßen mit ihren Einkaufstaschen und Körben geströmt kamen.

Mai stellte sich auf ein paar Treppenstufen, um das Gewusel überblicken zu können, schloss die Augen und rief alle Leute, zu denen sie eine Verbindung hatte, mit ihren mentalen Kräften zu sich. Hoffentlich hatten sie nicht vorgehabt, lange auszuschlafen, im Bett zu frühstücken oder einfach mal nichts zu machen. Diese Pläne musste sie jetzt leider durchkreuzen. Wenn sie denn kommen wollten. Jedem blieb es selbst überlassen, der Aufforderung zu folgen. Noch hatte Mai keine Fähigkeiten, sich die Massen ihrem Willen unterzuordnen, dann würde sie die Sache anders angehen. Nein, das war natürlich nicht ihr Ziel. Das alles funktionierte nur, wenn die Stadt voll und ganz hinter ihr stand.

Aber würde sie das? Mai runzelte die Stirn. Was, wenn niemand kam, wenn die Leute lieber ihre Depressionen kurierten, statt sich neuen Ängsten und Unsicherheiten auszusetzen? Und wer konnte es ihnen übel nehmen? Die Welt schien ihrer Eigenlogik zu folgen, die die Menschen weder verstehen, noch in sie eingreifen konnten. Und in diesem Moment noch mehr aufs Spiel zu setzen schien nun wirklich abwegig.

Mai blickte wieder auf und sah, dass so viele Augen auf sie gerichtet waren. Sie zog ihre Kapuze ab und schaute durch die Menge. Der Platz war jetzt bis zur letzten Ecke mit Menschen gefüllt, die sie neugierig betrachteten. Wow, jetzt kam sie aus der Sache wohl nicht mehr raus.

„Danke, dass ihr gekommen seid", verkündete Mai und auch die letzten Gespräche erstarben, eine Stille trat ein, die nur noch durch das Gegluckse eines Babys und Gebell eines Hundes unterbrochen wurde. „Viele von euch haben mitbekommen, dass Mela aus unterschiedlichen Richtungen immer mehr unter Druck gesetzt wird. Wieder scheinen wir durch die herrschenden Kräfte, die sich unserem Einfluss entziehen, egal wie sehr wir strampeln, zermalmt zu werden und dieser permanente Überlebenskampf ist auf lange Sicht ermüdend und demoralisierend."

Mai hielt kurz inne, ließ ihren Blick über die Köpfe wandern und war froh, sehr viele bekannte Gesichter zu sehen. Von überall her wurde gefilmt, was ihrem Plan sehr zugute kam.

„Wie wäre es, wenn wir unser Schicksal selbst in die Hand nehmen und wenigstens *einmal* die Protagonisten in unserem eigenen Leben sind?", Mai stieß sich ab, machte einen großzügigen Sprung und landete auf dem Tisch eines Gemüseverkäufers, der schon halb aufgebaut hatte. Der arme Mann wich erschrocken zurück, ein Raunen ging durch die Menge und fünf Äpfel kullerten auf den Boden.

„Ihr könnt mich gleich in Tausend Stücke reißen, wenn ihr meine Idee bescheuert findet, das gestehe ich euch zu, aber hört mich vorher an", fuhr sie fort. „Wie wäre es, wenn wir gleich aufgeben, wenn wir uns hier und jetzt und unmittelbar für alle, die uns vernichten wollten, zum Abschuss frei geben? Wenn wir uns am helllichten Tag und für alle in der Welt sichtbar und hörbar auf den Präsentierteller stellen und rufen: Ihr könnt uns abknallen, ihr könnt uns verschrotten, ihr könnt uns den Saft abdrehen. Aber macht es nicht in der Nacht, nicht durch indirekte Aktionen und Verschwörungen, nicht durch verschleiertes Strippenziehen und Unterdrucksetzen. Kommt zu uns und holt euch all die Whistleblower, unbequemen Wissenschaftler, geflohenen Gewerkschaftsvertreter, verstoßene Söhne und Töchter, all die Regelbrecher und Falschspieler, die ihr hier vermutet. Wir sind nicht bewaffnet, wir können uns nicht wehren, wir werden uns nicht verstecken. Ich habe meinen Schild zu Hause gelassen und bin die erste, die sich hierherstellt, bereit für die Verkündung meines Urteils. Wer sich auch immer mir anschließen will, wir sind hier."

Einen Moment herrschte Stille. Selbst der Hund hatte aufgehört zu bellen. Das Baby knatschte vor sich hin. Es waren Schritte zu hören. Mai traute sich nicht, genau hinzuschauen. Vielleicht taten gleich alle, als wäre nichts gewesen und fuhren mit ihren Einkäufen fort. Und sie hatte sich bloß blamiert. Aber dann stieg Nina zu ihr auf den Tisch.

„Bist du verrückt geworden?", flüsterte sie Mai ins Ohr. „Natürlich stehe ich dazu", rief sie kämpferisch im nächsten Moment. „Ich bin Nina Fein und welcher Konzern mich auch immer eliminieren will, hier bin ich!"

Als nächstes kam Juri zu ihnen. Mai hatte etwas Bedenken wegen der Stabilität des Tisches. „Ich bin Juri Myslitel und stehe mit meinen Mitmenschen, ich bin zum

Abschuss freigegeben, wer auch immer daran interessiert ist." Aber der Tisch hielt.

Die Leute fingen an wild durcheinander zu reden. Kolja stieg auf einen anderen Tisch, während Nick ihm ängstlich zuschaute. Misha gesellte sich zu ihm und dann verlor Mai den Überblick, überall standen Leute auf den Tischen und Bänken, riefen ihre Wut und ihren Frust heraus, wurden angefeuert und hielten leidenschaftliche Reden, weinten bitterlich und lachten schallend. Es war etwas absurd, aber besser, als Mai es sich jemals vorgestellt hatte.

Langsam löste sich die Veranstaltung in eine Unordnung auf und Mai schlängelte sich durch das Gedränge, um an den Rand des Ganzen zu gelangen. Man brauchte sie auch nicht mehr, die Leute waren jetzt mit sich selbst beschäftigt. Sie kam an ein paar von ihnen vorbei, die lautstark diskutierten, ob das alles eine gute Idee war und ob man Mela nicht noch mehr in Gefahr brachte. Andere nutzten die Gelegenheit, um einfach Party zu machen. Es wurde Alkohol konsumiert, getanzt, gestritten und geschimpft. So hatte Mai die Stadt noch nie erlebt.

„Ich bin nur wegen der Kommentare hier", rief neben ihr jemand seinem Kumpel zu und grinste. Mai schüttelte den Kopf.

Erstaunlicherweise ging es die nächste Zeit so weiter. Die Leute trafen sich nicht jeden Tag und auch nicht immer am selben Ort. Aber es gab immer wieder Versammlungen, große Ansprachen, manchmal arteten die Aktionen aus und es wurde randaliert und sich geschlagen. Mai kam immer dazu, soweit es ging und weilte einer gespielten Enthauptung im Park bei, runzelte die Stirn über das

Anzünden von Sperrmüll in einem Wohngebiet und das Demolieren von bereits längst verrotteten Bestandteilen des alten Industriegebiets. Dabei fiel ihr ein turmähnliches Gebäude auf, welches dort stand. Es war zwei bis drei Stockwerke hoch und hatte oben eine Kuppel aus Eisenstangen, in der nur noch Glasscheiben fehlten. Das ganze roch nach einem Werk von Nina und Mai fand es wunderschön. Zu schade, dass sie schon ein tolles Haus hatte.

In den Nachrichten war es ungewöhnlich ruhig. Gar nicht so viele Medien hatten von Melas Durchdrehen berichtet. Es war doch eine sehr kleine Stadt, die im weltweiten Geschehen schnell unterging, überlegte Mai. Das war völlig okay. Aber es gab auch keine neuen Nachrichten aus Neu! und Maana. Nichts. Keine Meldung über neue Deals, keine Bilanzen, keine Umstrukturierungen oder neue Produktpaletten. Auch ihr Vater war wie von der Bildfläche verschwunden, keine Anrufe, keine neuen Fotos von Verstorbenen, keine Briefe. Mai hoffte, dass das nichts zu bedeuten hatte.

Natürlich, mit der Zeit verliefen sich die Aktionen und die Leute wandten sich wieder ihrem Alltag zu. Aber immerhin gab es keine neuen Anschläge auf Kolja und laut Neev hatte sich die Versorgungssituation wieder etwas entspannt, wenn auch nicht völlig gelöst.

„Denkst du nicht, dass es an der Zeit ist den Bann gegen Red aufzuheben?", fragte Nick sie, als sie zusammen zu seinem Atelier liefen.

Natürlich wussten irgendwie alle Bescheid darüber, dass Red aktuell eine persona non grata in Mela war, die Information hatte sich hier und da verbreitet. Mai wollte sich mit dem Thema eigentlich nicht auseinandersetzen, aber Nick ließ nicht locker.

„Weißt du, er ist ja auch mein Freund", fuhr er fort. „Und sein Wohlbefinden liegt mir am Herzen. Solange er verbannt ist, kann ich keinen Kontakt zu ihm aufnehmen. Und egal, was zwischen euch vorgefallen ist, Mela ist seine Heimatstadt und er sollte das Recht haben, hierher zurückzukehren, wenn er das überhaupt möchte."

„Du hast ja recht", quetschte Mai zwischen den Zähnen hervor. So hatte sie das bisher noch nicht gesehen. Natürlich, sie hatte mal wieder nur auf ihre Bedürfnisse geachtet. „Ich werde mich darum kümmern."

„Gut", lächelte Nick. „Wer weiß, wie lange Mela noch steht. Da muss jeder Tag genutzt werden, wenn wir erst dem Erdboden gleichgemacht werden…"

„Das wird nicht passieren."

„Wahrscheinlich nicht", seufzte Nick, „aber unser Tanz hat ganz sicher ein paar alte Geister geweckt und was die so vorhaben…"

„Vielen Leuten hat das Angst gemacht und nicht wenige sind ausgereist", sinnierte Mai, „natürlich sind es immer die gut ausgebildeten an der kritischen städtischen Infrastruktur, die zuerst gehen."

„Ich hab's mitbekommen. Wir werden sehen, wie es weitergeht."

„Exakt", stimmte Mai ihm zu und flog davon.

Als sie kurz darauf über der Stadt schwebte, dachte sie wieder an Nicks Worte. Atmete ein paar Mal tief ein und aus, machte eine ausladende Handbewegung und hob den Bann gegen Red auf.

33

Red schreckte in seinem Bett hoch. Weil er nur vorübergehend in der Stadt war, nächtigte er in einem kleinen Zimmer im Untergeschoss einer Villa in einem Etagenbett, bei dem die Decke so niedrig war, dass er sich immer wie in einem Sarg vorkam. Aber hier unten in dem fensterlosen Raum war es tagsüber wenigstens stets dunkel und er konnte immer ganz gut schlafen. Auch die drei anderen atmeten regelmäßig vor sich hin.

Eine Last war von seinem Brustkorb genommen worden, so die plötzliche Empfindung. Eine Last, von der er bisher nicht gewusst hatte, dass sie da war. Aber plötzlich konnte er wieder freier atmen, welche Wohltat.

Es musste mit Mais Bann zusammenhängen, so der spontane Gedanke. Als sie sich das letzte Mal gesehen hatten, da war sie wie der Wind davon gerast und er hinterher. Aber nicht schnell genug. Sie hatte ihn aus der Stadt ausgeschlossen und er war bei der Stadtgrenze wie gegen eine unsichtbare Mauer geprallt. Ihr erratisches Verhalten hatte ihn zunächst geärgert, aber dann hatte er es in den Hintergrund geschoben.

Interessant wurde es, als die Nachrichten aus Mela reingekommen waren. Die Stadt war wohl etwas durchgedreht. Da war die Rede davon, dass die Leute ihren eigenen Untergang feierten, lieber selbstbewusst und mit erhobenen Haupt niedergemacht wurden, als schleichend ausgehungert zu werden. Red konnte das gar nicht glauben. So hatte er seine Heimatstadt noch nie erlebt. In Krisen war es üblicherweise so, dass die Melaner sich zurückzogen und kollektiv in Depressionen verfielen. Aber das? Allerdings konnte die Strategie aufgehen. Red hatte seitdem keinen Piep von Maana oder Neu! gehört. Entweder hatten beide das heiße Eisen Mela wieder fallengelassen oder bereiteten ihren großen Gegenschlag vor. Denn die ganze Aktion war zu sehr eine Demütigung gewesen, als dass man sie einfach stehen lassen konnte, so schätzte Red.

Aber jetzt stand er erstmal auf, packte seine wenigen Habseligkeiten in die Seitentaschen und verließ die unterirdischen Schlafräume. Oben, in den großen Sälen und Durchgängen war immer noch alles voller Unordnung und Müll von den Gelagen der letzten Nacht. Red hielt sich die Hand vor die Augen, um das penetrante Sonnenlicht abzuschirmen und verschwand erstmal im Bad.

Als er zurückgekommen war, fühlte er sich schon etwas besser und stieß die großen Türen auf, um nach draußen auf die Terrasse zu treten. Dem Sonnenstand nach zu urteilen musste es Nachmittag sein. In dem ganzen Anwesen war niemand zu sehen oder zu hören, alle waren noch im Tiefschlaf. Aber Red wusste, dass er heute die Hauptstadt verlassen musste.

Da ein ungeschriebenes Gesetz es ihm verbot, tagsüber zu fliegen, um die Leute nicht unnötig zu verwirren, musste er wohl erstmal laufen. Es war wie an seinem ersten Tag, an dem er sich mit letzter Kraft aus Mela hierher geschleppt hatte, zu Fuß, via Zug und Trampen. Hunderte von Kilometern. Wie er das geschafft hatte? Er konnte es sich jetzt nicht mehr vorstellen.

Damals war es so gewesen, dass er wie gegen widrige Winde und bergauf gelaufen war, mit schrägen Regen im Gesicht. Jetzt aber spürte er mit einem Mal einen Zug, einen Antrieb, zurückzukommen. Als wäre in einem stickigen Zimmer endlich das Fenster geöffnet worden. Als würde er mit einem Mal bergab laufen. Es war aber nicht Mai, die ihn rief, es war eine andere Stimme. Eine, die er nicht identifizieren konnte. Die ihm aber merkwürdig vertraut vorkam. War es Nick oder jemand von den anderen? Red konnte es nicht sagen.

Er lief los und ließ alles andere hinter sich. Fühlte sich so Berufung an? Er wusste es nicht. Bis zum Abend überquerte er Straßen, Felder, Flüsse und Dörfer. Als die Dunkelheit endlich anbrach, hob er ab und flog. Der Windhauch, der ihn leitete, wirbelte ihn herum und mit einem Mal ging alles ganz schnell, bis Red schließlich Mela vor sich sah, in die Stadt hereinströmte und vor seiner alten Wohnung landete.

Bei der Landung stieß er sich das Knie und rollte zur Seite. Die Hose hatte einen Riss, es blutete etwas. Red blieb sitzen und starrte auf das Wohnhaus vor ihm.

Natürlich musste er ausgerechnet hierher kommen, dachte er bitterlich. Der letzte Ort auf der Welt, den er sehen wollte. Red stand auf, klopfte sich den Dreck von der Hose und humpelte auf die Eingangstür zu. Als er oben vor seiner Wohnung stand, musste er sich am Türrahmen festhalten, so überwältigend waren hier schon die Erinnerungen an die letzten Male, als er zu Hause gewesen war. Zu Hause. Nein, als das konnte er es nicht mehr bezeichnen, besser war Ort der Abgründe, Zufluchtspunkt von Verzweiflung, Sammelplatz von Ohnmacht. Wieder spürte er diesen Drang, wegzulaufen, sich abzuschießen, einfach nur von hier zu verschwinden und nie mehr wiederzukommen. Er gab einen unbestimmten Laut von sich und donnerte mit der Faust gegen die Tür. Vielleicht würde das etwas bringen.

Hinter ihm hörte er ein Türschloss und drehte sich um. Sein Nachbar, ein älterer Mann, der allein lebte, trat in den Hausflur.

„Frederick", sagte dieser und schob seine Brille hoch, wischte sich die weißen Haarsträhnen aus dem Gesicht. „Oh, ich habe dich schon so lange nicht mehr gesehen."

„Sorry für die Störung", murmelte Red. Es war sehr früh am Morgen, wenn er es richtig in Erinnerung hatte.

„Ich dachte schon du wärst…", der Nachbar machte eine unbestimmte Handbewegung. „Bin aber froh, dass du noch unter den Lebenden weilst", er lächelte schwach.

„Danke. Ich heiße jetzt Red."

„Wie?", der Nachbar hielt sich die Hand ans Ohr, als ob er nicht richtig gehört hätte. „Macht man das jetzt so? Die jungen Leute haben immer Ideen…", er schüttelte den Kopf. „Das wichtigste ist, dass du wiedergekommen bist."

„Es war nicht einfach. Und jetzt muss ich auch noch da rein", er schloss die Augen und schüttelte den Kopf.

Einen Moment lang schauten sie sich an und sagten nichts.

„Nimm dir die Zeit", sagte der Nachbar schließlich. „Und wenn du mich brauchst, ich bin nebenan. Wir alle sind eigentlich nebenan, um dich herum, ja?"

„Wie ist dein Name?"

„Klaus."

„Okay, danke Klaus, wirklich. Ich werde darauf zurückkommen."

Sie nickten sich zu und Red gab den Code ein, öffnete die Tür.

Im Eingang lagen wild verstreut dutzende von Zetteln, es waren bestimmt Beileidsbekundungen oder andere Briefe und Flyer, die er nur peripher registrierte und drüber hinwegstieg. Dann stand er schon im Flur, der in ein Wohnzimmer führte, von dem zwei Schlafzimmer abzweigten, links war noch die Küche und das Bad. Ein muffiger Geruch stieg ihm entgegen. Red lief weiter. Im Wohnzimmer lagen leere Schnapsflaschen und Müll, alte Kleidung, ein umgestürztes Regal, ein zerstörtes Sofa. Die Erinnerung an die Umstände dieses Vandalismus ließ in Red seinen Mageninhalt hochsteigen, als würde sein Innerstes nach außen gestülpt. Er stürzte auf die Toilette und erbrach sich ausgiebig. Danach sank er auf die kalten Kacheln und hörte nur noch seine schnelle Atmung.

Was machte er hier eigentlich, welchen Sinn hatte diese Selbstgeißelung? Irgendetwas hatte ihn hierher geführt, aber war es nur die Einbildung, dass es eine höhere Kraft gab, die ihm Wegweisungen gab oder war die Welt nicht viel eher eine Ansammlung von Zufällen und er versuchte auf klägliche Weise, diese Zufälle in eine sinnvolle Ordnung zu bringen, um nicht vollends zu verzweifeln?

Red richtete sich auf. Er wollte sich diese alberne Kleidung vom Leib reißen und seinen Namen im hohen Bogen aus dem Fenster werfen, all die Bewältigungsstrategien waren nichts als alberne Spielchen in einer Welt, die keinen Scheiß auf innere Zusammenhänge gab.

Er wusch sein Gesicht, spülte den Mund, trank Wasser und trocknete sich ab. Lief wieder zurück ins Wohnzimmer, stieg über das Chaos am Boden und öffnete das erste Mal seit über einem Jahr die Tür von Micks Zimmer. Der Kontrast konnte nicht größer sein. Ein sauberer rotorangener Teppich am Boden, ein gemachtes Einzelbett, Bücherregale gegenüber vom Fenster, welches von blauen Vorhängen umrahmt war, seine Gitarre lehnte an der

Wand, als würde er jeden Moment ins Zimmer kommen, sie zur Hand nehmen und anfangen zu spielen.

Die ersten Tränen kamen schnell und es folgten viele mehr, sodass Reds Gesicht fast zu zerfließen drohte. Wie um ihn zu ärgern fiel das erste Sonnenlicht herein und verbreitete eine Fröhlichkeit, von der Red meilenweit entfernt war. Er war mehr auf der immer dunklen Seite des Mondes. Es lag noch nicht einmal Staub auf den Buchrücken, das Holz des Schreibtisches glänzte, die Kleidung in dem Schrank duftete frischgewaschen. Nur Mick war nicht mehr da. Welcher Hohn.

Red setzte sich in die Mitte des Zimmers. Zog sein Jackett aus. Die Tränen waren jetzt weniger, eher kam jetzt die innere Leere wieder, die er schon im Bad verspürt hatte. Er saß bloß da im Schneidersitz und starrte auf seine Fußknöchel. Die Gedanken, die eben noch wild herumgerannt waren, ebbten jetzt ab und lösten sich auf wie Löschpapier im Wasser. Überhaupt war überall Wasser, er schien zu gleiten, zu fließen, wie in Zeitlupe zu fallen und unterzugehen. Die Worte, die vorhin noch so heftig hochgesprudelt waren, wurden weniger, an ihre Stelle traten Bilder, Eindrücke, seine Atmung, das Rauschen des Bluts in seinen Ohren. Red schloss die Augen. Da spürte er, ganz unmittelbar, die Präsenz von Mick. Er war so nah, als wäre er nie weggewesen.

„Ich bin nie weggewesen", hörte Red Micks Stimme und zuckte zusammen. Traute sich aber nicht, die Augen zu öffnen, um den Bann nicht zu brechen. Natürlich war Mick nur ein Produkt seines verzweifelten Gehirns, aber das war besser als nichts.

„Du warst schon immer der Verkopfte von uns beiden gewesen", sagte Mick und Red konnte das freche Grinsen auf seinem Gesicht fast schon sehen, wenn er sich anstrengte. „Es tut mir leid, dass ich nicht zurückgekommen bin, Frederick", sagte er jetzt ernst.

Red spürte, wie die letzten Widerstände in ihm zusammenbrachen. Als würden seine Knochen ihn nicht mehr halten, würden seine Muskeln und Sehnen davonschwimmen, würde seine Haut zu Staub zerfallen. Er musste sich hinlegen. Den Kopf auf den Teppich, die Hände auf den weichen Flaum.

„Es stimmt, ich bin nicht mehr in dieser Wohnung, nicht mehr auf dieser Welt", fuhr Mick fort, „durch eine Leichtsinnigkeit, eine Fehlkalkulation, von der ich dachte, es würde die Welt ändern. Wollte mich endlich für die gute Sache einsetzen. Aber es war umsonst, hat nichts gebracht. Ich kann es nicht mehr rückgängig machen, leider", Red spürte, wie Mick den Kopf schüttelte, „aber es ist dieser Weg, den wir beide gehen, der leider so leidvoll für uns beide war und ist. Aber gegangen werden muss. Ich kann es nicht anders erklären, es ist kompliziert. Es heißt aber nicht, dass wir uns für immer verabschieden müssen."

Red lag da und öffnete die Augen.

„Du träumst nicht, Bruder", lachte Mick. „Du hast nur in der Vergangenheit so viel Energie darauf verschwendet, mich auszuschließen, dass ich keine Gelegenheit hatte, zu dir durchzukommen."

„Warum hast du mich allein gelassen?", fragte Red in den Raum hinein und starrte an die Decke.

„Du bist nicht allein…"

„Oh doch", Red sprang auf, nahm eine Steinfigur vom Bücherregal und schleuderte sie gegen die Fensterscheibe, die mit einem Klirren zerbrach. Ein befriedigendes Geräusch. Dann marschierte er rüber, nahm eine Scherbe und schnitt sich die Pulsader durch, das Blut tropfte auf den perfekten Boden.

„Hör auf, Red", Micks Stimme entfernte sich. „Hör sofort auf damit, du willst bloß *mich* bestrafen, stimmt's?"

Red atmete schwer, ließ die Scherbe fallen.

„Ich bin gestraft genug, Bruder", Micks Stimme war jetzt sehr leise. „Weißt du was, wir müssen da zusammen durch? Verstehst du? Nicht du gegen mich, du gegen dich. Wir zusammen."

Red fiel auf den Boden, hielt sich die Hände vor das Gesicht, verteilte dabei das Blut überall auf sich.

„Wenn du es willst bin ich immer bei dir", sagte Mick.

„Okay", krächzte Red und nahm die Hände runter, legte sie neben sich ab. Schmeckte sein eigenes Blut auf den Lippen. „Ich will, dass du an meiner Seite bist. Wie würde das gehen?"

Mick lachte. „Wir waren immer beieinander, so geht das. Wenn du die Tür nicht zumachst. Wir können zusammen sprechen, träumen, ich spiele dir etwas auf der Gitarre vor."

Red kniff die Augen zusammen, um die Tränen zurückzuhalten, aber es war zwecklos.

„Wir können kein Brot mehr zusammen brechen, wir können uns nicht prügeln oder uns in den Arm nehmen, aber du wirst dich noch wundern, was alles sonst möglich ist", Mick lachte verschwörerisch.

„Mick, ich…", weiter kam Red nicht.

„Steh auf und hol dir mal einen Verband, Bruderherz. Und dann sehen wir weiter. Wenn du mich suchst, wirst du mich finden, okay? Bald wirst du den Weg schon sehen, glaub mir."

Red richtete sich wieder auf. Er hörte Micks Stimme nicht mehr, aber er war noch da, ganz in seiner Nähe. Es hatte etwas sehr tröstliches. Das Zimmer war ein Chaos. Aber irgendwie nicht in einem negativen Sinne. Red fühlte sich erleichtert. Er hatte die ersten Schritte getan. Er würde den Weg gehen, wie Mick es gesagt hatte.

Und mit einem Mal wusste er, als wäre es das offensichtlichste von allem, dass er der Patron des Weges werden würde. Dass er Menschen auf dem Übergang begleiten würde, egal wohin sie gehen würden. Dass er ihr Leid nicht wegnehmen oder lindern konnte, aber mit ihnen laufen. Was er die ganze Zeit gesucht hatte, lag jetzt vor ihm, zumindest der Beginn davon. Wohin ihn seine Berufung genau führen würde, das wusste er nicht.

Er lief ins Bad und legte sich so gut es ging einen Verband an, die Blutung war gestoppt. Sein Bruder war da. Er musste jetzt raus in die Welt. Die Wohnung war von den alten Geistern befreit, sie waren durch das zerbrochene Fenster herausgeströmt. Er würde eine neue Residenz einnehmen, sie lag in Mela, er musste sie nur noch suchen.

„Exakt, Frederick, endlich passiert hier mal was", lachte Mick im Hintergrund.

„Kann ich so rausgehen?", fragte Red und schaute in den Spiegel. Er war Red, durch und durch Rot.

„Auf jeden Fall. Lebe dein Leben dramatisch, alles andere ist Verschwendung."

Und Red lachte das erste Mal seit langem.

Als er zur Ausgangstür ging, fiel sein Blick wieder auf die Zettel davor.

„Was zum…", murmelte er und kniete sich hin. Nahm eins von den Papieren und faltete es auf. Mai.

Sie hatte ihm geschrieben. Schon seit Ewigkeiten. Von ihrem Leben. Ihren Verlusten. Ihre Zweifeln. Ihren Sehnsüchten. So offen und direkt, wie er es sonst nicht von ihr kannte. Red nahm einen Zettel nach dem anderen und seine Augen flogen immer und immer wieder über ihre Worte. Es waren wie kleine Schnipsel ihrer Seele. Mal schnell dahingekritzelt, dann mit ruhiger und schöner Handschrift. Manchmal nur ein paar Sätze, dann längere Abhandlungen. Red sammelte sie alle auf und legte sie zusammen, auch wenn sie von dunkelroten Fingerabdrücken übersät waren.

„Mai, wir müssen reden", rief er in eine unbestimmte Richtung in seinen Gedanken. Stand auf und verließ zum letzten Mal sein Zuhause. Es war an der Zeit, ein neues zu suchen.

34

Er musste Stunden in Micks Zimmer zugebracht haben, denn es war anscheinend schon Nachmittag. Red klappte den großen Kragen hoch und steckte die Hände in die Hosentaschen, um die allgemeine Bevölkerung durch seinen Anblick nicht zu sehr zu verschrecken.

„Und wohin soll ich gehen, wenn ich mir ein neues Zuhause suchen möchte?", murmelte er leise vor sich hin, während er sich in den Schatten der Straßen herumdrückte. Immerhin war der Himmel mittlerweile mit dunklen Wolken überzogen, sodass Red nicht zu sehr im Scheinwerferlicht stand.

„Du bist der Patron des Weges, nicht ich", hörte er die Stimme von Mick und musste sich erneut daran gewöhnen, dass er da war.

„Hmm", grummelte Red unüberzeugt. „Ich muss auf jeden Fall raus aus der Innenstadt, diese Enge, diese vielen Leute überall, das hält ja keiner aus."

Mit ausladenden und schnellen Schritten eilte er durch die Gassen und kam zügig in die Außenbezirke, in denen nicht mehr so viel los war. Es ging jetzt etwas bergauf und er geriet aus der Puste. Als er kurz verschnaufte, versuchte er sich zu erinnern, wie lange es her war, dass er geschlafen hatte. Fast ein Tag und eine Nacht waren seitdem vergangen. Er musste sich dringend hinlegen, um nicht komplett seine Kräfte zu verlieren. Vorher musste er in dem Haus seiner Träume ankommen, das ging einfach nicht anders.

Er lief weiter und kam zum alten Industriegebiet. Hier konnte er eine Pause einlegen, solange er auf der Suche war. Da hier weit und breit niemand wohnte, würde ihn niemand stören und er könnte den Rest des Tages verschlafen und die Suche in der Nacht fortsetzen, wenn er fliegen konnte. So der Plan.

Red stieg über abgebrochene Betonteile, Eisenstangen, merkwürdige Kessel und Kabel, streifte Bäume, die dazwischen wuchsen und bog die Äste von undefinierbarem Gebüsch auseinander, bis er vor einem Bauwerk stand, das ihm den Atem raubte.

Es war am ehesten ein Turm, ungefähr drei Stockwerke hoch und vielleicht vier Meter breit. Im obersten Bereich war eine Kuppel, die mit Eisenstangen geformt war, aber es fehlten die Glasscheiben. Die Bauweise dieses Artefakts war… schief, versetzt, mosaikartig, roh, unvollendet, unbewohnbar. Red trat näher. Umrundete dieses Gebilde, das in seiner Ungeschliffenheit und Wildheit eine gebrochene und verletzliche Aura hatte.

Red war verwundert, als er einen Eingang fand. Wusste nicht, ob es sicher war, einzutreten. Streifte mit seiner Kleidung an den staubigen und bröckeligen Wänden, als er durch das türlose Loch ging. Im Erdgeschoss gab es ein Zimmer, daraus führte eine Treppe nach oben, vorbei an einem anderen Zimmer und schließlich nach ganz oben. Als er die letzten Stufen hochstieg, blieb er stehen. Der Anblick verschlug ihm die Sprache. Er war über der Stadt, fast in den dunklen Wolken, wie auf einer Plattform der Welt enthoben in seiner eigenen Einsamkeit, Unvollständigkeit, Abgebrochenheit. Red lief bedächtig ein paar Schritte. Hier würde er schlafen, unter dem nackten Himmel.

Fast wäre er über etwas gestolpert, das am Boden lag. Red kniete sich hin. Es war eine Eisenstange, aber kunstvoll gefertigt, geschwungen und gedreht. Er ließ seine

Finger über die Oberfläche gleiten. Sie könnte sein Wegbe-
gleiter, eine Art Wanderstock oder sogar Aronstab sein.
Damit konnte er sich den Weg ebnen und dort einen Pfad
finden, wo fast kein Durchkommen möglich war. So die
Theorie. Red fiel vor Müdigkeit fast vorne über. Er legte
sich auf den Rücken, streckte Arme und Beine von sich,
den Blick nach oben, den Stab fest in der Hand. Es fing an
zu tropfen. Er schloss die Augen und war sofort weg.

35

„He, du", hörte er als nächstes neben sich, jemand schubste ihn mit dem Fuß an. „Lebst du noch?"

Red öffnete die Augen und sah, dass Neev sich im Sonnenuntergang über ihn gebeugt hatte.

„Du siehst gar nicht gut aus", sie schüttelte den Kopf. „Du liegst in einer Blutlache, weißt du das? Was um Himmels Willen ist passiert?"

Red hob den Kopf. Er fühlte sich wirklich nicht mehr sehr frisch. Zu seiner Linken sah er, dass seine Wunde wohl undicht geworden sein musste, unter seinem Arm hatte sich tatsächlich rote Körperflüssigkeit angesammelt.

„Ähh", brachte er bloß hervor und ließ den Kopf wieder nach hinten fallen. „Das ist bloß der Schnitt."

„Ich rufe Theo an. Der wird sich freuen über so einen späten Einsatz nach Feierabend", Neev schüttelte den Kopf, zog vorsichtig den durchtränkten Verband runter und sagte bloß „Shit!".

„Ja, ich bin es", sie stand auf und telefonierte. „Es ist Red. Er hat... Was hast du angestellt?", rief sie zu ihm rüber.

„Glasscherbe", krächzte Red bloß.

„Er hat versucht sich die Pulsadern aufzuschneiden und liegt im alten Industriegebiet herum", sprach sie weiter und wandte sich von Red ab. „Hat einiges an Blut verloren, ich weiß nicht wieviel. Müsste vielleicht genäht werden. Nein, ich kann ihn nicht..."

„Er braucht nicht kommen", rief Red und versuchte, sich aufzusetzen. Ihm war schwindlig.

„Er leidet an Größenwahnsinn, wie Mai", schüttelte Neev bloß den Kopf. „Denkt, er bekommt das allein hin, sieht aber aus wie eine drei Tage alte Leiche. Ja… wenn du hier bist fahre ich gleich nach Hause, übernehme die Kinder, okay? Hmm… hmm…" Dann legte sie auf.

„Mensch, Red", sie kniete sich zu ihm und schaute eindringlich in seine Augen. „Wann hast du das letzte Mal etwas getrunken?", dann holte sie schon eine Wasserflasche und schraubte sie auf. Red nahm sie und trank ausgiebig. „Ich habe auch noch Kekse und Müsliriegel dabei. Wenn man Kinder hat, sag ich dir, ist man auf alles vorbereitet", sie kramte in ihrer Tasche. „Du isst und ich klemme dir die Blutzufuhr ab." Sie riss ohne Vorwarnung den halben Ärmel von Reds Hemd ab und verknotete ihn schmerzhaft unter der Wunde, hielt den Arm hoch. „Keine Ahnung, ob man das so macht. Ich wollte bloß nicht tatenlos herumsitzen."

„Wie hast du mich überhaupt gefunden?", fragte er zwischen den Krümeln.

„Da war eine Blutspur aus einzelnen Tropfen aus der Stadt bis hierher. Ich dachte, da wäre ein verletztes Tier, welches ich von seinem Leid erlösen müsste. Und so war es dann ja auch", sie grinste ihn an. „Und du, was machst du in Ninas Haus?"

„Ninas Haus?", echote er, als wäre er schwer von Begriff.

„Sie hat das gebaut", Neev stand auf und lief herum. „Glaube ich zumindest. Niemand weiß so genau, was Nina eigentlich so macht oder wer sie überhaupt ist. Nicht alle sonderbaren Menschen tragen Capes wie du und Mai und machen eine fancy Ausbildung in der Hauptstadt. Manche kochen auch so ihre eigenen Süppchen oder kreieren Sonderbares. Ohne es an die große Glocke zu hängen."

„Will sie hier wohnen?", fragte Red verblüfft.

„Oh nein", lachte Neev. „Was für eine bescheuerte Idee."

„Dann ziehe ich hier ein", er schluckte die letzten Bissen runter.

„Ach?", Neev hob eine Augenbraue und schaute ihn skeptisch an. „Nur weil du dein Blut hier vergossen hast, heißt es nicht…"

„Bitte", unterbrach er sie. „Kannst du mir helfen, den Turm einzurichten? Glasscheiben einzusetzen, Kabel zu verlegen, die Wände zu verkleiden, Bodenbelag zu verlegen und so weiter? Ich glaube, hier ist mein Ort."

„Die Leute werden auch immer verrückter", sagte Neev mehr zu sich selbst und drehte ihm den Rücken zu, um die letzten Sonnenstrahlen hinter den Wolken verschwinden zu sehen. „Du willst wirklich hier wohnen", sie drehte sich wieder abrupt zu ihm um. „Ach du scheiße, es ist dir wirklich ernst", sie schüttelte den Kopf und kam wieder zu ihm rüber. „Schone erstmal deine Kräfte", sie positionierte ihre Tasche unter seinen Kopf, er legte sich wieder hin. „Ist dir nicht kalt? Du bist komplett durchnässt. Hoffentlich ist Theo gleich da", sie strich ihm über den Kopf und Red sah in ihren grauen Augen eine Fürsorge, die ihn tröstete. „Ich bleibe solange hier, versprochen", flüsterte sie.

„Hast du sonst keine Probleme?", Theo schüttelte den Kopf. Er sah sehr müde aus. Neev war nicht mehr da. War Red wieder weggedriftet? „Das tut erstmal weh. Es ist die Betäubung, damit ich nähen kann", sagte er über Reds Arm gebeugt, ein Stirnlampe an seinem Kopf. „Man kommt sich schon vor wie auf einer Expedition oder so", murmelte er. „Wie ist das überhaupt passiert?"

„Es gab einen Streit mit meinem verstorbenen Bruder", murmelte Red und zog das Gesicht zusammen, als er die Nadel spürte.

„Ach?", stutzte Theo.

Red sah zu ihm rüber. Er war wie schon damals bei Mai hochkonzentriert und arbeitete mit schnellen und präzisen Handgriffen. Hin und wieder spürte Red ein Ruckeln und ein Ziehen, aber sonst ging die Sache schmerzfrei vonstatten.

„Ich hoffe, ihr geratet nicht ständig aneinander", durchbrach Theo plötzlich die Stille.

„Nein, ich glaube, wir haben die Sache endgültig geklärt. Haben uns ausgesprochen. Mir ist dabei einiges klar geworden."

„Dass du dringend eine ordentliche Mahlzeit, viel Flüssigkeit und eine Dusche benötigst?", fragte Theo.

„Das kommt alles noch", lächelte Red schwach.

„Ich habe dir etwas zur Stärkung mitgebracht", Theo schaute auf seinen großen Rucksack.

„Danke."

Reds Blick glitt in den dunklen Sternenhimmel über ihm. Der Mond war von dunklen Wolken verhangen, aber immerhin hatte es aufgehört zu regnen. Er hatte gar nicht so viel Blut verloren, das Wasser hatte die Sache dramatischer wirken lassen, als sie war. Aber wenn Neev und Theo sich der Wunde unbedingt annehmen wollten, hatte er nichts dagegen.

„Mein Bruder ist ebenfalls gestorben", sagte Theo plötzlich und verknotete den Faden. „Es ist schon viele Jahre her", seine Stimme klang weit weg.

211

„Das tut mir leid", erwiderte Red.

„Ist vor mir auf dem OP-Tisch…", seine Stimme versagte. „Ich habe alles versucht, aber es hatte nicht gereicht", er drehte das Gesicht weg und sein Licht warf einen Strahl in die Dunkelheit.

„Das muss furchtbar gewesen sein", Red richtete sich auf und zog die Hand zu sich.

„Warte, ich mache noch einen Verband darum", Theo nahm Reds Hand. „Bevor du wieder furchtbare Sachen mit dieser Wunde anstellst. Wenn sie sich entzünden, anschwellen oder heiß werden sollte, meldest du dich sofort bei mir."

„Verstanden."

Sorgsam säuberte er die Haut um die Naht mit einem Tupfer und Alkohol, wickelte dann einen weißen Stoff um das Handgelenk.

„Danach bin ich nach Mela gekommen, musste irgendwie raus aus dem Hamsterrad meiner Heimat. Der Stress in der Klinik, meine trauernden Eltern, das Gefühl, keinen Anschluss mehr zu haben, als er weg war…", fuhr Theo fort.

„Und die Gedanken drehen sich immer um dieselben Fragen. So lange, bis man in ein tiefes Loch fällt und da nicht mehr rauskommt."

„Das ging hier in Mela erstmal so weiter, der Ortswechsel war jetzt nicht sofort der Knackpunkt", fuhr Theo fort. „Dazu kam, ich wollte nicht mehr als Arzt arbeiten, wollte etwas anderes machen. Aber fand keinen Anschluss in einem anderen Bereich, alle Wege führten irgendwie in eine Sackgasse", seufzte er und befestigte an dem Verband eine Klammer, zog die Handschuhe ab und legte sie zu dem Müllhaufen, der sich neben ihm gebildet hatte.

„Du bist ein toller Arzt, danke, dass du mir geholfen hast. Und all den anderen Leuten in Mela. Nicht alle Helden tragen Capes."

Theo nickte und lächelte, räumte seine Sachen zusammen. Stellte Red eine Flasche Wasser und eine Plastikdose hin.

„Am Ende waren es viele kleine Dinge, die einen Unterschied gemacht haben", Theo desinfizierte seine Hände, nahm die Stirnlampe ab und löste das Haargummi, welches seine überschulterlangen schwarzen Haare zusammengehalten hatte, fuhr sich ein paar Mal durch die Strähnen. „Ich dachte immer, ich müsste nur wieder ‚normal' werden, dann wäre alles gut. Aber die Konfrontation mit vielen anderen zerbrochenen, unvollständigen Menschen und Weltteilen war…", sein Blick schweifte in die Ferne.

Red hatte das Gefühl, es musste nichts mehr gesagt werden. Ein paar Atemzüge saßen sie zusammen, waren einfach nur da. Dann hob Red seinen Arm und legte ihn auf Theos Schulter. Sie kamen zusammen in einer Umarmung, Theos Kopf auf seiner Schulter. Red spürte, wie so viel zwischen ihnen diffundierte. Dunkle Wolken, undurchsichtige Nebel, schwarze Flüsse; Blut, Wasser und Tränen. Red versenkte seine Finger in Theos Haaren, zog ihn noch näher an sich, spürte seinen Herzschlag an seinem, öffnete seine Sinne. Aber es war nicht notwendig, Theos Gedanken oder Gefühle zu lesen, sie beide waren schon längst auf einer anderen Ebene. Eine Ebene des Miteinanderseins, die Red bisher noch nicht kannte, die über Worte und Eindrücke hinausging. Sie war eher flüssig, unbeständig, verworren, verschluckend, fallend, auflösend.

Später wanderte Red mit seinem Aronstab zuerst durch das Industriegebiet, dann durch die angrenzenden Wälder. Er fühlte sich immer noch schwach auf den Beinen und machte langsam, aber immerhin hatte er nach Theos Besuch noch lange geschlafen und sich wie aufgetragen mit Speis und Trank gestärkt.

An diesem lauen Sommerabend genoss er jetzt einfach nur, keine anstehenden Verpflichtungen oder Konflikte zu haben, sondern einfach nur so lange und so weit zu laufen, wie es ihm passte. Als Kind war er früher oft durch die Umgebung gestromert, hatte mit Mick Höhlen erforscht, Felsen erklettert, Seen betaucht. Die Welt schien damals nicht enden zu können, überall gab es noch neue Wiesen, Felder, Ruinen oder alte Industrieanlagen zu erkunden. Und selbst wenn es ein neues Schlammloch oder umgestürzten Baum gab, sie waren dort und stellten zusammen Dummheiten an.

Etwas in Reds Innerem zog sich zusammen und er rieb sich die Stelle zwischen seinen Rippen. Kein Wunder, dass die Welt später keinen Sinn mehr gemacht hatte, ohne ihn.

„Wir haben in den letzten Jahren schon weniger zusammen gemacht", hörte er Micks Stimme.

„Ja, es stimmt. Du hast studiert, hattest deine politisch engagierten Freunde im Stadtteiltreff", erinnerte sich Red. „Aber wir haben zusammengewohnt und ab und zu sind wir immer noch zum See gegangen, zu Konzerten, haben zusammen gekocht."

„Ich habe gekocht, du hast gegessen."

„Okay", lächelte Red.

Ein paar Vögel wurden aufgeschreckt und flogen aufgeregt über seinen Kopf.

„Diesen Weg hier sind wir ein paar Mal zusammen gelaufen, weißt du das noch?", fragte Red.

„Na klar", erwiderte Mick. „Das eine Mal hatte deine Freundin dich verlassen, wie hieß sie noch? Ich glaube es war in der siebten Klasse. Sie hatte dir gesagt, du wärst zu langweilig."

Red fing an zu lachen. Er hatte das ganz vergessen.

„Und dann diese Beziehung zu diesem anstrengenden Typen später? Du warst Hals über Kopf in ihn verschossen, aber es war dann doch nicht das richtige", fuhr Mick fort.

„Erinnere mich doch nicht daran", Red schüttelte den Kopf. „Das war eine wilde Zeit. Aber du hast mir immer deine Meinung gesagt, ungefiltert. Als ich in der Gosse lag war da niemand mehr, der diese Rolle übernehmen konnte."

„Es tut mir leid, dass du das auf die harte Tour lernen musstest, aber du bist da durchgegangen, stimmt's? Wenn neben uns immer jemand wäre, der die ganze Last tragen würde, dann würden wir keine Muskeln entwickeln, nicht?"

„Hör mir auf mit diesen Weisheiten", Red machte eine wegwischende Handbewegung. „Ich hätte es auch sicher auch so gelernt, irgendwie."

„Es macht keinen Sinn zu fragen, wieso und warum und was. Da bekommst du keine Antworten drauf."

„Hab ich schon mitbekommen", Red presste die Zähne aufeinander. „Aber ich kann auch nicht jeden Zweifel im Keim ersticken, nur weil du jetzt allwissend geworden bist."

Mick lachte und Red schaute nach oben, als ob er ihn dort irgendwo entdecken konnte. Er schaute sich um, sah aber nur die Äste der Bäume, die sich im Wind bewegten. Und dann war da eine schwarze Gestalt, die immer näher flog. Sie brach durch das Blätterdach und landete neben ihm. Mai.

„Hey", sagte sie und strich sich die Kleidung glatt.

„Mai", sagte er, sie vermieden es aber, sich anzusehen.

Red verfiel stattdessen wieder in seinen bedächtigen Schritt und Mai lief neben ihm her. An ihren unruhigen Händen konnte er ablesen, dass sie sich schwer tat, einen Gesprächsanfang zu finden. Er wusste auch nicht, was er sagen sollte. Es gab so viele Themen, aber für so richtig schwere Kost war sein Kopf noch nicht auf der Höhe.

„Du hast ganz schön was durchgemacht", sie zeigte auf seine Kleidung.

Red hob seinen verbundenen Arm, an dem nur noch Fetzen seines Hemdes hingen, seine Haut war noch blutverschmiert, Hose und Haare regengetränkt, sein Knie aufgerissen.

„Ich habe deine Zettel gefunden", sagte er.

„Oh", Mai schaute wieder starr nach vorne.

„Danke dafür. Ich weiß, dass es dir nicht leicht gefallen war, das alles zu schreiben."

Sie murmelte etwas Unverständliches. Es entstand eine Pause zwischen ihnen.

„Ich bin froh, dass du einen Abschluss finden konntest. Dass du dort warst… und später den Stab gefunden hast, ich kann mir vorstellen, dass das ein Wendepunkt war. War das dein Bruder, mit dem du dich eben unterhalten hast?"

„Hmm."

„Ich wusste nicht, dass so etwas geht."

„Ich auch nicht. Vielleicht halluziniere ich auch vom Blutverlust und Schlafmangel."

„Wir werden es nie erfahren. Und jetzt…", sie zeigte wieder auf seinen Stab.

„… bin ich wohl der Patron des Übergangs, zwischen Leben und Tod, zwischen oben und unten, zwischen innen und außen."

„Wow. Herzlichen Glückwunsch. Ich bin überwältigt", sie blieb stehen und sie schauten sich das erste Mal an. „Willkommen in Mela, Red. Ich habe dich vermisst", sie schaute weg. „Es tut mir leid, dass ich dich verbannt habe. Ich wusste selbst nicht, warum."

„Es gab uns Zeit zum Nachdenken, oder? Aber ich hoffe, das war das letzte Mal, dass wir voneinander weggerannt sind, hmm?", er hob eine Augenbraue.

„Abgemacht", nickte Mai.

„Was auch immer wird, lass uns aufeinander zugehen, okay?", er griff in seine Hosentasche und holte die Zettel heraus, hielt sie zwischen ihnen beiden. Mai lief sichtlich rot an, als sie sie sah. „Diese Schnipsel deines Schmerzes, deiner Sehnsüchte, deiner Ängste, deiner Unmöglichkeit, deiner Verzweigtheit, deiner Unaussprechlichkeit, deiner Unordnung, die sind immer bei mir und ich kann mehr davon aufnehmen, du kannst mir mehr geben, wie du willst."

Mai schaute auf, ihre Augen weiteten sich, sie schluckte. „Ich…"

„Lass dir Zeit, okay? Ich bin auch noch in der Orientierungsphase. Ist das ganze Leben nicht eine Abfolge von immer neuen Orientierungsphasen?", er lachte und sie liefen weiter. „Ich muss noch mein Haus einrichten, brauche neue Kleidung."

„Soll ich dich dabei unterstützen?"

„Ich denke, das bekomme ich schon hin. Neev und die anderen sind schon zugange. Glaube ich. Hoffe ich."

„Wenn nicht, dann schick mir eine Nachricht, okay", sie deutete auf ihre Schläfe.

„Mach ich."

Sie verabschiedeten sich und Mai flog davon, während Red weiter durch den Wald lief.

36

Sein erster langer Streifzug führte Red im Morgengrauen zur Haustür von Nick, die dieser wie gewohnt verschlafen öffnete.

„Red", Nick brauchte einen Moment, um zu begreifen, wer vor ihm stand, trat aber sogleich einen Schritt nach vorne und sie umarmten sich. „Wie schön, dass du wieder da bist", murmelte Nick in Reds schmutzige Kleidung, ließ ihn nicht los.

„Diesmal bleibe ich", verkündete Red.

„Was ist mit dieser Stange, willst du damit jemanden verprügeln?", Nick zeigte auf Reds Wanderstock.

„Vielleicht. Mal sehen. Muss ich noch ausprobieren", er lief an ihm vorbei in die Wohnung.

„Stell dir vor, Kolja arbeitet an deinem Haus", Nick kam hinter ihm her, bog ab in die Küche, um Wasser aufzusetzen.

„Hmm?", Red drehte sich erstaunt zu ihm um und lehnte sich in den Türrahmen.

„Es sind einige Leute beteiligt, Nina und Kaal, Misha und Petr, Kolja und noch ein paar andere. Leute lieben ein gemeinsames Projekt."

„Aber warum?"

„Hast wohl bei ein paar Leuten Eindruck hinterlassen", Nick zuckte mit den Schultern.

„Ich muss gleich hin, mich bedanken. Eine Pizza ausgeben. Irgendwas."

„Lass mal", winkte Nick ab und gähnte wieder, holte zwei Tassen aus dem Schrank. „Die brauchen niemanden, der sich einmischt."

„Ich wollte nicht…"

„Wir zwei kümmern uns heute um das da", Nick zeigte auf die Reste von Kleidung, die auf Red noch übrig war. Dann trat er näher. „Sind das da Klumpen von Blut in deinem Haar?", missbilligend schüttelte er den Kopf und schob Red ins Badezimmer.

Er hatte schon lange keine warme Dusche mehr gesehen. Nick half ihm, sich aus den Fetzen Stoff zu schälen, holte eine Plastiktüte und stopfte alles da rein, schnürte diese zu. Nur der Verband von Theo blieb noch dran. Als nächstes stülpte er einen Plastikhandschuh um die Hand und verklebte diese mit Klebeband, damit alles trocken blieb. Als Red unter den Wasserstrahl stieg, blieb Nick bei ihm und half ihm beim Einschäumen der Haare und Beseitigung der hartnäckigsten Flecken. Danach wickelte er ihn in zwei große Handtücher und führte ihn in das Schlafzimmer.

„Warte hier kurz", Nick verschwand wieder.

Er kam mit zwei Tassen dampfendem Tee und einem Maßband zurück.

„Bleib einfach hier stehen", Nick riss die Vorhänge auf und Red hielt sich die Hand vor das Gesicht, um nicht geblendet zu werden. „Du trinkst Tee und ich messe dich schnell aus, okay?"

Red rubbelte seine Haare trocken, nahm die Plastikverpackung vom Verband ab und versuchte sich nichts daraus zu machen, völlig nackt herumzustehen und angeschaut zu werden. In der Dusche war es anders, da waren sie beide sehr beschäftigt gewesen und das Licht war dämmrig, aber hier war es der reinste Präsentierteller.

„Du bist sehr schlank", murmelte Nick, während er das Maßband zwischen den Zähnen hielt und etwas in seinen Taschencomputer tippte. „Hast fast dieselben Proportionen wie Mai. Lange Beine, schmaler Oberkörper, Schultern etwas breiter. Vielleicht habt ihr sogar dieselbe Schuhgröße. Warte, ich habe es gleich, bitte noch den Arm etwas hoch halten... genau. Ich habe da auch schon etwas im Sinn. Dramatisch, aber nicht aufgesetzt. Prägnant, aber nicht theatralisch. Wir werden sehen. Du gehst erstmal schlafen, und ich mache mich ans Werk. Wir sehen uns später."

Und weg war er. Red zog die Vorhänge wieder zu, trank seine Tasse leer und kroch unter die Bettdecke.

Er träumte von vielen gewundenen Wegen, die durch Berge und Täler führten, in offene Meere mündeten, die ihn über steinige Küsten mitnahmen, sich in dschungelartigen Wäldern verloren, über nebliges Moor lockten und in den verlassensten Nebenflüssen herauskamen, sich verknoteten und in kilometerweiten Heidelandschaften auflösten, aber immer und immer weiter gingen und kein Ende nahmen.

Als er aufwachte konnte er es kaum erwarten, wieder auf den Beinen zu sein und das zu sehen, was sich ihm eröffnen würde. Ein neuer Tag, eine neue Nacht, neue Eindrücke und Gesichter, aber auch die Stolperfallen und Abgründe, die sich unterwartet auftaten. Er fürchtete sie, andererseits konnte wohl nur so neues Terrain erschlossen werden. Trotzdem, so hoffte Red, hatte er erst die Chance, sich neu einzugewöhnen in Mela, bevor die nächste Katastrophe kam.

„Die Ressourcenversorgung bewegt sich aktuell auf Vor-Krisen-Niveau", hörte er die Stimme von Kolja nebenan.

„Das sind gute Nachrichten", erwiderte Nick. „So ist Mais Plan doch aufgegangen. Die großen Mächte haben sich zurückgezogen, wunderbar."

„Ich weiß nicht, so ganz kann ich der Sache nicht trauen."

„Du bist immer so skeptisch. Freu dich doch mal."

„Und du bist naiv", grummelte Kolja vor sich hin.

„Gibt es denn einen konkreten Anlass für deine Sorge?"

„Alles unbestätigte Theorien, die Leute in den sozialen Netzwerken diskutieren. Es soll einen Anschlag auf Mela geben, als Unfall getarnt. Explodierende Bahnen oder Waggons, in denen das Gas sich plötzlich entzündet, solche Sachen. Das wären die Methoden von Maana, und wenn Neu! da auch mitmischt, dann gute Nacht."

„Shit", murmelte Nick. „Aber diese Gerüchte wird es immer geben. Sollen wir in die Vororte ziehen, damit du dich sicherer fühlst? Die Versorgerhöfe sind ja kein Ziel von solchen Attacken."

„Vielleicht."

Red seufzte und schlug die Decke zurück. Das hörte sich nicht gut an.

Da er keine Kleidung mehr hatte, wickelte er sich ein Handtuch um und öffnete die Tür. Kolja und Nick saßen auf dem Sofa und schauten ihn zuerst verblüfft an, dann lächelte Nick.

„Guten Morgen", sagte Red, auch wenn es Abend war. „Ich habe wunderbar geschlafen. Danke für das Bett", er gähnte.

„Prima", Nick sprang auf. „Dein Haus ist bezugsfertig", er schlug die Hände zusammen. „Es ist noch nicht alles fertig, aber du hast jetzt ein Dach, ein Bett, Strom und Wasser."

„Krass", Reds Augen weiteten sich. „Kann ich mir etwas von dir ausleihen zum Anziehen oder so? Dann würde ich gleich losgehen."

„Nee nee, wir gehen ins Atelier. Hab den ganzen Tag geschnippelt und versäubert, nur damit du nicht nackt herumlaufen musst", Nick grinste.

„Danke Kolja, dass du mit dem Haus geholfen hast", Red machte eine leichte Verbeugung.

„Keine Ursache", er winkte lässig ab, „das war mal etwas, das nicht so deprimierend war. Ich glaube wir brauchten alle dieses Projekt. Hab ein paar coole Leute dabei kennen gelernt. Ich gebe zu, ich war anfangs sehr skeptisch, aber jetzt sind wir uns alle einig, dass es ein gutes Zeichen ist, dass du fester Teil unserer Gemeinschaft wirst. Bist ein guter Mann", Kolja stand auf und klopfte Red auf den Rücken und verschwand in der Küche.

„Danke", sagte Red nochmal und schaute Nick fragend an.

„Ich bin so stolz auf ihn", flüsterte dieser und winkte Red, damit sie ins Atelier hochgehen konnten.

Was, wenn mir das alles innerhalb von Sekunden wieder genommen wird, entrissen, vernichtet, dem Erdboden gleich gemacht, fragte sich Red, als seine Füße den kalten Boden berührten. Die Worte von Kolja hallten in ihm nach. In der Tat, es war merkwürdig, dass bisher noch gar keine Reaktion von den großen Konzernen gekommen war, alles seinen üblichen Gang zu gehen schien, alle in Sicherheit gewogen waren.

„Alles okay?", fragte Nick, als sie in dem Schneiderraum standen.

„Ich dachte an das, was Kolja gesagt hatte", gab Red zu.

„Puh", Nicks Gesicht verfinsterte sich. „Wir alle haben Angst. Wenn ich mir ausmale, was alles passieren könnte", er schüttelte den Kopf. „Ich versuche es vor Kolja nicht zu zeigen, hab noch zu gut vor Augen, wie er sich das Leben nehmen wollte. Aber so wie ihm geht es vielen. Das Schlimme ist, dass man nie weiß, wann oder was passieren könnte."

Red nickte und schloss die Augen. Er wusste nicht, was er sagen sollte. Außer Floskeln, die niemanden halfen. Ein paar Momente standen sie beisammen, dann drehte Nick sich um und lief irgendwohin nach hinten.

„Schließ die Augen, ich will dich überraschen", rief er und Red tat, wie ihm geheißen.

Er hörte, dass Nick mit etwas an ihn herantrat.

„Darf ich jetzt schauen?", fragte Red.

„Nein, ich ziehe dich an. Das musst du dir jetzt gefallen lassen. Hier ist frische Unterwäsche", er drückte ihm etwas in die Hand und Red tastete sich durch, zog sich die Sachen an.

Danach war Nick immer wieder um ihn herum, deutete ihm, ein Bein zu heben, einen Arm zu strecken. Knöpfte mit einer Ruhe und Geduld einzelne Knöpfe, zupfte an Ärmeln herum und strich Säume glatt. Zuletzt lenkte er seine Füße in neue Stiefel und schnürte diese für Red zu.

„Okay", Nick stand jetzt weiter entfernt. „Jetzt darfst du die Augen öffnen."

Red schaute an sich runter. Schwarz war die Grundfarbe, aber es war auch Mitternachtsblau, Blutrot, Waldgrün und Violett dabei. Patchworkartig waren sehr viele verschiedene Stoffarten zusammengefügt worden zu einem Gesamtkunstwerk, das Reds Vorstellungskraft völlig sprengte. Die Ärmel des Hemdes waren ausladend und mit einer perfekt anliegenden Knopfleiste versehen, das Jackett, wenn man es als solches noch bezeichnen konnte, war asymmetrisch und reichte teilweise bis auf den Boden, die Hose hatte Seitentaschen, die sich aber nicht abhoben und in dem Gewirr von querlaufenden Nähten untergingen, der vordere Kragen war vielleicht etwas zu viel, Nick hatte ihn hochgeklappt und er umrahmte Reds Gesicht und seine dunklen kurzen Haare, sodass er nun wirklich wie eine nächtlich unheimliche Kreatur aussah. Red öffnete das Jackett und steckte die Hände in die Taschen, drehte sich ein paar Mal. Alles saß wie angegossen.

„Ich erkenne mich kaum wieder", hauchte Red. Hatte er früher nicht immer Jeans und T-Shirt getragen? Im Winter eine Jacke drüber und das wars? „Bin ich das wirklich, diese Person? Muss wohl so sein. Das Outfit ist wunderschön. Hast du die Zettel aufgehoben?", rief Red erschrocken.

„Alles an seinem Ort", Nick zeigte auf die neuen Taschen. „Ich kann aber auch noch etwas ändern. Wenn du lieber in einem kanariengelben Anzug oder grauen Outfit rumlaufen willst…"

„Nein, nein", Red trat vor Nick und legte die Hand auf seine Schulter. „Ich danke dir. Ich hätte mir nicht eine passendere zweite Haut träumen können. Wie machst du das bloß?"

Er dachte an die Worte von Neev, dass man die Leute und ihre verborgenen Talente oft nicht so genau kannte.

„Ruby hat mir geholfen, zusammen haben wir wirklich geackert. Aber sie hatte ein gutes Gespür."

„Richte ihr meinen Dank aus. Ohne euch… Nick, du bist ein guter Freund, ich bin froh dich zu haben."

„Hauptsache, du bist zurück", Nick wurde ernst, aber Red sah auch die Augenringe. „Und jetzt flieg du verrückter Vogel, teste die Aerodynamik des Werks."

„Werde ich machen."

Red holte sich noch seinen Stab aus der Wohnung und dann konnte er endlich wieder in den Himmel entfliehen. Das hatte ihm gefehlt. Er drehte ein paar Kreise über der Innenstadt, stieg noch etwas höher und verharrte auf einem Punkt. Mittlerweile wurde es wieder früher dunkel, sodass es in den Straßen und Parks auch eher leerer und ruhiger war. Red überblickte die chaotisch angelegte Stadtstruktur, die im Zentrum kreisförmig, nach außen hin rechteckiger wurde und an den Rändern nicht mehr wirklich zu erkennen war. Auf den ersten Blick war die Stadt so friedlich und ruhte in sich. Doch als Red genauer hinschaute, sah er überall unscheinbare Gestalten, die sich in Häuserecken herumdrückten, in den Wohnungen nervös auf- und abliefen, überstürzt im Wald verschwanden.

Red flog hinter der letzten Person her und landete vor ihr auf dem Waldweg.

„Himmel, Red, erschreck mich nicht so", rief Ruby.

„Sorry, du sahst aus, als ob etwas nicht stimmen würde. Ist jemand hinter dir her?", fragte er.

„Nein, nein, nichts dergleichen. Ich…", sie schüttelte den Kopf und lief an ihm vorbei, „…brauche einfach nur…", sie beendete den Satz nicht und Red verfiel in einen Gleichschritt neben ihr.

„Danke für den Anzug", er strich sich über den noch ungewohnten Stoff. „Ich habe gehört, dass Nick und du heute wie die Wilden daran gearbeitet habt. Das muss anstrengend gewesen sein."

„Oh, das war der angenehme Teil meines Tages", lachte Ruby, aber es klang etwas trocken. „Es freut mich, dass es dir gefällt", sie warf ihm einen Seitenblick zu.

„Der Stil ist absolut fantastisch. Ich weiß gar nicht, womit ich das verdient habe. Du hast definitiv ein Talent für sowas."

„Das ist alles Nicks Beitrag", schnaubte sie.

„Glaube ich nicht."

Sie wurde still und Red streifte vorsichtig ihre Gedanken. Oh, das waren keine guten Vibes, die von ihr ausgingen.

„Ruby, ist etwas passiert?", fragte er schließlich.

Sie schniefte und kräuselte ihre Nase, schaute weg.

„Läufst du deswegen weg?", bohrte Red weiter nach.

Ruby verschränkte die Arme vor sich, ihre Körperhaltung wurde starr. Wut braute sich in ihr zusammen, das konnte er spüren, aber gegen wen war sie gerichtet?

„Es kann sowieso niemand etwas daran ändern", brachte sie schließlich hervor.

„Was ist mit deinen Eltern?"

„Sie sind nicht mehr da."

„Okay."

„Ich muss einfach allein damit zurechtkommen, das kann mir keiner abnehmen. Keiner kann dieses Leben für mich führen."

„Das habe ich auch lange gedacht", seufzte Red. „Ist nichts Gutes dabei rausgekommen."

„Blabla", Ruby machte eine unbestimmte Handbewegung in seine Richtung und Red musste unfreiwillig grinsen.

„Ich bin jetzt aber hier und laufe ein Stück mit dir", Red wurde wieder ernst.

Ein paar Minuten liefen sie wortlos nebeneinander her. Red hörte das Blätterrauschen über ihnen, das Knarzen der Baumstämme, ihre eigenen Schritte auf dem Waldboden.

„Ich war in diesen einen Jungen verliebt", sagte Ruby plötzlich und Red wäre fast zusammengezuckt. „Doch dann hörte ich, wie er zu den anderen sagte, ich wäre eine hässliche Schreckschraube", sie atmete schnell.

„Was ist noch geschehen?"

„Ach, einfach blöde, peinliche Dinge", sie zuckte mit den Schultern.

Red dachte an die Zettel von Mai in seiner Hosentasche. Es war, als würden sie warm werden und ein Loch in den Stoff brennen.

„Du könntest dich beschweren, ihn eventuell anzeigen", schlug Red vor.

„Ach was, du Schlaumeier, als ob ich nicht daran gedacht hätte", rief sie.

„Und?"

„Es ist nicht strafrechtlich relevant."

„Bist du dir sicher?"

„Wahrscheinlich. So oder so. Ich möchte einfach nur in ein Loch kriechen und alles vergessen, meine Existenz ungeschehen machen. Welchen Sinn hat denn das alles noch? Das Nähen ist das einzige, der einzige Ort auf der Welt, der noch irgendeine Relevanz hat. Wenn ich mit den Farben hantiere, dann kann ich alles da reinfließen lassen. Aber es reicht nicht aus. Ich muss noch zwei Jahre zur Schule gehen, verdammt. Ich weiß nicht, wie ich das schaffen soll. Und meinen Abschluss in die Tonne kicken? Das bringe ich auch nicht über mich. Irgendwie ironisch, oder?", sie lachte wieder. „Was ist mit diesem Verband?", sie zeigte auf sein Handgelenk.

„Oh", Red hob seinen linken Arm und drehte ihn. Der weiße Stoff hob sich in der Dunkelheit vom Rest des Ärmels deutlich ab. „Aus den Kämpfen mit meinen inneren Dämonen", erklärte er. „Wir können dem nicht immer ausweichen, aber es ist wichtig, dass wir die anderen an unsere Wunden dranlassen, damit sie geheilt werden können."

Red blieb stehen und drehte sich zu Ruby. „Du kannst in den Distanzunterricht gehen oder die Schule wechseln. Aber das weißt du sicherlich schon. Du schaffst deinen Schulabschluss so oder so. Das ist es nicht, oder? Ich bin für dich da, wenn du am Abgrund balancierst, okay? Und es gibt noch so viele andere Hände, die dich tragen. Du musst nur nach mir rufen und ich komme. Nicht, um dich aufzufangen, aber um bei dir zu sein, wenn du den Weg suchst."

„Wow, bist du jetzt unter die Dichter gegangen?", Ruby presste die Lippen aufeinander, um sich ein Lächeln zu verkneifen.

„War es zu dick aufgetragen?"

„Passt schon", Ruby wurde wieder ernst und ihr Gesicht nahm eine Traurigkeit an. „Danke, dass du heute da warst."

„Hmm."

„Ich glaube, ich muss zurück", sie wirkte müde.

„Mach das. Ich fliege derweil weiter."

Red fand gleich darauf einen verwirrten Juri, der wie auf der Flucht die Straße entlangrannte, als wäre jemand hinter ihm her. Sie würden bald kommen, stammelte er. Red brachte ihn in sein Haus zurück und übergab ihn in die Hände von Marc, der besorgt dreinblickte.

Ein Schrei von Petr hatte Red auf den Plan gerufen. Es war nur ein Alptraum, Petr rieb sich den Kopf und Misha kochte einen Tee. Red blieb eine Zeitlang bei ihnen, größtenteils in Stille.

Er wüsste nicht, ob er bald einen neuen Schub seiner Krankheit bekommen würde, erzählte ihm Kaal auf dem Balkon im Schlafanzug sitzend. Und wenn ja, würde er dann wieder Nina und vielleicht sogar das Baby im Stich lassen, wie letztes Mal, als sie ihn gebraucht hatte? Red wusste es auch nicht. Sie saßen zusammen und Red hörte sich die verzwickten Einzelheiten von Kaals seltener Erkrankung an, die nicht einfach zu behandeln war. Es gab keine einfache Lösung, eigentlich gar keine Lösung, aber immerhin konnten sie diesen Moment miteinander teilen. Als er ging, schwor Kaal ihn darauf ein, dass niemand davon erfahren dürfte.

Red besuchte noch ein paar andere Leute und als er am Marktplatz vorbei kam, setzte er sich auf die Treppenstufen und unterhielt sich noch länger mit Mick. Danach flog er zu seinem Turm. Die Sonne würde bald aufgehen.

Das Gebäude war fast nicht mehr wiederzuerkennen. Die Außenverkleidung war zur Hälfte angebracht und bestand aus kleineren Betonteilen aus der Umgebung, die die Kabel, Rohre und Metallstangen verbergen würden. Es gab eine Tür. Sie war aus Metall und sah aus, als wäre sie hundert Jahre alt mit abgeblättertem Lack und Kratzern und Beulen. Aber sie passte und funktionierte. Red öffnete sie und lief die Stufen hoch. Die anderen Räume schaute er sich gar nicht groß an, hastete nach oben.

Seine Kuppel aus Glas war fertig. Red stellte sich in die Mitte des großen Raumes, breitete seine Arme aus und drehte sich. Alle Sterne waren über ihm. Was konnte es Schöneres geben? Niemals hatte er sich sowas ausgemalt, aber das hier war trotzdem das Beste, was er sich vorstellen konnte. Es wurde nur noch dadurch besser, dass an der Seite ein großes Doppelbett aus massivem dunklen Holz stand, weich, gemütlich und mit mehreren Decken und Kissen in ultramarinblau. Red stellte seinen Stab ab und ließ sich direkt reinfallen.

An allen Fensterelementen waren Verdunklungsmöglichkeiten angebracht, seine fleißigen Handwerker hatten wirklich an alles gedacht. Und mit einem Mal war alles okay. Ängste, Unsicherheiten und Sorgen drifteten davon. Er war hier und konnte ein- und ausatmen, den Himmel sehen. Und jeder Schritt in seinem Leben hatte ihn genau hierher geführt.

Red lag da und genoss den Moment, als er unten das Knarzen der Tür hörte. Er richtete sich auf die Ellenbogen auf. Schritte, jemand lief hinauf. Red stand auf und stellte sich neben den Eingang.

„Hey", sagte Mai und kam die letzten Stufen hoch, war nun direkt gegenüber von ihm.

Red wusste nicht, wer sich zuerst wieder bewegte, aber sie küssten sich als hätten sie seit Tagen nicht gegessen, getrunken, geatmet. Sie knöpfte die vielen Knöpfe seines Hemds auf, sie lagen auf diesem wunderbaren Bett, sie flüsterten, schlossen die Augen, waren unter- und übereinander, stürmisch und vorsichtig mit dem anderen, verblüfft und verwundert und mitgerissen von den Landkarten, die ihre Körper waren, sie äußerten Unsicherheiten und wortlose Wünsche, und konnten nicht glauben, wie sie sich schließlich zu einem Gefüge, zu einer Unordnung, zu einer Komposition verdichteten.

Die nächsten Tage verbrachten sie in unmittelbarere Nähe zueinander, unterhielten sich über Vergangenheit und Zukunft, über andere Leute, über Mela und ihre Hoffnungen und Ängste. Hielten sich, berührten sich, lasen sich. Lachten und träumten. Beobachteten und hörten sich zu, wunderten sich und schüttelten die Köpfe. Vergaßen sich selbst und die Welt.

„Da ist etwas", sagte eines Abends Mai und setzte sich senkrecht im Bett auf. „Etwas Ungutes ist gerade in die Stadt gekommen", sie wühlte sich aus den Decken und begann, sich anzuziehen.

„Weißt du etwas Genaueres?", Red folgte ihr und begann, seinen Anzug zu suchen.

Er konnte gar nicht sagen, wie lange sie sich ausgeklinkt hatten, aber es war eine heilsame und berührende Zeit gewesen, in der sie sich zum Glück immer wieder aufs Neue gefunden hatten, die jetzt aber unweigerlich zu einem vorläufigen Ende kommen musste.

Mais Blick war hochkonzentriert nach unten gerichtet. „Es sind Drohnen", sagte sie schließlich. „Ich weiß nicht, woher sie kommen und welchen Zweck sie verfolgen, aber sie sind gerade in den Stadtraum eingedrungen. Aus verschiedenen Richtungen. Auf jeden Fall eine beim Bahnhof. Da ist ja auch das Stromwerk. Eine bei den Versorgerhöfen. Vielleicht gibt es noch mehr. Ich muss meinen Schild holen."

„Ich komme mit", Red knöpfte sich hastig die Hose zu und hüpfte auf einem Bein, um gleichzeitig in die Stiefel zu kommen.

„Am besten, wir teilen uns auf", schlug Mai vor und Red nickte. Er schnappte sich seinen Stab und sie flogen los.

„Ich muss den Leuten Bescheid sagen. Nina kann mich am besten hören. Haben wir schon nach Mitternacht? Nein, nicht Nina, sie regt sich zu sehr auf", ratterte Mai vor sich hin, „vielleicht besser Neev, damit sie die BewohnerInnen warnen kann. Hier muss es doch so eine Möglichkeit geben über die Computer alle zu erreichen. Wir sind viel zu spät, es dauert zu lange", sie fasste sich an die Schläfe, „die Sabotageaktionen haben bereits begonnen. Geh du zu den Versorgern, ich zum Bahnhof, wir bleiben in Kontakt", und sie drehte ab und war weg.

37

Mai war froh, dass Red keine Fragen stellte und sie machen ließ. Er konnte die Eingriffe in die kritische Infrastruktur nicht spüren wie sie, konnte aber gute Arbeit in den Außenbezirken leisten.

„Neev, wach auf", rief sie in Gedanken ihrer Freundin zu, „es gibt Drohnenangriffe, warne die Bevölkerung."

Mehr brachte sie nicht heraus. Als sie am Stromwerk angekommen war, brannte es bereits. Mai konnte gerade so noch eine Drohne abfangen und zerstören. Als sie landete und diese näher betrachtete, wurden ihre Vermutungen wahr. Sie kannte dieses Gerät. Aber es blieb keine Zeit für ausgiebige Untersuchungen, sie raste zum Bahnhof, zu den Betriebshöfen, zu den Stellplätzen der autonomen Bahnen. Verwaltungsgebäude, Rathaus, Marktpatz, Sendemasten, es gab überall Angriffe. Irgendwann heulte eine Sirene, Feuerwehrwagen rückten aus. Aber es waren zu wenige.

Mai schoss rechts und links Drohnen ab und konnte oft das Schlimmste verhindern. Aber nicht immer. Bald war die Stadt in dichte Rauchschwaden gehüllt, Mai konnte kaum was sehen und fühlte sich nutzlos. Es gab keinen Gegner, den sie eliminieren konnte, kein Gegenüber. Außer ein paar sirrender, ferngesteuerter Kästen, die blitzschnell und präzise waren.

Sie versuchte die Gedanken von Neev, Misha und Nina zu lesen, aber die ganze Stadt schwirrte nur so mit tausenden von verschiedenen Informationen, sodass Mai nicht durchkam. Nach einiger Zeit, sie wusste nicht, wie viele Stunden vergangen waren, landete sie auf einem Wohngebäude und kam aus dem Husten nicht mehr heraus. Als sie sich endlich beruhigt hatte, versuchte sie neue Drohnen auszumachen. Ihr Radar zeigte nichts mehr an. Die Attacken waren wohl vorbei. Aber ihre Stadt stand in Flammen. Sie konnte nicht anders als zu denken, dass sie versagt hatte. Das Schlimmste war wohl eingetreten. Sie hoffte nur, dass nicht viele Menschen umgekommen waren.

„Da bist du", Red kam zu ihr gestürzt, landete unsanft neben ihr. „Wie ist die Lage?"

„Keine neuen Angriffe mehr, glaube ich. Aber wir müssen die Feuer löschen, sonst bleibt bald nichts mehr von Mela übrig. Wie ist es bei dir?"

„Hab versucht so viele wie möglich abzuschießen. Aber die Brände sind nicht dramatisch, es ist nur viel Rauch, soweit ich gesehen habe, zieht vor allem vom Westen rüber mit dem Wind", er atmete schnell und zeigte mit seinem Stab in alle Richtungen.

„Okay, immerhin. Was ist deine Methode?"

„Ich dränge das Feuer zurück, bis es kleiner wird und kein Futter mehr hat."

„Hm, ich hab versucht etwas zu bewegen und es zu ersticken, mit Erde und Wasser, das war irgendwie suboptimal. Das mit dem Zurückdrängen muss ich noch üben, versuche ich mal. Los geht's."

Und weg waren sie, strömten in verschiedene Richtungen.

Mai hielt sich ihren Kragen vor den Mund und versuchte sich den Brandherden zu nähern. Das Feuer im Verwaltungsgebäude von Neev konnte sie löschen. Auch wenn das, was übrig blieb, nicht sehr hoffnungsvoll aussah. Am Bahnhof war die Feuerwehr zu Gange und hatte wohl alles unter Kontrolle. Das Stromwerk war eine größere Herausforderung und Mai umkreiste das Gelände immer wieder von allen Seiten. Der Wind war wirklich fies, sie dämmte den Brand trotzdem ein, der zum Glück nur von einer Seite loderte. Aber dann flammte es wieder auf und Mai dachte ans Aufgeben, sie konnte sich kaum mehr in der Luft halten, die Schwerkraft zog sie runter.

Ein paar Momente der Unaufmerksamkeit und es ging schon wieder von vorne los. Leute, die unten standen, riefen ihr irgendwas zu, sie taumelte, konzentrierte sich aber wieder von Neuem darauf, das Feuer klein zu bekommen, auch wenn ihre Kräfte schon nichts mehr bewirkten.

„Geh nach unten", Red war hinter ihr und zog sie weg. Setzte sie auf dem Bürgersteig ab. Sie konnte nicht anders, als es mit sich geschehen zu lassen. Jemand kam und gab ihr Wasser zu trinken. Alles drehte sich nur noch. Aber aus ihrer Perspektive konnte sie immerhin sehen, dass Red das Feuer unter Kontrolle bekam und dann schloss sie die Augen.

Sie konnte jetzt nicht abdriften. Mai zwang sich, die Augen wieder zu öffnen und sich aufzusetzen. Um sie herum wimmelte es nur so von Leuten, alle redeten durcheinander. Wagen der Stadt fuhren hin und her, es wurde abgesperrt und abgebrochene Gebäudeteile gesichert.

„Mai, da bist du ja", eine atemlose Neev kniete sich zu ihr runter, ihre Haare standen in alle Richtungen ab und sie schaute über Mais Kopf hin und her, als ob jeden Moment etwas Neues passieren könnte.

„Ich habe alles versucht", Mai verzog schmerzvoll das Gesicht.

„Ich weiß. Wir machen gerade eine Bestandsaufnahme von allen Schäden. Immerhin gibt es bisher keine

Meldungen von Opfern. Aber es wird massive Einschränkungen geben. Weißt du, wer dahinter steckt?"

„Wie sieht es aus?", Red stieß zu ihnen.

„Alles unter Kontrolle, so hoffe ich", Neev hob ratlos die Augenbrauen.

„Mai, ich bin so froh, dass es dir gut geht", Misha kam noch dazu. Sie sah sehr traurig aus, als hätte sie gerade geweint. Natürlich, so ging es ihnen allen.

„Ich kenne diese Drohnen", Mai kniff die Augen zusammen und fuhr sich mit Zeigefinger und Daumen über die Augenlider. „Wir haben sie bei Neu! eingesetzt, um Betriebsgelände zu kartieren und kleinere Sprengungen durchzuführen, im Vorfeld des Recyclings. Ich habe sie selbst gesteuert", sie schüttelte fassungslos den Kopf. „Das muss nicht heißen, dass mein Vater sie auf uns gehetzt hat, er arbeitet ja neuerdings eng mit Maana zusammen und hat da wohl irgendeinen krummen Deal ausgearbeitet. So oder so. Wer es auch immer war, einer von beiden oder allesamt, sie haben uns abstrafen wollen und das ist ihnen wohl auch gelungen."

„Shit", Misha senkte den Kopf und fiel fast in sich zusammen. Irgendetwas stimmte nicht mit ihr.

„Wir sollten die Schäden dokumentieren und Bilder der abgeschossenen Drohnen veröffentlichen", schlug Mai vor, „dann kann sich die Weltöffentlichkeit ihr eigenes Bild machen. Es wird nicht viel bringen, aber das hier ist doch eine Kriegserklärung. Das darf nicht verschwiegen werden."

„Meinen Arbeitsplatz gibt es nicht mehr", Neev starrte ins Leere.

Marc kam hinzu und legte seinen Arm um sie.

„Ich muss mich um die Menschen kümmern, viele stehen sicher unter Schock", Mai versuchte aufzustehen, aber ihre Beine waren immer noch wie aus Gummi.

Misha fing wieder an zu weinen und irgendwas daran ließ Mais Alarmglocken schrillen.

„Was ist mit Nina?", fragte sie.

„Alles okay, sie ist zu Hause", erwiderte Misha schnell.

„Ich weiß, dass du mich anlügst. Was ist mit ihr?", bohrte Mai weiter nach und versuchte Mishas Gedanken zu durchdringen. „Wollte sie die Stadt retten und ist…"

Misha schluchzte noch heftiger und verbarg ihr Gesicht, sie zitterte am ganzen Körper, ihre Gedanken waren ein inkohärentes Zusammenbrechen. In der Runde wurde es ganz still. Neev legte Misha die Hand auf die Schulter.

„Komm her", Marc drehte Misha zu sich und sie verbarg ihr Gesicht in seiner Schulter, ließ sich einfach in ihn fallen.

„Nina hat einen Schock erlitten", erzählte Neev mit tonloser Stimme, „ihr Fruchtblase ist geplatzt, das Baby kam viel zu früh auf die Welt und ist gestorben. Theo war bei ihr."

Es war wie ein Schlag in die Magengrube, Mai krümmte sich. „Nein." Sie ballte ihre Hände zu Fäusten. „Nein!"

„Sie dachte, Mela wird dem Erdboden gleich gemacht, wie einst ihre Stadt Ferra…", Neev drehte sich weg.

„Ich muss zu ihr", Mai rappelte sich auf und stand immerhin schon auf zwei Beinen.

„Sie will niemanden sehen", Neev starrte weggedreht auf den Boden. „Kaal ist bei ihr. Sie hat uns alle rausgeworfen. Glaub mir. Sie hat es unmissverständlich klar gemacht."

Mai öffnete den Mund, um etwas zu sagen, aber es kam kein Wort raus. Sie schaute in die anderen Gesichter, aber sie waren entkräftet, mutlos, leblos.

38

Gegen ihren Willen ging Mai schließlich nach Hause. Red begleitete sie. Während die anderen die Trümmer wegräumten. Das schmeckte ihr überhaupt nicht, aber Neev hatte sie einfach weggeschoben und gesagt, sie würde nur im Weg herumstehen und sollte schlafen. Pah. An Schlaf konnte Mai nun wirklich nicht denken.

Nachdem sie zusammen einen Tee getrunken, geduscht und ihre Verletzungen evaluiert hatten, zogen sich Red und sie ins Bett zurück und hielten sich aneinander fest, flüsterten sich ihre Eindrücke von der Nacht zu und starrten in die Leere, bis doch so etwas wie Schlaf sie überwältigte.

Am nächsten Abend suchte Mai direkt nach dem Aufwachen gedanklich nach einem Lebenszeichen von Nina, strengte sich an, irgendetwas von ihr wahrzunehmen, aber es war zwecklos.

„Sie hat mich anscheinend komplett ausgeschlossen, ich komme überhaupt nicht durch", murmelte sie in Reds Armbeuge.

„Ich bin mir sicher, es hat nichts mit dir persönlich zu tun, sie hat bestimmt die ganze Welt ausgeschlossen", mutmaßte er.

„Wenn du es sagst", seufzte Mai. Sie verschränkten ihre Hände ineinander. „Nina ist mehr als eine Freundin für mich", dachte sie laut nach, „wir haben uns schon mehrfach gegenseitig gerettet und… ich kann mir ansatzweise den Schmerz vorstellen, durch den sie jetzt gehen muss, ich möchte bei ihr sein."

„Es gibt für alles seine Zeit", sinnierte Red, „jetzt musst du akzeptieren, dass sie allein sein möchte."

„Du hast wahrscheinlich recht."

„Konzentrieren wir uns auf den Wiederaufbau. Was ist der Plan?"

„Hmm", Mai drehte sich auf den Bauch und stützte ihren Kopf auf die Hände. „Ich werde gleich mal Neev aufsuchen und den Stand der Dinge erfragen. Was willst du machen?"

Red lehnte sich nach hinten und starrte an die Decke. „Ich denke die Versorgung der Menschen steht jetzt im Vordergrund. Mit Strom, Wasser, Nahrungsmitteln, Infrastruktur und so weiter. Ich werde rausfliegen und schauen, wo Hilfe benötigt wird. Wenn das Schlimmste in dieser Hinsicht überstanden ist, geht es um den moralischen Wiederaufbau. Aber das wird sich zeigen."

„Also, dann mal los", Mai schälte sich aus dem Bett und sie machten sich fertig.

„Ich kann einfach nicht glauben, dass sie meinen Arbeitsplatz zerbombt haben", Neev schüttelte den Kopf, als sie in Mishas Büro liefen. „Die Zentralen Dienste müssen jetzt auf das Gebäude hier ausweichen, bis klar ist, wie es weitergeht", sie balancierte ihren Taschencomputer, eine Tasse mit schwarzem Tee und ein Clipboard in ihren Händen und wirkte, als hätte sie alles unter Kontrolle. „Ich meine, das Gebäude ist nicht komplett zerstört, so wie auch die anderen Ziele, aber da ein Teil des Daches beschädigt und eventuell einsturzgefährdet ist, werden wir da wahrscheinlich nie mehr zurückkehren können."

„Wart ihr alle nonstop im Einsatz?", fragte Mai, die Neev hinterherlief. Überall um sie wimmelte es nur so von Leuten, die diskutierten, planten, evaluierten, abwägten.

„Natürlich nicht. Wir arbeiten aktuell in Schichten", Neev stellte ihre Utensilien auf Mishas Schreibtisch ab und setzte sich dazu. „Die Stromversorgung ist durch das Notstromaggregat gewährleistet, aber nur in gedrosselter Form", zählte sie an den Fingern ab, „die Wasserversorgung steht, der Zugverkehr ist komplett ausgefallen und konnte noch nicht wiederhergestellt werden. Das heißt, wir bekommen keine Lieferungen, keine dringend benötigten Importe. Die Schulen sind natürlich geschlossen. Die Gebäudeschaden haben die geringste Priorität. Alles verfügbare Personal arbeitet an dem Stromwerk und dem Bahnhof."

„Was kann ich tun?", fragte Mai.

Neev hielt kurz inne und sie schauten sich wortlos an. „Kannst du ein Stromwerk reparieren? Ich weiß es nicht, ehrlich gesagt. Trümmer beseitigen, Funktionsfähigkeit wieder herstellen, Öffentlichkeitsarbeit betreiben, damit wir Unterstützung bekommen? Güter einfliegen? Es gibt so wahnsinnig viel zu tun und keiner kann einem sagen, ob es das schon war oder ob es diese Nacht zu neuen Angriffen kommt", Neev massierte sich die Nasenwurzel.

Neev sah sehr müde aus und Mai wollte sie umarmen, aber sie wusste, dass Neev das nicht mochte.

„Ich werde mir mal die Situation vor Ort anschauen und mich einbringen, okay?", schlug Mai vor.

„Gut", nickte Neev.

Mai wusste gar nicht, wie die Tage verflogen. Rund um die Uhr ackerten sie und Red, sahen sich oft nur im Vorbeigehen oder im Tiefschlaf, immer im Wechsel mit Neev, Marc, Misha, Kaal, Serg und den anderen technisch versierten und löteten Kabel, tauschten Platinen aus, verlegten neue Rohre oder richteten Provisorien ein. Mai half in den Bereichen, in denen sie Ahnung aus ihrer Tätigkeit bei Neu! hatte und Red schöpfte aus seinem Wissen bei den Stadtwerken. Zusammen bewegten sie auch schwere Brocken oder arbeiteten sich in unzugängliche und verschüttete Gebäudeteile vor. So schafften sie es immerhin, den Bahnhof wieder zum Laufen zu bekommen und die ersten Lieferungen kamen auch langsam wieder an.

„Das Stromwerk ist und bleibt der größte Knackpunkt", Neev presste die Lippen aufeinander, als Mai sie in den späten Abendstunden nach Hause begleitete, damit sie sich endlich eine Auszeit nahm. „Ich habe Angst. Dass wir die Stadt nicht mehr zum Laufen bekommen. Als der Bahnhof wieder in Betrieb genommen wurde, sind sehr viele Leute abgereist, was ich sehr gut verstehen kann. Aber was ist, wenn wir die autonomen Bahnen, die Verwaltung und den Strom nicht auf die Reihe bekommen? Ich verliere langsam die Hoffnung und alle sind am Ende ihrer Kräfte", sie schüttelte den Kopf.

„Ich fühle mich so nutzlos", Mai ballte die Hände. „Ich kann gar nichts machen. Hab es nicht verhindern können, kann es nicht heilen. Mela geht es seit meinem Einzug schlechter als je zuvor."

„Ohne dich wäre es noch viel schlimmer, vielleicht wäre es der richtige Untergang gewesen, danach wären wir wirklich nur noch ein Schrotthaufen", Neev lächelte schwach.

„Danke. Ich werde dranbleiben. Irgendwie muss es gehen", seufzte Mai. „Ich hoffe Red ist zu Hause, ich muss dringend mit ihm sprechen."

„Zwischen euch läuft es gut?", Neev zog die Augenbrauen nach oben.

„Wenn ich ihn sehe, ja."

„Du musst unbedingt mehr davon erzählen, wenn wir mal wieder Zeit für ein gemütliches Beisammensein haben. Ich schulde dir noch ein Sofa für dein Haus, das ist nicht vergessen."

„Haha", lachte Mai humorlos. „Daran ist leider nicht zu denken."

Sie verabschiedeten sich und Mai flog nach Hause.

39

Red war aufgewacht, hatte sich fertig gemacht und wollte auf Mai warten, damit sie sich nicht schon wieder verpassen, aber mit einem Mal zog es ihn in eine andere Richtung und er verließ ihr Haus. Ein schwaches Licht pulsierte am Stadtrand und Red stieg mit dem Aronstab in die Luft, um ihm zu folgen und herauszufinden, was es damit auf sich hatte.

Das Licht war nicht hell leuchtend wie die von den Menschen, mit denen er eng verbunden war, allen voran Mai, aber auch Nick oder Theo. Es war nicht nach außen strahlend wie von jemanden, der Hilfe suchte wie Ruby oder andere. Es war nicht schwach und klein wie von jemandem, der im Sterben lag oder nicht mehr konnte.

Red flog durch die Nacht und verlor zwischendurch sein Ziel aus den Augen, weil es auszugehen schien, aber dann doch wieder leuchtete. Heute war der erste Abend, an dem nicht mehr nonstop gearbeitet wurde. Nach fast einer Woche waren die Menschen erschöpft und eine gewisse Routine kehrte wieder ein, das heißt, sie konnten sich wie gehabt schlafen legen und mussten nicht fürchten, dass die Welt am nächsten Morgen nicht wieder da war. So hoffte er es zumindest. Somit war die Stadt abends endlich wieder ruhiger, geerdeter, verschlafener.

Seine Intuition führte Red zum Stromwerk, welches eins der großen Knackpunkte bei der Reparatur war und vielen Leuten Sorgen bereitete. Die Strommenge, die durch den Notstromgenerator abgegeben werden konnte, war gering und viele Haushalte und Einrichtungen litten unter der Situation.

Red landete lautlos auf einem abgebrochenen Wandstück des Werks, welches notdürftig mit einer Folie abgeklebt worden war, damit es nicht ins Gebäude regnete und hörte, wie jemand darin rumorte. Es waren nur die subtilsten Geräusche, aber es war jemand drin und er wusste jetzt auch, wer.

Red hob die Abdeckung mit dem Stab an, schlüpfte lautlos nach drinnen und ließ sich auf den Boden fallen. Etliche merkwürdig aussehende Konstruktionen, hohe Kästen und tausend Kabel umringten ihn und Red bemühte sich, nichts davon anzufassen, denn das hier war nicht sein Spezialgebiet. Aber das von Nina, anscheinend.

„Ist alles okay bei dir?", rief er in die Richtung, in der er sie vermutete.

„Red, was machst du hier?", erwiderte sie von weit hinten und Red bewegte sich vorsichtig in der Dunkelheit durch den engen und vollgestellten Raum, der nur von kleinen Dioden erleuchtet wurde, zu ihr.

„Nach dir schauen, wir machen uns Sorgen um dich."

„Das ist nicht nötig. Du kannst weiterfliegen, hier gibt es nichts zu sehen", schnaubte sie. „Ich muss hier in Ruhe arbeiten. Habe in Ferra damals an ähnlichen Elementen geschraubt, sie zusammengesetzt. Die anderen haben gar nicht das Wissen von diesen Grundlagen, deswegen kommen sie nicht voran. Wenn du mich in Ruhe arbeiten lassen würdest, könnte ich das hier in einer Nacht…"

„Warum nicht tagsüber mit den anderen, dann könntest du ihnen zeigen, wie es geht, sie anleiten", er musste jetzt ganz in der Nähe von ihr sein, es trennte ihn nur noch ein großer Transformator von ihr.

„Guter Witz", sagte Nina, lachte aber gar nicht, „du weißt genau, warum."

Red lief um den Trafo herum und war darauf gefasst, sie dort stehen zu sehen, aber stattdessen war da nur das Halbdunkel von weiteren Kabeln und technischen Elementen, die seinen Horizont überstiegen. Dann hörte er, dass jemand am anderen Ende des Raums schweißte. Helle Funken kamen aus dieser Richtung. Wie hatte Nina so schnell ihre Position gewechselt?

„Du willst nicht, dass sie dich so sehen", Red stieß sich vom Boden ab und setzte sich auf einen der Verteilungskästen, in der Hoffnung, dass dieser sein Gewicht halten konnten. Von hier aus konnte er die Funken beobachten, auch wenn er Nina nicht sah.

„Nein, das ist es nicht", antwortete sie, aber Red war sich nicht mehr sicher, ob sie sich nicht jetzt über Gedanken unterhielten, weil das Schweißen so laut war. Woher hatte Nina diese Fähigkeit?

„Was ist es dann? Denkst du, dass sie dir zu nahe treten könnten, Fragen stellen, ungefragt Ratschläge formulieren, leere Floskeln abgeben?"

Das Schweißen stoppte für einen Moment und alles war still und dunkel in dem Stromwerk.

„Red, ich falle", Ninas Stimme war nur die schwächste Spur eines Gedankens, der ihn leicht streifte. „Und ich kann mich an nichts festhalten. Leere… Die Arbeit hier gibt mir auch keinen Halt, aber es ist wenigstens irgendwas…"

Red wollte zu ihr hingehen, sie festhalten, damit sie nicht komplett verschwand. Versuchte dem Drang zu widerstehen, Nina würde es natürlich nicht zulassen. Zu recht. Niemand konnte sie jetzt festhalten, der Fall war unausweichlich. Aber ein Fallen ohne Aufprall war in gewisser Weise das Schlimmste.

„Es ist wie in einem Vakuum", bemerkte Red, während Nina ihre Schweißerarbeiten wieder aufnahm. „Wenn alles weg ist und man realisiert, dass nichts jemals da war, sondern nur ein Wunschdenken, eine Spiegelung, eine Täuschung. Und in Wirklichkeit sind wir allein, waren es schon immer."

„Ganz genau", Nina wechselte jetzt den Ort und arbeitete an einer anderen Baustelle. „Wir haben die Asche von ihr auf unserem Küchentisch stehen und ich weiß nicht, was damit geschehen soll. Ich kann sie nicht begraben, kann aber auch nicht mehr nach Hause zu Kaal gehen, kann ihn auch nicht sehen, kann niemanden sehen oder hören, vielleicht sollte ich…"

„Nein", unterbrach Red sie scharf und sprang vom Schrank, lief umher. „Du bleibst hier bei uns, verstehst du?"

„Okay", sagte sie kleinlaut.

„Deine alte Haut wird Risse kriegen, es wird schmerzhaft sein, du wirst dich aus ihr herausschälen und sie abwerfen, bis dahin wird es noch dauern und so lange ist es wohl noch zu schmerzhaft, anderen zu begegnen, weil sie noch die frühere Nina adressieren. Jedes Aufreißen wird dir jetzt alles abfordern, jede Bewegung bedeutet Schmerzen und Halt verlieren und Fallen und das Gefühl, dass von dir nichts mehr übrig bleibt. Daher das Bedürfnis, den Vorgang zu beschleunigen und dem Leben sofort ein Ende zu setzen. Aber gib dem nicht nach. Winde dich und schreie laut oder stumm, halte deine geschundene alte Haut und warte. Was danach geschehen wird, kann dir keiner sagen, aber es wird etwas geschehen."

Es war so still, dass er nicht sagen konnte, ob Nina noch da war. Doch, er sah ihr kleines Licht, wenn er die

Augen schloss. Hoffentlich hatte er sie mit dem, was er sich spontan aus den Fingern gesogen hatte, nicht verschreckt. Ergab das alles überhaupt einen Sinn? Er hatte verschiedene Metaphern aneinandergereiht ohne zu checken, ob das überhaupt schlüssig war.

„Red, ich…", ihre Stimme war wieder der flüchtigste Lufthauch, der ihn streifte. „Danke."

„Du kannst mich rufen, wenn du mich brauchst, okay? Wir müssen uns nicht sehen, um uns zu sehen", sagte er zum Abschied, schnappte sich seinen Stab und verließ das Gebäude.

Direkt danach begab er sich zum Waldrand und landete auf einem Weg, um einen langen Spaziergang zu machen. Seit einer Woche hatte er die Gelegenheit dazu nicht gehabt, und es fehlte ihm, einfach einen Weg entlangzulaufen, seine Gedanken dabei in alle Richtungen strömen zu lassen ohne Häuserwände oder andere Menschen als Resonanzraum und im Gegenzug alles aufzunehmen, was des Weges kam. Verstorbene und lebende Stimmen, kalte und warme Strömungen aus dem Wald, leise und laute Erschütterungen aus dem Himmel und der Erde, eine Mischung aus allem und nichts, das sein eigener Körper, sein Dasein war.

40

„Sie haben was?", fragte Mai und ihr blieb der Mund offen stehen.

„Es hatte ganz klein angefangen", erklärte Misha ihr morgens in ihrem Büro, in dem es jetzt viel ruhiger zuging, „ein paar Leute, Fans von Marcs Band, haben angefangen Spenden zu sammeln. Wohl aus Angst, er und die anderen würden keine neue Musik mehr machen, wenn Mela den Bach runter geht", Misha lachte und schüttelte den Kopf. „Und dann kamen andere dazu. Fans, aber auch einfach nur Sympathisanten, Privatpersonen, reiche Leute aus aller Welt, anonyme Spender. Keine Konzerne natürlich, sie wollen sich nicht die Finger verbrennen. Und sie alle haben gespendet und es wurde immer mehr und jetzt...", sie setzte sich an ihren Computer und tippte herum. „Haben wir das an finanziellen Mitteln, was wir normalerweise innerhalb eines Jahres durch Exporte einnehmen. Innerhalb von noch nicht einmal zwei Wochen."

„Bist du dir sicher?", Mai stellte sich hinter Misha und schaute auf den Bildschirm. Die Tabellen und Kalkulationen dort sagten ihr natürlich nichts.

„Wir können damit alle Reparaturen finanzieren. Ein Problem sind Fachkräfte. Kann nicht jemand die spenden statt Geld? Nein, wir bekommen das hin. Es wurden bereits erste Bestellungen aufgegeben und sollen in den nächsten Tagen geliefert werden. Darunter ein neuer Lastenkran und andere Baumaschinen, die wir noch nie besessen haben."

„Wie ist das möglich?", Mai verschränkte die Arme und schüttelte den Kopf.

„So etwas hat es noch nicht gegeben", Neev kam mit einem Klemmbrett rein, „ist wohl ein viraler Effekt", sie zuckte mit den Schultern. „Uns soll es natürlich recht sein. Juhu, mein Arbeitsplatz wird wieder aufgebaut", sie schaute verträumt nach oben. „Und natürlich alles andere. Es wird dauern, aber wir sind auf dem richtigen Weg."

„Immer noch kein Statement von Neu! oder Maana, keine Nachricht von meinem Vater?", fragte Mai irritiert.

„Nope, nichts", bestätigte Neev. „Wir werden heute eine offizielle Stellungnahme zu der Spendenflut abgeben, inklusive persönlicher Dankesbotschaften von Marcs Band und so weiter, auf der Welle müssen wir uns so lange wie möglich halten. Alle aus Mela sind angehalten, ihre kreative Produktion anzukurbeln. Ist sowieso gut für die allgemeine Moral, dann gibt es weniger Zeit, um Angst vor neuen Anschlägen zu haben."

„Deine Rationalität ist bewundernswert", nickte Mai anerkennend.

„Irgendwie hatte ich so einen Schub, nachdem das Stromwerk repariert war. Da dachte ich, jetzt kann es nur noch aufwärts gehen", sinnierte Neev.

„Wie habt ihr den Durchbruch dabei geschafft?", fragte Mai.

„Das wird Neev dir nicht erklären können", Nina kam ins Büro und lief an ihnen allen vorbei zum Fenster, lehnte sich an die Fensterbank.

Mai sah sie zum ersten Mal seit der Katastrophe, doch Nina vermied es, jemand von ihnen anzuschauen. Sie sah schmaler und blasser aus.

„Es war eine komplizierte Angelegenheit, aber jetzt ist es ja vollbracht", fuhr Nina fort und knetete nervös ihre Hände.

Die ganze Situation war merkwürdig, der Raum war plötzlich zu eng und stickig für sie alle.

„Wie auch immer", sagte Misha mit unsicherer Stimme. „Auf jeden Fall haben wir jetzt genug Geld, um Mai ein neues Sofa zu kaufen. Wer hilft mir, es auszusuchen?"

„Oh, das", Mai lachte, „das hat nun wirklich keine Priorität…"

„Du gehst jetzt, während wir die beste Lounge-Möglichkeit, die du je gesehen hast, zusammen planen und dich überraschen", Neev schob sie aus dem Büro.

Mai schüttelte lachend den Kopf. Als sie aus der Tür raus war, kam Nina hinter ihr her.

„Hey", sagte sie, den Blick immer noch nach unten gerichtet und kratzte sich am Unterarm, wo schon ganz viele rote Striemen waren.

„Hey", erwiderte Mai sanft.

„Kannst du mich heute Nacht mitnehmen", Nina flüsterte jetzt. „Wir möchten die Asche über Mela verstreuen", ihre Stimme brach immer wieder ab und sie sackte noch mehr in sich zusammen. „Kaal und ich möchten sie nicht in der Erde begraben und da dachten wir, du bist die Herrin der Lüfte. Wenn wir zusammen…"

„Natürlich", Mai streckte ihre Hand nach Nina aus, aber ihre Freundin zuckte zurück. „Wann immer du willst. Heute Nacht? Können wir machen. Ich komme bei dir vorbei, okay?"

„Nina, wir brauchen dich", Misha streckte den Kopf in den Flur heraus. „Sorry, habe ich euch gestört?"

„Ich bin schon da", Nina schlüpfte wieder ins Büro und Mai blieb noch ein paar Momente stehen, bis sie sich weiter bewegen konnte.

41

„Meinst du wirklich, es ist eine gute Idee, wenn ich mit-
komme?", fragte Red und hob skeptisch eine Augenbraue.

„Ich denke schon. Kaal wird auch dabei sein und
dann ist es ausgeglichener", sie kämmte ihre Haare mit
seiner Bürste und legte diese neben ihn auf das Bett, auf
dem sie zusammen saßen. Über ihnen die klare schwarze
Nacht.

„Damals, bei der Beerdigung von Elena, war ich die
einzige, die dabei war", Mais Blick wurde düster. „Mein
Vater war auf einer wichtigen Geschäftsreise, so hatte er
zumindest behauptet. Ich wollte sowieso allein sein, war
davon überzeugt, dass niemand meinen Schmerz verstehen konnte."

Red nahm Mais Hand. Es war das erste Mal, dass sie
mit ihm darüber sprach. Sie legten sich in eine Umarmung
und schauten zusammen nach oben, seine Lieblingsaus-
sicht.

„Und in gewisser Weise war es auch so", fuhr Mai
fort. „Aber es hatte auch niemand gefragt, niemand ein
Gespräch gesucht, außer den üblichen Floskeln. Vielleicht
dachten die meisten auch, ich wäre erleichtert, dass diese
Last von mir genommen wurde, da ich so jung Mutter geworden war und auch noch unter diesen Umständen…"

Er spürte, wie Mais Innerstes sich zusammenzog und
sie sich anspannte. Kurz darauf atmete sie wieder aus. Red
strich über ihren Rücken.

„Es ist fast unerträglich, dass Nina da durchgehen
muss", fügte sie hinzu. „Ich dachte, ich könnte ihr beiste-
hen, ihr helfen."

„Sie wird es auf ihre Weise machen, so wie wir alle. Du kannst es ihr nicht abnehmen. Der Transformationsprozess ist hart."

„Wenn du meinst."

„Glaubst du, dein Vater wird nochmal Kontakt mit dir aufnehmen?"

„Ich habe seit den Attacken viel darüber nachgedacht", seufzte Mai, „und mein Gefühl sagt mir, dass auch dieser Transformationsprozess durch ist. Mit dem Ergebnis, dass wir getrennte Wege gehen. Vielleicht kann er jetzt endlich loslassen. Und ich kann loslassen. Auch wenn es bescheuert war, dass eine ganze Stadt da mit durchgehen musste. Aber das war nicht meine Absicht gewesen."

„Mela wird es nicht einfach haben. Es gibt immer neue Probleme, die sich am Horizont zusammenbrauen."

„Meinst du etwas Konkretes?", Mai hob den Kopf.

„Nee", er lachte.

„Wir sollten los", sie richtete sich auf und zog ihn hoch. Red öffnete ein Fenster und sie entschwanden in dem Himmel.

„Kann ich deinen Flugkünsten trauen?", fragte Nina, als sie zu viert vor Ninas und Kaals Haus standen.

„Ich hatte viel Zeit zu üben", gab Mai von sich. „Wie möchtet ihr es machen?"

„Ich bin noch nie geflogen", Kaal schaute zerknirscht, „jedenfalls nicht auf diese Weise." Er blickte zwischen Mai, Red und Nina hin und her. „Aber ich möchte es versuchen."

„Wir steigen also zusammen in die Luft und dann…", Nina schaute auf die Urne vor ihr.

Red fand, dass das Gefäß sehr klein war, vielleicht von der Größe einer Teetasse. Eine Traurigkeit lag in der Luft und Red versuchte nicht zu viele Emotionen von den anderen aufzunehmen. Die Beerdigung von Mick war dramatisch genug. Damals war die Erde aufgebrochen und die Urnen wurden in die Straßen eingelassen. Es war sehr surreal. Im Gegensatz dazu war diese Veranstaltung angenehm einfach, unmittelbar, direkt.

„Es tut mir leid, Red", Mai nahm seine Hand, „ich habe nicht daran gedacht, dass es wegen Mick schwer für dich sein könnte."

„Es ist okay", Red schluckte. „Die ganze Stadt ist voller Erinnerungen. Vielleicht ist es auch eine Gelegenheit, Frieden mit der Vergangenheit zu schließen. Immer wieder Frieden schließen", seufzte er.

Sie fassten sich alle an den Händen, Mai nahm die Urne und positionierte sie vorsichtig in einer Tasche ihres Kleides. Dann schlossen sie den Kreis. Red wartete darauf, bis er mit Mai Blickkontakt aufnahm, dann zählten sie beide in Gedanken bis drei und hoben so langsam wie möglich ab. Sie ließen sich dabei möglichst viel Zeit, um Nina und Kaal an die dünne Luft und die Höhe zu gewöhnen.

„Hier ist es gut", hauchte Nina nach einer Weile und Mai und Red hielten ihre Position.

Ein leichter Wind streifte ihre Kleidung und Haare und dann schwebten sie in einem Meer aus feinem Sand, Mineralien, einem weißen Regen, einem Hauch von Sternenstaub, der zeitlos und losgelöst von den vielen Geschehnissen auf der Erde fortgetragen wurde in alle Richtungen, sich auf jeden Baum und jeden Strauch setzte, in eine Blumenblühte fiel, auf einem See schwamm, auf der

Nase einer Maus landete, in einer Pfütze unterging, von einem Besen weggekehrt wurde, in einen Tautropfen tauchte und dort im Mondlicht glomm.

42

Später schlenderten sie zu viert durch die Stadt und Mai fand, dass die Stimmung viel gelöster war. Red und Kaal waren leicht zurückgefallen und in ein intensives Gespräch vertieft. Nina war neben ihr und wischte sich noch einmal über die Augen.

„Ich weiß gar nicht, wohin ich von hier aus gehen soll", Nina steckte ihre Hände tief in die Hosentaschen und schaute weg. „Zu den alten Sorgen kommen plötzlich neue und längst vergessen geglaubte tauchen auch auf einmal auf und wollen dazu. An den meisten Tagen kann gar nicht mehr klar denken und alles, was ich damals nach den Zusammenbruch von Ferra gelernt habe – Vertrauen zu haben, sich auf etwas einzulassen, Gemeinschaft aufbauen, das ist in nur einer Sekunde zerplatzt wie eine Seifenblase und jetzt ist da nichts mehr."

Mai nahm Ninas Hand. Sie konnte nicht viel dazu sagen. Denn es ging nicht immer vorwärts, nicht immer tat sich eine neue Tür auf, manchmal war etwas unwiederbringlich weg und fehlte einem für den Rest des Lebens.

„Vielleicht ist da nichts mehr", wisperte Mai, „aber du bist hier bei mir", sie drückte Ninas Hand, „und vielleicht haben wir nur diesen einen Moment, aber den nehme ich und alles weitere ist noch wildes Chaos, aus dem alles und nichts entstehen kann."

Sie waren vor Mais Haustür angekommen. Mai stellte sich gegenüber von Nina und schaute diese an, Nina hob ihren Kopf, ihre Augen trafen sich. In der Dunkelheit war nicht viel zu erkennen, aber die Schatten darauf waren auch so zu spüren. Mai strich über Ninas Wange, Hals, Schulter und sie kamen in einer Umarmung zusammen, die immer fester wurde und in diesem Moment alles für Mai war.

Als sie sich wieder lösten, hatten Red und Kaal sie wieder eingeholt, die Tür vor ihnen öffnete sich und Misha stand da mit einem Glas undefinierbarere Flüssigkeit. Wahrscheinlich eins ihrer Experimente.

„Kommt rein", sagte sie sanft und öffnete die Tür noch weiter.

Mai staunte, als sie ihr Haus so voll wie noch nie erblickte. Das Wohn-Ess-Zimmer brummte vor Gesprächen und es war umgeräumt.

„Was zum…", setzte sie an und trat ein.

„Wir haben uns die Freiheit genommen, diesen lahmen Bereich hier umzustrukturieren", Neev kam zu Misha. „Aber erstmal, mein herzliches Beileid", sie umarmte Nina und Kaal.

Mai lief ein paar Schritte rein und sah auf den ersten Blick Nick, Kolja, Marc, Juri, Petr und Theo, die überall verteilt waren und sich unterhielten. Der große Esstisch war an die Seite geschoben und reich gedeckt mit Salaten, Kuchen und Aufläufen. Es gab Tee und diese seltsamen Getränke, frische Blumen und bunte Karten.

„Von meinen Kindern gebastelt", Neev war wieder neben ihr.

Und dann sah sie den bollernden Steinofen, das Herzstück des Hauses und daneben war ein Platz geschaffen worden, in dessen Nische zwischen Ofen und Hauswand große weiche Kissen, Decken, Lammfelle und Polster lagen, in allen Farben und Oberflächen, drapiert zu einer gemütlichen Ecke.

„Gefällt es dir?", fragte Neev zögernd. „Wir brauchen hier endlich einen Platz, um zusammen rumzuhängen.

Leute wollen nicht die ganze Zeit an einem Tisch sitzen und dein Bett dafür zu benutzen fand ich unpraktisch. Also haben wir uns etwas überlegt, das gemütlich und dynamisch und unordentlich und gemeinschaftlich ist..."

Mai zog ihre Stiefel aus und trat in diese kleine Höhle aus Kissen und Decken. Sowas hatte sie seit ihrer Kindheit nicht mehr gehabt. Setzte sich und lehnte sich zurück, streckte die Hand nach dem warmen Steinen am Ofen aus und strich über ihre unebene Oberfläche. Fuhr mit den Fingern über Kissen aus Samt, weiche Wolle, raues Leinen, kuscheligen Flaum, grob gewebte Teppiche, feine Stickereien.

Red grinste sie an, setzte sich zu ihr und nahm sie in den Arm. Dann war Nina auf ihrer anderen Seite, sie verschränkten die Hände und sie legte ihren Kopf auf Mais Schulter. Misha und Neev setzten sich dazu und diskutierten über die richtige Anordnung der Polster und Ausbaumöglichkeiten. Und dann rückten sie alle eng auf, damit auch für Kaal und Petr, Nick, Kolja, Marc und Juri noch Platz war, sodass sie wie ein großer Haufen zusammen essen, trinken, lachen und weinen konnten.

Danke, dass ich hier sein darf, dachte Mai und sie spürte, dass allen anderen ungefähr dasselbe durch den Kopf ging. Und so konnte es weitergehen.